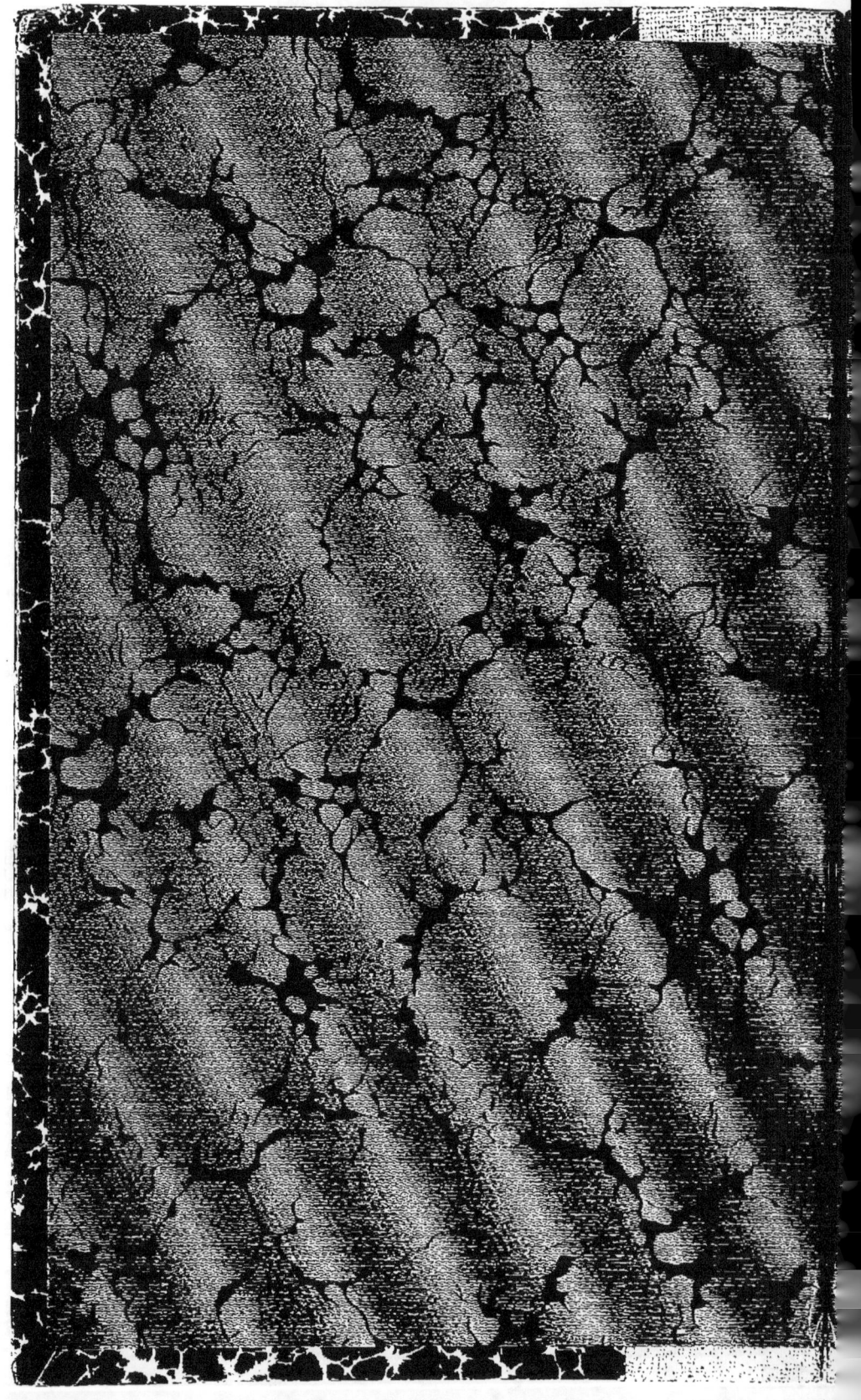

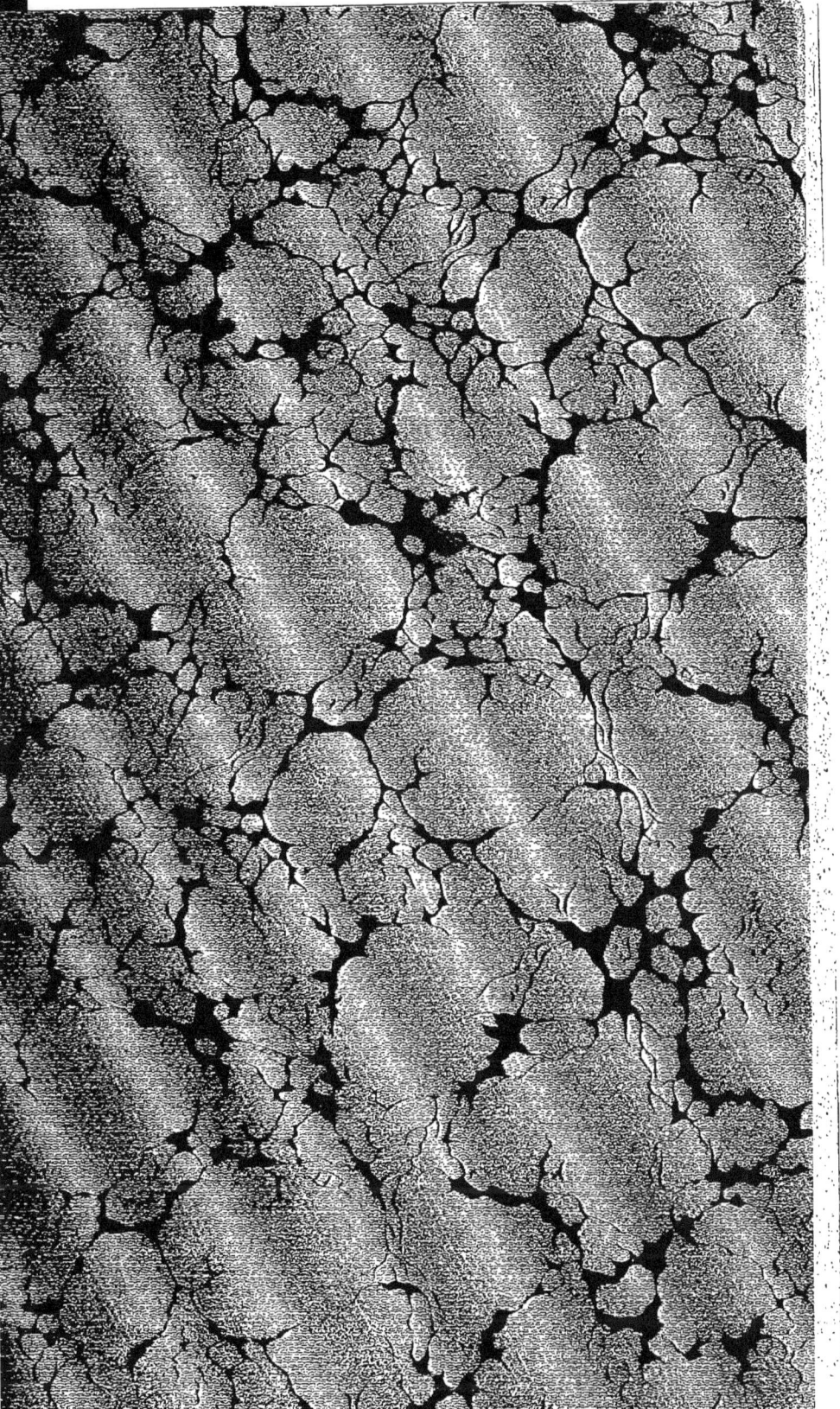

JEAN DUVAL
RELIURE INTRO
BREVET S.G.D.G.

AVENTURES
LOINTAINES.

VOYAGES, CHASSES ET PÊCHES AUX ILES SITKA;

VOYAGE EN CARAVANE A TRAVERS LA PERSE;

UN JAMBON D'HYÈNE;

YEGOR LE PISTEUR D'OURS;

PAR

PIERRE FREDÉ.

PARIS,

LIBRAIRIE DE FIRMIN-DIDOT ET Cie,

IMPRIMEURS DE L'INSTITUT, RUE JACOB, 56.

AVENTURES

LOINTAINES.

TYPOGRAPHIE FIRMIN-DIDOT. — MESNIL (EURE).

AVENTURES
LOINTAINES.

VOYAGES, CHASSES ET PÊCHES AUX ILES SITKA;
VOYAGE EN CARAVANE A TRAVERS LA PERSE;
UN JAMBON D'HYÈNE;
YEGOR LE PISTEUR D'OURS;

PAR

PIERRE FRÉDÉ.

PARIS,

LIBRAIRIE DE FIRMIN-DIDOT ET CIE,

IMPRIMEURS DE L'INSTITUT, RUE JACOB, 56.

—

1882.

VOYAGES,

CHASSES ET PÊCHES

AUX ILES SITKA.

CHAPITRE PREMIER.

—

Le domaine du Poncet, en pleine Brie, est un édifice sans prétention. Il est situé sur la croupe d'une haute colline au bas de laquelle coule l'Optin qui va, un peu au-dessous du château de Pommeuse, se jeter dans le Grand-Morin, une méchante rivière très poissonneuse, dans laquelle on pêche le goujon perchade, la plus excellente des fritures, les meilleures anguilles et les plus excellentes écrevisses du département de Seine-et-Marne.

Ce domaine, où je vais chaque année passer quelques jours de vacances, appartient à un mien cousin, Robert G..., héritage paternel qu'il habite toute l'année. Je ne le plains pas. Le principal corps de logis, bâti en briques avec angles en pierre de taille et flanqué d'une tour massive servant de colombier, offre plutôt l'aspect d'un vieux tronçon de manoir antique que l'apparence d'une habitation bourgeoise. Le long des murailles grimpent des lierres, des glycines bleues, des jasmins, des rosiers, des clématites dans un pêle-mêle sauvage, en encadrant de leurs verdures les fenêtres et les portes.

On arrive à cette demeure rustique en traversant un pont de bois jeté sur l'Optin et en escaladant une avenue assez rapide, plantée d'une double rangée de noyers, de guigniers, de pommiers, de châtaigniers, et bordée d'une haie épaisse, chevelue et inculte, formée de la réunion de toutes les espèces de ronces, d'arbustes épineux, montant les uns sur les autres dans une confusion primitive. Derrière la maison, sont de vastes et splendides jardins potagers, célèbres par leurs collections d'arbres fruitiers de choix et par leurs superbes produits, qui alimentent en partie les plus riches magasins de comestibles de Paris. Le parc, également encadré par une haie vive, s'étend le long de la colline, faisant face au Morin, et va s'appuyer aux bois de Pommeuse et de Saint-Augustin.

Si la maison présente à l'extérieur l'aspect d'un débris abandonné d'un vieux manoir, elle renferme à l'intérieur de riches et somptueux appartements où l'élégance ne nuit en rien au confortable. Tout ce qui peut charmer les soirées d'hiver s'y trouve réuni : bibliothèque, collection des journaux quotidiens de toutes les nuances politiques et des journaux illustrés, collection de toutes les publications hebdomadaires; revues et albums dus aux meilleurs artistes; partitions d'opéras et d'opéras-comiques; ateliers d'armes, d'engins de pêche. Dans une des ailes de l'habitation, appuyée sur la tour, est un vaste salon circulaire, dont les fenêtres donnent sur la gracieuse vallée du Morin; autour est encadré un vaste divan large comme un lit de repos muni de nombreux coussins; au milieu, est une grande étagère ornée de pipes de toutes sortes et de tous les calibres, de boîtes à cigares, des pots de Chine renfermant cinq ou six sortes de tabacs; c'est la pièce où l'on se réunit pour causer, jouer, fumer ou lire les journaux du jour.

Au bas de l'habitation, et au pied d'une vaste terrasse plantée de tilleuls, est un étang, alimenté par les eaux de l'Optin, descendant des forêts de Vaudoy. Cet étang, d'une dizaine d'hectares d'étendue, est divisé en plusieurs compartiments par des chaussées bordées d'oseraies et de saules sylvestres et pleureurs, et dans lesquels sont enfermées diverses espèces de poissons. De l'autre côté de la maison, en face de l'avenue, est la ferme.

Rien de plus pittoresque et de plus doux que cette habitation; on y respire en approchant comme un parfum de bonheur honnête.

Ceci dit, je reviens à mes moutons.

Un jour, c'était vers la fin de novembre, le cousin Robert m'écrivit :

« J'ai pris ce matin un barbillon de six livres; j'ai accroché onze anguilles l'avant-dernière nuit et ta chambre reste inhabitée. Les pierrots ont fait leurs nids entre les persiennes et les fenêtres. Les hirondelles jacassent dans la cheminée et notre bon abbé Fauveau attend le retour de l'enfant prodigue pour tuer le lapin gras. Ce cher abbé entre dans sa quatre-vingt-deuxième année qu'il porte assez gaillardement, etc. »

Je ne pouvais me dispenser de prendre le chemin de fer et de me rendre au Poncet, où j'arrivais dans l'après-midi. Robert m'attendait assis, à côté de sa porte, sur un banc de bois ombragé par deux poiriers dont les troncs longeaient le mur, et autour desquels s'enroulaient deux vieux rosiers bengales, leurs vieux voisins de murailles.

— Attends deux secondes. Je vais prier Marguerite d'aller chez l'abbé Fauveau et de lui dire que l'heure de fricasser le lapin gras est venue, et en même temps de nous confectionner une matelote monstre. Il saura ce que cela veut dire.

Une heure après mon arrivée nous nous mettions à table. L'abbé Fauveau, vieillard tout blanc, d'une tenue irréprochable, malgré son grand âge, prit sa place ordinaire, la place d'honneur. Nous causâmes tous trois si bien avec la matelote et le lapin gras qu'il n'en resta plus que juste la part de Marguerite, le cordon bleu du cousin Robert, une brave et excellente fille d'un âge très mûr et sœur de lait de mon hôte.

Comme nous finissions de dîner, et que le café fumait dans nos tasses, notre bon abbé, bon et doux comme saint Vincent de Paul, nous entendant parler poissons, écrevisses, anguilles, nous demanda si nous avions lu Buffon.

— Oui, répondis-je, mais il y a si longtemps...

— Que tu n'en as rien retenu... Très bien; mais alors tu ne sais pas ce qu'il dit des chasseurs et des pêcheurs...

— Non! contez-nous cela, cher père.

— Buffon, mes jeunes amis, a dit quelque part, je ne sais où... à mon âge, on a oublié bien des choses... Il y a en ce monde trois genres d'hommes vertueux : les pêcheurs, les chasseurs, les agriculteurs.

— Ce qui revient à dire, fit Robert, que tous les autres métiers sont exercés par des vauriens.

— Laisse-moi continuer, Robert. Les gens qui vivent constamment au milieu de la nature, sous l'œil de Dieu, ne peuvent puiser que de bons sentiments, et pratiquer les plus aimables vertus.

— A ce compte-là, mon cher abbé, interrompit Robert, les Peaux-Rouges et les Sioux de l'Amérique, exclusivement pêcheurs et chasseurs, sont des agneaux, quoi! Et pourtant, si nous nous en rapportons aux voyageurs les mieux scalpés, les Peaux-Rouges et les

Sioux sont les plus fieffés gredins qui soient sous la voûte du ciel.

— Pense ce que tu voudras, Robert, mais laisse-moi achever, fit l'abbé en riant... le pêcheur aime le calme et la méditation.

— Ah! pour le coup, mon cher père, je vous recoupe la parole. L'opinion de M. de Buffon semble un peu risquée; car le pêcheur, en suivant de l'œil le bouchon de sa ligne, peut tout aussi bien méditer une scélératesse qu'une bonne action; à preuve, c'est que le citoyen Tropmann aimait à passer ses matinées du dimanche à la pêche à la ligne sur les bords du canal de l'Ourcq; il méditait de bien jolies choses, M. Tropmann.

— Allons, fit l'abbé avec un sourire élyséen, tu vas peut-être me prouver que Buffon était un polisson, comme Racine.

— Non! les hommes de ce temps-là ne valaient pas mieux que ceux de ce temps-ci. Depuis la naissance du monde jusqu'à nos jours, la bête la plus féroce de la création, à mon avis, c'est l'homme, qu'il soit pêcheur, chasseur, agriculteur, apothicaire, huissier ou fabricant de cordes à violon. Caïn tuant Abel, n'est-ce pas le symbole de la scélératesse humaine? J'estimerais M. de Buffon, s'il avait dit ceci :

— Le pêcheur à la ligne est un naïf bourgeois, coiffé d'un chapeau de paille, ou d'une casquette de loutre, immobile comme une huître au bord de l'onde,

les yeux écarquillés, suivant de l'œil, avec la patience
d'un héron, son bouchon qui pirouette. Ce bourgeois
est un être lymphatique qui se familiarise avec les
coups de soleil, les rhumes de cerveau, les engelures,
qui aime le chant de la cigale et du coucou, le soupir
du vent, l'asticot, la matelote et la friture, et qui
laisse sa femme porter la culotte. Nature mélancoli-
que, il boit et mange comme un hanneton; c'est un
être anémique, névrosé, qui ne pense à rien. Une
créature du bon Dieu qui a trop vécu et s'éloigne de
la société pour vivre tranquille au plus près de l'œil
de son Créateur, sous un saule pleureur ou un peuplier, et oublier les turpitudes de sa jeunesse. Ce
genre d'homme n'a pas d'opinion politique, mais sous
cette trompeuse et apparente placidité, il est rageur.
Il nourrit une haine féroce pour celui qui vient lui
faire concurrence dans le voisinage du saule pleureur
et du peuplier où il pêche. Et cette haine enragée irait
jusqu'à le plonger dans l'onde et l'éternité, s'il en
avait la force et n'était la crainte du gendarme et de
madame la guillotine.

— Et le chasseur? demanda l'abbé en souriant.

— Le chasseur, cher père, aime les chiens, la poudre, les coups de fusils, la gibelotte, le vin blanc, la
blague, les hâbleries, et les filles d'auberge. C'est or-
dinairement un homme sanguin et nerveux, doué d'un
appétit et d'un estomac d'autruche, capable de remi-
ser une provision de victuailles et une quantité de li-

quides à soutenir un chameau pendant sept jours.
Armé de pied en cap, il doit se donner un air féroce,
et rouler des yeux comme un crocrodile, être cuirassé
contre les plaisanteries et les quolibets, avoir des opinion s politiques très carrées. Quand, à la fin de la
journée, il rentre bredouille, son exaspération ne connaît plus de bornes, et sa jalousie de la chance et de
l'adresse des autres prend quelquefois des proportions
criminelles qui peuvent le conduire jusqu'à parlemen-
ter avec des braconniers... et leur offrir avec une cor-
diale poignée de main un verre de vin fuschiné...

— Et le braconnier? demandai-je au cousin Robert?

— Le braconnier est un gredin de la race de Caïn,
qui a cassé les reins de son frère d'un coup de matraque, pour lui voler son gibier, et qui finit tôt ou
tard par trouer la peau d'un gendarme ou d'un garde,
après quoi l'État lui paie son passage pour Cayenne,
agrémenté d'une pension viagère quand on ne le rac-
courcit pas de la tête.

A ce moment, arrivèrent le docteur Corbin, le tabel-
lion Michegru, le géomètre de l'endroit, M. Courra-
patte, quelques vieux célibataires, anciens militaires
en retraite. Tous venaient chaque soir chez Robert
faire leur partie, qui aux cartes, qui au billard, aux
échecs ou aux dames; cette société de tous les jours
composait le cercle de son intimité. Quelques instants
après, un autre personnage de la localité apparaissait,

son fusil sur l'épaule, sans se faire annoncer, comme un commensal toujours attendu avec plaisir, et que l'on salua d'une exclamation bruyante de joie, dans laquelle la voix de mon hôte n'avait pas le timbre le moins élevé.

— Bonsoir, la compagnie!

— Tu arrives à propos, Mathieu, fit Robert. Voici un vieil ami qui vient pour chasser. Tu vas prendre une tasse de thé, et tu nous conteras une histoire pour nous distraire un peu, tu en as pas mal dans ton sac.

— Pas possible, monsieur Robert; pour le présent je suis essoufflé. Je suis venu vite, pour échapper à l'orage qui gronde dans le lointain et qui va tout à l'heure faire danser les tuiles. Le ravin est rude à monter. Laissez-moi prendre du vent, car celle que j'ai à vous narrer est assez longue.

Mathieu, que l'on avait, dans les environs, bien injustement surnommé « le braconnier », était un ancien marin. Après une campagne de pêches dans les mers polaires, qui avait duré trois ans, il s'était, à son retour, engagé dans l'armée, avait successivement fait la guerre en Crimée, en Chine, au Mexique, en Italie, et en avait rapporté la médaille militaire et le ruban de chevalier de la Légion d'honneur; décorations qu'il ne portait que le dimanche et les jours de fêtes pour aller entendre la messe à l'église de la paroisse.

1.

Son congé fini, il était revenu se fixer au pays, où il vivait du produit d'une centaine de ruches qu'il gouvernait habilement et de la fabrication des balais de bouleau et de genêt. Brave garçon, très spirituel et amusant, ayant toujours au service de ses amis des histoires de chasse et de braconnage à dérider la face du gendarme le plus grave, de Pandore lui-même et de son brigadier.

Mathieu but un verre de punch pour donner du ton à ses bronches, bourra vigoureusement sa pipe.

— Dam! fit-il en se grattant la tête comme pour faire jaillir de ses souvenirs quelques épisodes dramatiques de sa vie de marin, j'ai navigué dans la grande tasse... J'ai pêché et chassé des phoques, des pingouins, des loutres, des canards, des rennes sauvages, des ours...

Mais avant d'arriver dans les mers polaires et de vous parler de loutres et de castors, il faut que je vous donne un idée de mon voyage à travers les deux Océans, puis de l'aspect du pays...

CHAPITRE II.

—

Je me suis embarqué à Dieppe sur *la Fanny*, un beau trois-mâts de sept cents tonneaux, aménagé, gréé et armé pour la pêche de la baleine, capitaine Brise-côtes, surnommé *Poing de fer*, parce que, quand il laissait tomber sa main sur l'épaule d'un matelot, il y faisait autant de trous qu'il avait de doigts. C'était un vieux loup de mer, connaissant son métier comme pas un. Bon enfant au fond, mais à cheval sur la discipline; il ne fallait pas l'asticoter et rire de trop près avec lui. C'était un petit-cousin à moi. Un jour, j'avais alors vingt ans, il me dit :

— Mathieu, si tu n'es pas un fainéant, tu t'embarqueras avec moi. J'ai besoin d'avoir sous la main un garçon de confiance, intelligent. Je te donne la pâtée, la niche et quatre-vingts francs par mois, ce qui équivaut à une cent deuxième part, si tu ne restes pas en route. Au retour, tu te trouveras à la tête de deux mille

11

huit cents francs, puisque nous devons faire une campagne de trois ans dans les mers boréales.

— Certainement, ça me chausse comme un gant,
que je lui réponds, et si c'est pour de bon...

A ce doute, Brisecôtes m'envoie une tape sur l'épaule,
que j'ai failli à en devenir bossu.

— Mathieu, quand je dis quelque chose, je ne ris jamais; entends-tu bien, mon garçon, il faut t'habituer
à cela.

— C'est bon, j'accepte si tu consens à me friction-
ner l'estomac avec un verre de tafia pour me remettre
l'épaule.

Le capitaine n'était pas un agneau à son bord, tant
s'en fallait. Élevé sur les bâtiments de guerre, où il
avait fait son apprentissage de marin, il se croyait très
sérieusement, de par la grâce de Dieu et le droit di-
vin, capitaine de *la Fanny* et que tout le monde, du
plus petit au plus grand, devait plier sous ses moindres ordres : en un mot, c'était un autocrate absolu
sur son navire. Je m'étudiai à ne pas le contrarier;
car, quoique étant petits-cousins, que sa grand'mère et
la mienne fussent sœurs, il m'aurait envoyé à la cale
comme un mousse, ou fait appliquer sur les épaules
une collection de coups de garcettes de tous les calibres. J'oubliais de vous dire qu'il avait le pied aussi
leste que la main, et qu'heureusement pour l'équipage
il ne se chaussait jamais autrement qu'avec des escarpins, afin, disait-il en riant comme un bouledogue qui

montre les dents, que sa chaussure fût moins lourde à pendre aux reins de ceux qui se trouvaient à la portée de ses jambes.

Huit jours après cette entrevue, *la Fanny* quittait, moi dessus, le port de Dieppe.

Dans une navigation aussi longue, vous devez bien le penser, si la mer a quelquefois des heures douces et agréables, des calmes à se faire adorer, elle a aussi des grains d'une violence à tout briser.

Quand la tempête ou l'ouragan creusait de profondes vallées et soulevait des montagnes d'eau, le navire dansait des polkas échevelées, et la turbulence de ses mouvements occasionnait des dérangements considérables dans l'équilibre de mes entrailles. Je me tordais, en poussant des cris de paon, dans les angoisses et l'agonie de ce mal de mer dont on rit, et qui se traduit par des hoquets de cholérine quand il ne convertit l'homme le plus robuste en un cadavre inerte. Je n'avais plus conscience de ce qui se passait autour de moi. Si vous m'aviez vu dans ces moments-là, vous m'auriez pris pour un spectre ou un fou échappé de l'hôpital. Je n'avais plus figure humaine; ma barbe s'ébouriffait comme la fourrure d'un porc-épic. J'avais le teint citron, les yeux hagards et la chevelure comme un nid de pie.

Brisecôtes qui se tenait à la mer ni plus ni moins qu'une dorade, ne pouvait comprendre qu'on ne pût pas vaincre le mal; il était agacé de me voir en cet état, et, quand je souffrais et me traînais vers le bord du navire pour payer un tribut à Neptune, son humeur s'assombrissait, ses colères concentrées se traduisaient par une explosion de jurons formidables, il s'écriait :

— Va te coucher, poltron ; tu es l'être le plus inutile qui se soit jamais cassé les dents à mordre du biscuit à mon bord.

Après trois semaines de navigation par les brumes froides de la Manche, sur les sombres vagues du nord à la crête écumante et sinistre, aux rauques mugissements, nous entrâmes dans les mers délicieuses et calmes des tropiques.

Peu à peu, je me familiarisai avec la mer ; à l'état de malaise succéda un appétit d'enfer, et Brisecôtes, irrité de me voir manger si fort, s'écriait :

— Si j'avais cinquante gaillards aussi gloutons que toi à bord, il me faudrait embarquer un troupeau de bœufs. Mais attends un peu, je vais te faire donner du biscuit ; pendant que tu amuseras tes dents de requin à le casser, tu ne penseras pas à dévorer les vivres de la Fanny. »

Nous gagnâmes enfin les vents alisés. Sous les latitudes éblouissantes et animées de l'équateur, l'Océan est généralement calme ; ses mouvements sont réguliers, la vague longue et ondulante est moelleuse et caressante ; elle vous soulève et retombe mollement en pluie de perles lumineuses comme les gouttes irisées des rosées de printemps. Le navire glisse comme un patin, et l'équipage, moins occupé et surtout moins éreinté, n'a plus qu'à se laisser vivre.

La chaleur devint si forte que les matelots durent manœuvrer en caleçon et en chemise avec un chapeau de paille de riz sur la tête. Le soir, nous nous réunissions au pied du grand mât ou à l'avant, accroupis comme des pingouins sur la grève, les uns, mâchant du tabac en carotte, les autres fumant dans une pipe veuve de son tuyau, nous écoutions silencieux ces éternels contes, ces aventures sans pareilles d'un vaisseau maudit, bâti un vendredi, baptisé et gréé un vendredi, et disparu un vendredi.

Au delà de l'équateur, nous retombâmes dans une mer terrible, clapotante, mouvementée ; les voiles s'enflèrent, les mâts et le bâtiment crièrent de toutes parts, comme un vieux bahut qu'on effondre ; le capitaine hurlait plus fort que la tempête et que les vagues qui venaient mordre les flancs du navire. Enfin nous entrâmes dans le détroit de Magellan, après l'avoir cherché pendant vingt heures. C'est en le traversant que nous perdîmes le meilleur matelot du bord, Joseph Laplanche, dit Rat-d'eau, un brave garçon, enlevé par un coup de mer.

Ce détroit, resserré, d'un côté, par des îles biscornues couvertes de broussailles ou de marécages, de l'autre par le bout du continent américain, déchiré, contorsionné, tordu, soulevé par des révolutions plutoniennes, est d'un aspect âpre et rude. Ce panorama gigantesque de sombres falaises tapissées de lichens d'un vert maussade était loin d'égayer la vue de l'équipage.

Le capitaine jeta l'ancre dans la baie du port Famine, pour faire de l'eau et mettre ses lettres à la poste. Or, la poste, dans ce pays désert, est tout simglement une boîte en fer-blanc suspendue à un énorme sapin perché sur un mamelon au bord du rivage. Tous les navires qui passent dans le détroit, revenant en Europe, prennent les lettres et les emportent religieusement soit en Amérique, soit en Angleterre ou en France. Aucun capitaine ne manquerait à ce devoir.

Quel pays! Partout régnait une effrayante solitude; pas l'ombre ni la trace d'une habitation ou d'un homme. Autour de nous, sur le rivage, sur la mer même, dans le lointain, rien que des légions multiples de palmipèdes de toutes les formes, de toutes les couleurs, par centaines de mille, se multipliant en paix. depuis le goéland jusqu'à l'oie et au manchot (kingpingouin); rien que des oiseaux de proie, depuis le vautour infect jusqu'au corbeau. La surface du sol, formée de collines peu élevées et de plaines basses immenses, était dénuée d'arbrisseaux. De temps en temps, sur la crête des ondulations les plus hautes, se montraient quelques tristes sapins, quelques chétifs bouleaux; le reste de la verdure se composait d'une dizaine de variétés de graminées, hautes comme des roseaux, poussant sur des tourbières et servant d'asile aux aquatiques.

Pendant les quelques heures de relâche que nous y fîmes, je tuai des manchots, sorte d'oiseau stupide, toujours posé sur ses deux pattes, le bec en l'air et immobile.

Pour des hommes au régime de la viande salée, la chair de ce volatile, bien que huileuse, nous sembla avoir le goût des meilleures poulardes de France. Mais je me hâte de vous dire que je n'ai pas la prétention de croire que mon opinion soit sans appel.

A peine avions-nous levé l'ancre que le bâtiment fut assailli par un de ces coups de vent brusques et rapides, si fréquents dans ces parages.

C'était un matin. Le soleil commençait à se lever à l'horizon et lançait de temps à autre ses longs rayons à travers des nuages noirs et épais que charriait le ciel. La tempête éclata tout à coup avec une fureur inouïe. Les vagues mordaient et souffletaient le navire avec une telle rage que le capitaine dut se laisser aller à la grâce de Dieu, toutes les voiles bas. Nous demeurâmes pendant quatre jours et quatre nuits, les bras croisés, à la merci des flots. Que faire, quand cette grande et sublime voix de l'Océan délirant de fureur se fait entendre, que des abîmes effroyables se creusent sous vos pieds, et que mille avalanches de tonnerre roulent sur vos têtes, que les mâts gémissent, que les eaux grondent, sifflent, étincellent? Regarder sur les eaux profondes et suivre les formes confuses et les flancs argentés des requins tournoyant autour de nous dans l'attente d'une proie que la mort ou un accident pouvait leur apporter. Ce n'était pas gai.

Les coffres mal amarrés, la vaisselle, la marmite elle-même, tout roulait sur le pont, d'un bout à l'autre, et, au milieu de ce tapage infernal, on entendait la voix du capitaine commander les manœuvres. Après cent vingt heures de rauques gémissements, l'Océan se calma un peu, et le navire, poussé par un vent encore violent à déraciner les Invalides, filait vent arrière, quinze ou seize milles à l'heure, faisait des bonds à vous faire passer le frisson dans le dos; il sautait sur la lame comme un poisson volant. Laplanche était à l'arrière; une montagne d'eau prend le navire en flanc, le couche, passe par dessus et emporte le malheureux matelot. Au cri terrible poussé par le timonier : Un homme à la mer ! tout l'équipage monta sur le pont; on s'empressa de jeter par-dessus le bord tout ce qui pouvait aider au salut du malheureux. La mer, bouleversée jusque dans le fond des abîmes, ballottait le navire comme une plume, et rendait impossible toute tentative de sauvetage par une chaloupe. Le pauvre matelot, roulé, par les vagues, s'approche d'une bouée, il la saisit enfin, et chacun de nous s'écrie : Il est sauvé ! Tous les bras lui sont tendus, le capitaine l'encourage, s'accroche aux ancres au risque de se faire briser; il veut être le premier à ressaisir son matelot. Vains efforts! une lame le pousse et l'écrase contre le navire.

Inutile de vous dire la douleur de l'équipage, vous pouvez vous la figurer. Le capitaine s'arrachait les cheveux, il pleurait comme un enfant, et chacun de nous eut la prudence de se tenir quelques jours à distance de ses escarpins qui, dans ces moments critiques, traduisaient trop énergiquement sa douleur et sa colère.

Le navire reprit sa marche toujours avec une queue de requins dans son sillage. L'équipage retourna à ses manœuvres, et, quelques jours après, personne ne parla plus de la tombe sans fond qui venait de se fermer sur un camarade aimé. Le lendemain tout était oublié. Pauvre Rat-d'eau! Le marin ne s'occupait plus du passé; il ne songeait qu'à l'avenir. Sa pensée d'ailleurs le reporte incessamment vers sa famille laissée sans protection, sans guide, et sa vieille mère qu'il ne reverra peut-être plus!

Le détroit de Magellan franchi, nous entrâmes dans le Pacifique, parfois, — malgré son nom, — tout aussi rageur que les mers du Nord. L'Océan se fit beau, azuré, et le ciel sans nuage permit au soleil de nous inonder de ses flots de rayons ardents. L'équipage se reposa de nouveau de ses fatigues.

Cependant le capitaine était triste et sombre au milieu de la gaieté générale. Pourquoi? Je n'ai jamais pu le savoir. C'était un être très contrariant. Il se promenait d'un bout à l'autre du navire, et quand il passait près de nous, il nous appelait paresseux, fainéants, et prétendait que notre gaieté était un manque de respect, un oubli des convenances; que nous étions des gens de rien, mal élevés. Drôle d'homme! on ne surprenait un sourire sur ses lèvres que quand il lui tombait une dent, et il avait sa mâchoire à peu près complète.

Un baleinier, une fois sorti du port, ne fait point escale. A moins qu'il n'éprouve en route des avaries graves qui l'obligent à relâcher, il va droit et le plus vite possible, sans s'arrêter, au but de son voyage.

Or, quand le matelot commence à compter quatre-vingts ou cent jours de navigation sans la plus petite relâche, que le temps soit beau ou laid, que la mer soit calme ou enragée, il s'ennuie, il est triste, taciturne, il éprouve l'irrésistible besoin de *déraper* vers quelque *bouchon* (débit de liqueurs). La manœuvre ne se fait plus avec ces refrains bien connus.

Or, il y avait quatre-vingt-sept jours que nous étions en route et personne ne riait plus à bord. Tout le monde semblait être pris de nostalgie. Le capitaine Brisecôtes se mit à jurer comme un possédé.

— Comment, marsouins, je vous donne du poisson frais, de la viande fraîche et du pain frais à peu près tous les jours. Je vous donne du lait chaud (du rhum)

soir et matin, du plum-pudding, du café, et vous
n'êtes pas contents? Vous faudrait-il pas des dindes
truffées? des poulardes du Mans, des pâtés de foie
gras, de la chartreuse, etc. »

A cette explosion de colère succédait un bon mouvement; il faisait monter une douzaine de bouteilles de
tafia et ouvrir quelques boîtes de friandises pour régaler l'équipage. On festoyait délicatement, le grog
coulait à plein verre; on se couchait content.

Il avait un faible pour moi, moins à cause de la pa-
renté qui nous unissait que parce que j'avais su le prendre par son faible. Et ç'avait été pour moi, pendant
plus d'un mois, une étude de tous les instants, car
j'avais à me garantir des giroflées dans les épaules et
de ses escarpins dans les jambes. Il aimait le pot-au-
feu! Sans un bon bouillon bien corsé, disait-il, il n'y
a pas de bon dîner.

Et à bord, deux fois par semaine, je lui mitonnais
un consommé à mouler le torse du Père éternel. Ces
jours-là il m'appelait son cher Mathieu, et il me disait
vous par respect pour mon talent culinaire.

Je fus longtemps sans pouvoir arriver à saisir son
goût : tantôt c'était fade, tantôt trop salé; une autre
fois le pot-au-feu manquait de couleur, ou bien il n'a-
vait pas d'yeux. Enfin un jour il m'appela.

— Mathieu, me dit-il, fais-toi donner deux quarts de
vin. Tu m'as fait un potage qui mérite une récompense.
Et maintenant que tu es parvenu à faire selon mon

goût, j'espère que tu vas continuer, si tu ne veux pas que je te fasse danser au son de mes escarpins, entends-tu?

— Diable, qu'ai-je donc mis aujourd'hui dans la marmite, que le capitaine est content? me demandai-je, repassant dans ma pensée, un à un, tous les ingrédients qui avaient dû entrer dans le confectionnement du bouillon.

Je vidai le vase pour en passer le résidu à l'analyse la plus scrupuleuse. Et que trouvai-je au fond? une tabatière dite queue de rat, en écorce de bouleau, dans laquelle j'avais renfermé trois noix muscades et un bâton de pommade à la vanille. Laquelle tabatière était tombée, en compagnie d'un paquet de clous de girofle, je ne sais comment, d'une planchette qui se trouvait au-dessus du fourneau.

— Le capitaine a le palais et le gosier doublés et chevillés en cuivre, comme la coque de *la Fanny*, pensai-je, pour aimer un bouillon de cette force-là. Enfin, si c'est son goût, il ne faut pas le contrarier; on ne peut pas disputer des goûts et des couleurs.

Des clous de girofle, de la noix muscade, j'en avais dans les provisions du bord; mais par quoi remplacer le bâton de pommade? Je me creusai la cervelle pendant tout le reste de la journée et la matinée du lendemain pour trouver un équivalent; j'étais d'autant plus pressé d'arriver à un résultat que l'heure du dîner approchait.

J'étais dans cette vive préoccupation., lorsqu'un matelot, Jacques Grattepatte, m'aborda en disant :

— Est-ce que tu as un lézard dans le nez, Mathieu, que tu as l'air tout chose?...

— Non, Grattepatte, mais j'ai un bâton de pommade qui m'embarrasse...

— Conte-moi ton histoire, et, si je puis t'aider, tu sais, Grattepatte est ton ami le plus désintéressé; il échangera volontiers son idée contre trois quarts de n'importe quoi que tu me repasseras de la cantine. »

Je lui contai mon aventure, mon inquiétude et mon embarras.

— Comment! marsouin, tu t'inquiètes pour si peu de chose! Si le capitaine aime la pommade, remplace-la par des bouts de chandelle, ça fait *de l'œil*, ça.

Ce fut un trait de lumière. Tout à l'heure les escarpins du capitaine m'apparaissaient d'une grandeur démesurée, désormais je n'aurais plus à les redouter.

Mais, me demandais-je, si le capitaine s'aperçoit que je fais de l'œil à son bouillon avec des vieux bouts de chandelles!... Bah! en ayant soin d'en jeter les mèches, je ne cours aucun risque. Et je lui fis du bouillon comme l'avant-veille, qu'il trouva excellent. Mais comme la libéralité souvent renouvelée de deux quarts de vin aurait diminué la provision du bord, le capitaine me dit :

— Dorénavant, je remplace le vin par une tasse de

mon consommé; ça te remettra l'estomac, entends-tu,
mon garçon.

— Oui, capitaine, répondis-je d'un air hébété.

— Et pour que personne de l'équipage ne te jalouse
de la faveur que je te fais, tu la prendras là, à ma
table, et tu n'en diras rien. Tiens, avale ça tout de
suite, ajouta-t-il de sa voix brève et saccadée, en me
présentant une grande timbale d'étain pleine du liquide
au suif.

Le ciel me fût tombé sur la tête que je n'eusse pas
été plus abasourdi; je perdis l'équilibre comme si un
boulet était venu se ruer dans mes jambes; je me sentis aussitôt l'estomac convulsionné comme si j'y avais
eu un nid de serpents; mes joues pâlirent, mes dents
claquèrent, mes lèvres se comprimèrent, et quand il
me présenta la tasse j'éprouvai les mêmes symptômes
qu'un hydrophobe tombant dans une fontaine d'eau
limpide.

— Eh bien! quoi? tu n'aimes pas le bouillon?... tu
es bien difficile; un bouillon corsé comme celui-là.

— Capitaine... c'est que j'ai des crampes d'estomac... et quand j'ai des crampes, je ne peux rien prendre du tout... Ça me vient de nourrice...

— Dès l'instant que cette aversion vient de nourrice, je n'insiste plus, monsieur Mathieu.

Et je ne fus pas condamné à boire du bouillon à la
chandelle.

Deux mois après cet événement, nous approchions

enfin du terme de notre longue course. Les terres ca-
liforniennes, puis les îles du Prince-de-Galles et du
Roi-Georges montrèrent leurs dentelures bizarres et
uniformes.

Partis à la fin de décembre, nous arrivâmes devant
Sitka le 2 avril, c'est-à-dire au printemps. En longeant
les côtes pour reconnaître New-Archangel, la capitale
de cette colonie russe, quelques indigènes vinrent en
bodarie à notre rencontre en criant : Heâ hâ!! heâ
hâ!!! ce qui est leur manière de dire bonjour.

CHAPITRE III.

—

A cinq heures du matin, nous laissions tomber l'ancre en face de cette ville, et, vers huit heures, le youyou nous mit à terre, le capitaine et moi, en compagnie de dix paniers de vins de choix.

Le gouverneur, prévenu de notre arrivée par la vigie du fort, nous attendait sur le quai. Il était en robe de chambre à ramages, fourrée de peaux de renards et fermée à la ceinture par un foulard roulé. Il avait la tête coiffée d'un énorme bonnet en fourrure de zibeline, et il tenait à la main une pipe en bois de jasmin aussi longue que lui. Mais, me dit-on, c'était l'habitude de ce brave homme de s'affubler ainsi pour ménager son uniforme, qu'il n'endossait que quatre ou cinq fois par an, à la fête du czar, à Pâques, à la fête de Noël et au jour de l'an. Ces jours-là il passait en revue sa garnison composée de seize Kosaks déguenillés, armés de lances et suivis de leurs femmes, probablement pour

servir de public enthousiaste chargé de crier : Hour-
rah !

— Viens, Mathieu, me dit le capitaine, je t'invite à
dîner chez le gouverneur; un brave homme, un drôle
de corps qui se teint les moustaches en gorge de pigeon.
Tu feras un tour à la cuisine pour surveiller la marmite et nous mijoter un de ces bouillons que tu fais si
bien. Tu ne sais pas mal arranger un civet, nous verrons à en fricoter un. Il faudra nous distinguer. Le
gouverneur est porté sur sa bouche; il n'a que ça de
plaisir, ce brave homme, et c'est le faible par où il
faut le prendre pour obtenir quelque chose de lui. Tu
entends?

— Bien capitaine, mais pour faire un civet, il faut
un lièvre.

— Nous sommes dans le pays où il est né; le lièvre
pullule ici comme les puces dans les rues de Rome,
et les punaises sur la route de Moscou.

— C'est bien, capitaine, ce soir le gouverneur sera
votre ami.

— Que Dieu t'entende !

A ce moment, nous abordions le quai.

— Capitaine, s'écria le brave homme, en lui tendant la main comme à une vieille connaissance qu'on
revoit avec plaisir, soyez le bienvenu.

— Me voici des vôtres pour toute la saison de pêche,
répliqua Brisecôtes en serrant la main du gouverneur.
Avez-vous de la baleine, des phoques, des loutres?

— Nous causerons d'affaires entre la poire et le fromage, car vous allez dîner avec moi, c'est convenu.

— Je vous présente Mathieu, un cousin à moi, que j'ai embarqué pour lui faire voir du pays; c'est un lapin qui vous fricasse un lièvre comme défunt Vatel, et qui vous fait un pot-au-feu à réveiller un mort. Je ne vous dis que ça!

— Monsieur, me dit le gouverneur avec empressement et en me tendant la main, touchez là, vous êtes des nôtres. Bien que nous soyons ici à plusieurs milliers de lieues de l'Europe, nous protégeons l'art... culinaire, à défaut d'autre, ajouta-t-il en riant à se déboîter la mâchoire. Je ne cuisine pas mal une loutre et un faïtan, mais je n'ai jamais pu faire un bouillon français; vous me donnerez votre recette...

— Pour le bouillon, ajouta Brisecôtes, c'est le roi des cuisiniers.

Et il nous conduisit au palais du gouvernement, grand bâtiment en briques et bûches, ma foi assez confortable pour un pays où les hommes se creusent des trous en terre comme les taupes.

Durant le dîner, le gouverneur m'interpella sur les diverses manières d'arranger certains poissons.

— J'ai, me dit-il, dans le silence de ma retraite, inventé, après mille essais infructueux, dix-sept manières d'accommoder le faïtan (poisson plat qui ressemble à la raie); et je vous donnerai demain un échantillon de mon savoir-faire. Capitaine, vous êtes mon *goste* (invité).

A cette proposition inattendue, le capitaine Brise-côtes blêmit; le malheureux se voyait condamné le lendemain à passer huit heures à table pour mâcher rien que de la raie arrangée à dix-sept sauces différentes, lui qui aimait le poisson à peu près comme vous aimez les arêtes.

Le lendemain, le capitaine eut bien envie de rester sur son carré, et de faire dire au gouverneur qu'il était malade, afin d'échapper à l'abominable corvée de goûter à cette macédoine; mais, dans la crainte d'offenser un homme dont il avait besoin, il se résigna au supplice qui l'attendait. Il est inutile que je vous rapporte ses grimaces, ses contorsions et les éclairs de colère qui lui sortirent des yeux, non plus que le nombre de verres de rhum dans lesquels il noya les susdites sauces : vous le devinez.

Pendant huit jours, ce fut une série de déjeuners et de dîners pantagruéliques, tantôt à terre, tantôt à bord. Quand on traitait le gouverneur à bord, on préparait une cabine à son intention, dans laquelle on le déposait, à la fin du repas, pour faire sa digestion.

— Vous êtes fort sur les civets, les gibelottes et les matelotes, me dit un jour M. Asinoff, le gouverneur de Sitka. Ce n'est que depuis que vous êtes ici que je sais ce que c'est qu'un lièvre, un lapin et du poisson arrangés à la française. Je vous ai observé, et je crois avoir retenu votre manière de faire. Mais, quant au bouillon, j'avoue que j'ignore complètement ce que vous y mettez pour lui donner ce haut goût qui flatte le palais d'une manière aussi étrange, et cet œil moelleux et appétissant : celui que me fait ma cuisinière n'est que de l'eau de vaisselle en comparaison du vôtre. Que diable pouvez-vous y mettre pour lui donner l'œil, la couleur et ce fumet à réveiller un mort, comme dirait le capitaine? Voyons, Mathieu, soyez bon enfant, dites-moi votre secret?

— Il n'y a pas de secret, je vous assure; tout dépend de la cuisson et du temps...

— Impossible! impossible, Mathieu. Il y a là quelque chose dont je ne puis me rendre compte.

J'avoue que l'insistance du gouverneur me contrariait beaucoup. Je ne pouvais pas lui dire que je remplaçais le bâton de pommade par un bout de chandelle, sans courir le risque ou de lui laisser croire que je me moquais de lui en disant la vérité, ou d'exciter son dégoût pour un bouillon fait avec une addition de suif, et d'avoir à redouter la colère du capitaine; je lui répondis :

Je vous assure, commandant, que le goût que vous trouvez à mon bouillon vient du girofle, de la muscade, de la cannelle et du laurier que j'ajoute aux légumes.

— C'est égal, fit-il, en s'en allant pour prendre le café, il y a dans vos bouillons comme un goût de mouton... Il faudra que j'essaie...

Il avait trouvé le goût du mouton, mais il ne soup-
çonnait pas l'extrait de mouton dont je me servais.

Avant de continuer mon récit, permettez-moi de
vous faire un tableau du climat et du pays.

Le tableau que nous offraient ces groupes d'îles et
d'îlôts ne manquait pas de grandeur ni de majesté. Ce
n'était pas la riche et splendide végétation du ciel des
tropiques, mais la teinte sombre des sapins, des mélèzes, mélangée çà et là de bouquets de bouleaux et d'aulnes assez chétifs, dont les bourgeons naissants mariaient leur fraîche et tendre verdure, formaient un
contraste qui n'était pas dénué de beauté. Tout, dans
ce pays, est d'un aspect étrange. L'atmosphère est remarquable par son extrême variabilité, par sa densité
et sa couleur sombre. Le ciel charrie des nuages noirs,
épais, déchirés. A un calme profond succède brusque-
ment une violente tempête ; à un soleil brûlant succè-
dent des pluies diluviennes, qui donnent à ce groupe
d'îles une humidité excessive.

Les hivers et les étés sont les mêmes qu'en Suède
et en Norwège.

L'été est un jour qui dure trois mois et un soleil qui
ne se couche pas pendant quatre-vingt-dix jours.

Les hivers sont éclairés par ces longues nuits polaires avec cette clarté poétique des aurores boréales,
mais les froids ne sont pas plus intenses que ceux de
la Hollande, et néanmoins l'été n'y est pas plus chaud

qu'à Stockholm et à Saint-Pétersbourg. Cette température est funeste au pays. Ce singulier phénomène est dû au voisinage de la mer et aux courants du Pacifique qui élèvent la température, mais cette température humide, pourrie, inconstante, rend difficile la culture des céréales.

Les Russes n'ont pu jusqu'à présent obtenir que quelques maigres légumes, tels que choux, navets, carottes, haricots et pommes de terre, avec lesquelles ils nourrissent en partie un très petit nombre de volailles. Le sol de ces archipels a beaucoup d'analogie avec les îles qui enveloppent le sud de la Finlande : il est rocailleux, couvert, et, pour ainsi dire, semé de blocs de roches, de granit et de basalte, amoncelés les uns sur les autres, ou roulés çà et là, enveloppés de cette éternelle mousse verdâtre qui envahit partout la croûte du sol, grimpe aux arbres et s'accroche à tout; les framboises, les airelles, le gouloubnika, ou raisins d'ours, dont le grain, la couleur le goût se rapprochent de nos raisins de vignes, font d'excellentes conserves. Les colons et les indigènes recueillent précieusement tous ces fruits, ainsi que vingt sortes de champignons comestibles pour leurs provisions d'hiver. Tout le pays est couvert de forêts; ces forêts se ressentent de la rudesse du climat : elles abondent en bois résineux et en bouleaux maigres et tortus. Cependant on aperçoit de temps à autre des conifères gigantesques, trois, quatre, peut-être six fois centenaires.

Les côtes, généralement peu élevées, mais déchirées, caillouteuses, coupées de ravines, murées de roches, sont le rendez-vous des oiseaux aquatiques à duvet, qui viennent pondre et couver leurs œufs au milieu des vastes jonchaies qui les bordent.

L'établissement principal des Russes est New-Archangel, ou plutôt Sitka, dans l'archipel de Norfolk, bourgade enveloppée d'une enceinte palissadée, défendue par des tours carrées et des fossés, au milieu desquels règne une muraille de pieux. C'est la capitale du pays, le chef-lieu, sur le continent américain, de la Compagnie russe des pelleteries. Ce bourg est sur un terrain fort bas, au pied d'une colline d'une déclivité assez rude. Pour ne pas être noyés en été, ensevelis sous les neiges en hiver, la plupart des habitants ont bâti leurs maisons sur pilotis.

La forteresse est au-dessus de la *ville*, sur la crête d'une falaise rocheuse déboisée; c'est là que le gouverneur a établi sa demeure. Qui a vu un village norwégien ou russe peut se faire une idée de cette bourgade, renfermant environ trois cents maisons bâties en bois, entourées de sapins, la plupart entre cour et jardin; une église, un hôpital, une école, une pharmacie, une maison de bains et les immenses magasins de la Compagnie russo-américaine. En dehors, à l'ouest, est un village habité par des Koloches, indigènes du pays; à l'est, sont les jardins, les potagers et quelques petits champs de légumes. L'église est desservie par trois ou quatre prêtres de l'ordre monastique de Saint-Basile, assistés d'autant de barbiers chargés d'inoculer la vaccine, de saigner les malades, de poser les sangsues et de chanter au lutrin. Après cinq ans de résidence dans le pays, prêtres et barbiers peuvent retourner en Russie.

La population de la colonie n'atteint pas, je crois, huit mille individus, dont sept cents Européens, — tous éparpillés dans un rayon de quatre à cinq cents kilomètres, composés en partie d'employés de la Compagnie, d'exilés venus de la Sibérie, qui se sont alliés à des femmes indigènes, et d'habitants transportés des îles Kadiak.

La baie est sûre, parfaitement abritée, excepté des vents du sud. Elle est signalée, le jour, à dix ou douze lieues au large, par une montagne aplatie à son sommet, qui s'élève derrière l'archipel; de nuit, un phare, perché à l'entrée de la baie, projette sa lumière à sept lieues en mer.

Pour la protection des trappeurs russes, une centaine de fortins ont été établis le long des côtes, des embouchures des fleuves et des rivières de ces contrées désertes. Tous sont bâtis sur le même modèle : carrés plus ou moins réguliers, enveloppés de fossés, renfermant un isba (maison) en rondins de sapins, bâtis de façon à résister à un siège. Les indigènes y viennent échanger leurs fourrures contre divers objets manufacturés, du tabac, de la farine, de l'eau-de-vie, des vases en fonte ou en cuivre, des ustensiles de ménage, de vieilles houppelandes.

A la fin de chaque saison de chasse, les fourrures sont acheminées vers Sitka et, par Okhotsk, sur Irkoustk, où sont établis l'entrepôt général et les comptoirs de la Compagnie et où elles sont triées et examinées avec soin.

Le premier choix est réservé pour les marchés de Moscou, Saint-Pétersbourg, Nijni-Novogorod, où des marchands arméniens en enlèvent la plus grande partie pour Constantinople; le deuxième est expédié à la foire d'Irbit et vendu aux Boukhares, aux Persans et aux Tartares Kirghiz; le troisième à Kiakta pour les marchés chinois.

Les indigènes du littoral américain, qui se sont répandus sur ces îles, sont des Koloches, hommes trapus, osseux, robustes, habiles chasseurs. Sous une administration plus prévoyante et surtout moins éloignée des yeux et des oreilles de l'empereur, ils eussent pu, greffés sur le Russe, former le noyau d'une population mêlée, très énergique et très intelligente. Mais là, comme dans les provinces sibériennes, les agents de la Compagnie, échappant à tous contrôles, les ont gouvernés avec un despotisme tellement brutal, que les malheureux ont été décimés par la misère la plus hideuse et les maladies qui en sont les résultats inévitables.

A côté de ces Indiens, vit une autre colonie composée de convicts déportés de la Sibérie. La condition de ces colons, il faut bien le dire, est beaucoup plus heureuse que celle des Sibériens. La chasse et la pêche, beaucoup plus productive que sur les bords de Jenissei, de la Léna ou de l'Obi et leurs nombreux affluents, les mettent à même de se donner un certain confortable, inespéré même dans les contrées les plus favorisées de la Sibérie. Le climat d'ailleurs y est beaucoup plus doux. Ces colons cultivent quelques parcelles de terre dont le fourrage leur permet de nourrir quelques bestiaux. Ils ont la permission de porter une vinntofka, longue canardière d'un calibre de quarante balles à la livre, avec laquelle ils vont à la chasse des zibelines, des loutres de rivière, des écureuils et des renards. La couronne leur donne du sel, du tabac, du thé, de l'eau-de-vie, de la farine, en échange des fourrures et des peaux.

Ces Indiens ne sont pas, à vrai dire, le type du beau; ils ont le torse démesurément long, les jambes cagneuses, les pieds larges et plats comme des orangs-outangs, la figure carrée, osseuse, le nez arqué, les yeux petits et saillants comme ceux d'un rat étranglé dans une trappe, la bouche d'une largeur à défier celle d'une morue, et des dents comme un crocodile; leur chevelure, noire et rude comme une brosse, est, chez les uns, hérissée, chez les autres, relevée en forme de pyramides ou de gerbes au sommet de la

tête, et ornée de plumes d'oies ou de canards, de chapelets de verroterie, d'os de baleine; et, pour couron-
ner ce chef-d'œuvre de coiffure, ils portent aux oreilles une douzaine d'énormes anneaux qui leur tombent
sur les épaules.

Comme toutes les autres peuplades de l'Amérique,
ils s'enveloppent de vêtements de peaux de daim ou d'é-
lan, et s'ornent les jambes de rassades, d'anneaux, d'os
de poissons, mesurant l'importance de la personne au
vacarme qu'ils peuvent faire en marchant. Aussi ne les
voit-on jamais sans leur chichikouet à la main, qu'ils
agitent de toute leur force. Cet instrument est fait
avec une calebasse parfaitement vidée, séchée et rem-
plie de gros pois ou de petits cailloux.

Dans la belle saison ils habitent des huttes informes
en perches entrelacées d'osiers, de roseaux, de joncs,
de mousses, de fougères, recouvertes d'écorces de
bouleaux ou de peaux d'animaux, et murées d'une
couche de gazon. Il n'y a pas de fenêtres, mais on laisse
au faîte du cône un trou pour le jour et la fumée.
Quand elles n'ont rien à faire, les femmes montent
s'asseoir autour du trou avec leurs enfants, et de là
font la conversation avec leurs voisines.

Les peaux d'animaux jouent un grand rôle dans cet
heureux pays. Voulez-vous une porte, une fenêtre,
une cloison, un tapis, une couverture, vite une peau
d'élan, de renne ou de daim, n'importe. Ces demeures peuvent être confortables pour de telles gens. Bien

qu'elles exhalent une odeur de marée aussi forte que celle du logement de Jonas dans le ventre de la baleine, les trappeurs se trouvent heureux d'en rencontrer et d'y être recueillis pour hiverner. Pour meubles, ils ont une hache, un vase en bois, des amulettes grotesques, un chien empaillé, suspendu à la muraille avec un paquet de tabac au cou, pour éloigner les mauvais esprits, des vessies peintes, des corbeilles attachées aux solives et dans lesquelles, la nuit, on place les enfants; des oiseaux empaillés aussi grossièrement que possible, des têtes de cayottes (loup de prairies), des figures de poissons, et surtout de baleines, sculptées, des racines.

L'habitation d'hiver est moins splendide, l'ornementation plus sobre, et le style architectural complètement négligé. Les Limousins ne feraient pas leurs affaires dans ce pays-là.

On fait un trou de hauteur d'homme, on le recouvre de branchages, d'écorces de bouleau, de gazon; la neige recouvre ce plancher improvisé et économique : voilà une demeure abritée contre les grandes rigueurs du froid et les terribles pougras (ouragans), le fléau de ces contrées. On descend dans cette fosse par un trou percé à six ou huit pas plus loin et un étroit couloir fermé aux deux extrémités par des peaux d'animaux.

Quand le Koloche a des loisirs, il va voisiner, ou il reçoit ses amis. Un bon feu brûle au milieu de la pièce : on l'alimente avec du bois ou de la graisse de poisson.

On cause, c'est-à-dire l'on pleure ou l'on rit, selon que les loustics du pays racontent l'odyssée glorieuse d'un vivant ou l'histoire d'un parent mort. Et quand on a bien pleuré, bien ri, quand on s'est arraché les cheveux, chacun se félicite de s'être si bien amusé.

L'heure venue, la conversation, triste ou gaie, achevée, on passe à table, les hommes dans une hutte, les femmes et les enfants dans une autre, et tous se livrent, avec un appétit gargantuesque, au festin le plus balthazaréen qu'il soit possible d'imaginer, moins brillant par la qualité que par la quantité. Tout leur est bon. Ils n'ont pas le palais délicat : œufs d'oiseaux aquatiques, poissons frais ou secs, gibiers, le tout assaisonné de graisse de phoque à défaut de beurre et de saindoux complètement inconnus dans ces contrées. La quantité d'aliments et de boissons qu'ils absorbent dans un seul repas dépasse ce que l'habitude de notre civilisation moderne nous permet de concevoir.

Ils ne font qu'un repas par jour, mais solide je vous assure : un seul homme consomme à lui seul autant d'aliments que trois chez nous. On s'enivre de wodky, on s'asphyxie de tabac et on dort vingt-quatre heures durant.

Leur cuisine n'est pas longue à préparer : viandes et poissons sont grillés sur des charbons ardents, ou cuits dans un grand vase en fonte quand le ménage ou le village en possède un, sinon, dans un vase en bois où l'eau est mise et entretenue en ébullition par des cailloux rougis au feu.

Vers la fin de mars ou la mi-avril, époque des dégels, les indigènes quittent leurs villages et leurs familles, qu'ils laissent sous la protection des vieillards, remontent les rivières, entrent dans les lacs sur des kitcbichiman (grandes barques en écorce de bouleau, très légères, mais aussi très fragiles), pêchent du poisson, soit au filet, à l'hameçon ou à la lance, ramassent de la tripe de roches, plante traçante, qui, cuite à point, sous la cendre chaude, est assez nourrissante; chassent tout ce qui passe à portée de leurs flèches ou de leurs vintofka (canardière) : castors, loutres, élans, ours, loups, renards, ouapous (lièvres), etc.

Chemin faisant, ils déposent les produits de leur chasse et de leur pêche dans leurs baraborkas, espèces de hangars fermés tant bien que mal par des branchages ou des peaux, échelonnés sur les bords des rivières qu'ils remontent.

Les indigènes pratiquent un tel respect pour la propriété d'autrui, que personne n'oserait se permettre de toucher aux provisions laissées sans protection. Je crois, Dieu me damne, que plus l'homme se rapproche de l'état sauvage, plus il est honnête. Il faut que cela soit ainsi dans ces pays-là, puisque les habitants ne peuvent se donner le luxe de gendarmes pour protéger leurs propriétés. J.-J. Rousseau a eu raison de dire que la civilisation corrompt et déprave les hommes.

Quand les provisions manquent à la hutte, l'indigène attèle quatre ou cinq chiens à une nortas (petit traîneau) de la capacité d'une caisse d'oranges, et s'en va chercher dans ses baraborkas ce qui lui manque. Si le vent souffle arrière, il attache à sa nortas une voile en peau de phoque, laquelle pousse et allège son attelage. Quand il n'a pas de peau, il se sert de pankas.

Maintenant que je viens de vous esquisser largement la physionomie du pays, je vais reprendre mon récit.

CHAPITRE IV.

—

Les baleiniers fréquentent peu les eaux de Sitka, et il y avait longtemps que le gouverneur n'avait eu occasion de faire de si bons et de si longs repas. Je devins son favori. Quand il était gris, il me proposait de partager avec lui sa puissance, son autorité et sa haute-paie, si je voulais consentir à me fixer à New-Archangel et à lui donner le secret de mes bouillons.

— Ici, me disait-il, nous vivons doucement, mollement, tranquillement, sans passion, sans inquiétude, sans agitation. Nous menons une existence de patriarches, au milieu d'une abondance relativement facile. Ma servante, assez bon cordon-bleu, prendra plus souvent le chemin de la cave que celui de la fontaine : ma cave est bien meublée : j'ai en ce moment, à peu près, vingt-trois mille bouteilles de différents crus, Bordeaux, Bourgogne, Champagne, vins du Rhin, d'Espagne, de Hongrie, de Portugal, même de Cons-

tance; du rhum pur Jamaïque, et du tafia de trente
ans de bouteille; de l'anisette de Bordeaux, première
étiquette. Nous ferons de l'hydrothérapie, ça vous for-
tifiera; il n'y a rien de tel pour développer la poitrine.

Regardez-moi, ai-je un torse assez carré? Voyez
ces bras; est-ce assez musclé, hein? Et ces jambes,
est-ce solide? Et ces pieds, sont-ils nerveux?

— Le fait est, commandant, que vous avez des épaules à porter le ciel, et des pieds à battre le fer.

— Quand vous vous ennuierez de la solitude, poursuivit-il, vous ferez comme moi et mes officiers : vous
épouserez une indigène. Les filles de ce pays sont parfaitement libres de disposer d'elles-mêmes comme bon
leur semble, n'importe à quel âge, sans que leurs
parents aient rien à y voir.

La cérémonie n'est pas compliquée : vous entrez
la nuit, avec une allumette allumée, dans la cabane de
la femme dont vous avez fait choix; si elle la souffle,
cela veut dire que le voile de la nuit doit couvrir la
signature du contrat et le mariage est fait et consommé
sur l'heure. Si vous avez une compagne à peau cuivrée,
vous avez du moins une âme candide et d'une blancheur de lis, une épouse fidèle comme un caniche et
d'un dévouement à toute épreuve. Elle devient aussitôt
votre chose, votre bien, et, comme dit le Coran, vous
pouvez la cultiver comme bon vous semble; femme
aujourd'hui, bête de somme demain. Si elle manque à
son service, vous pouvez la battre comme un sac; elle

appelle cela *recevoir de bons conseils*. Elle ne professe
pas un souverain mépris pour le whiskey, j'en conviens; quand elle tient une bouteille, elle apaise des
soifs de trente jours. Pour empêcher la vôtre de boire
outre mesure, vous ferez comme moi, vous lui con-
terez des histoires à dormir debout, et qu'elle écoutera
avec un sang-froid imperturbable en fumant son calumet. Cette distraction éloigne la soif, paraît-il, puisque Mme Bourikoff va se coucher sans boire, toutes
les fois que je lui raconte les *Mille et une Nuits*. Dame!
le beau sexe de ce pays n'a pas le teint du lis et de la
rose, ni les beautés plastiques de la Vénus Callipyge.
Son œil n'a pas l'éclat du saphir, ni les agaceries de
celui d'une Andalouse; mais de son regard fauve
jaillissent des éclairs aussi vifs que les étoiles du firmament. La Koloche ne manque pas de charme; bien que
ses muscles ne soient pas plus souples qu'un paraton-
nerre, et qu'elle se passe des plumes d'oie ou de canard dans le nez et des anneaux en os de poisson dans
les oreilles, elle a néanmoins des qualités précieuses;
par exemple, elle est très économe, elle ne porte jamais ni bas ni gants. Avec un sac de peau de daim,
orné de beaucoup de verroteries, vous lui ferez un
vêtement qui durera dix ans et qui ne demandera
pas la moindre lessive. La mode ici est moins capri-
cieuse qu'en Europe. Quand vous voudrez endimancher
Mme Mathieu, vous lui badigeonnerez le corps avec de
l'ocre étendue de graisse de poisson, pour lui donner

3.

un parfum de rance aussi recherché dans ce pays que
le patchouli à Saint-Pétersbourg; vous lui ferez sur la
figure, avec du roucou et du blanc, quelques dessins
bien bizarres; la lune, le soleil, une comète, une gre-
nouille, un crapaud, n'importe; les femmes ne se montrent pas difficiles sur le sujet; avec une mâchoire de
requin, vous lui ferez un peigne splendide; vous lui
fabriquerez une paire de bottes avec des pattes de
daim, de rennes ou d'ours, et tout sera dit. Voyez,
tout cela ne coûte pas cher; c'est à considérer. Vous
épouserez autant de femmes que vous voudrez. La polygamie a un avantage, on ne se trouve jamais au dé-
pourvu.

— Cela dépend des goûts.

— On s'habitue à tout, Mathieu. Voyons; vous ne
trouvez pas le tableau séduisant? hein! Je vous paierai
vos appointements en peaux de loutres, de castors, de
ratons, de cayottes, de zibelines ou de renards, comme
vous voudrez. C'est la seule monnaie courante.

Nous ferons des banquets splendides, homériques,
qui feront pâlir les banquets joyeux, légers et gra-
cieux des vrais croyants, racontés dans ces récits pittoresques des *Mille et une Nuits*. Si nous n'avons pas
notre table encombrée de fleurs, elle sera du moins
chargée de ces précieux vins de France, dont le glou-
glou est plus enivrant que tous les parfums d'Arabie.

Je suis plus heureux que le Grand Turc; ma vie s'é-
coule dans un *far niente* perpétuel, et ce qu'on peut

appeler, en style épicurien, *otium cum dignitate*. Dans les longues soirées d'hiver, je joue aux cartes avec ma garnison. Tous mes soldats savent parfaitement jouer le whist, le boston, le piquet et aux échecs. J'ai eu beaucoup de peine à les former; mais, la schlague aidant, je suis parvenu à en faire des joueurs habiles. Tous les soirs, je commande quatre hommes de corvée pour faire mon jeu jusqu'à onze heures. Je leur donne des pipes, du tabac et une ration de *schnaps*. A onze heures, je me couche sur mon lit, enveloppé d'édredons très moelleux; c'est ici le pays de la plume et du duvet. Le matin à sept heures, *mon épouse* m'apporte une tasse de thé ou de café et une pipe, et me dit le temps qu'il fait. Quand j'ai bu l'une et fumé l'autre, je me rendors jusqu'a dix heures. Je l'ai formée de la même manière que mes soldats et elle remplit ses devoirs de ménagère avec la ponctualité d'une horloge. A midi, je déjeune, et après, je m'occupe de mon dîner : c'est un amusement, une distraction que je me donne. En été, les bâtiments de la Compagnie et les bohémiens viennent me distraire. Il ne tient qu'à vous, Mathieu, de vivre comme un sybarite.

— Votre proposition me séduirait si nous n'étions pas si loin d'Europe... Nous verrons.

Le capitaine prit des arrangements avec le gouverneur, représentant la Compagnie russo-américaine, pour faire la pêche des morses et des loutres.

Selon les règlements, à cette époque, un bâtiment

avait droit à vingt barques par cent cinquante tonneaux de port. *La Fanny* jaugeait neuf cent quatre-vingt-deux tonneaux, soit cent quarante Koloches et autant de bodaries qu'il nous fallait, et qui arrivèrent, ayant à leur tête un sorcier chargé de la police de cette flottille. C'était un sauvage vêtu de la plus singulière façon, portant autour de lui plusieurs guirlandes de dents de phoques et de chiens, de becs de corbeaux, de queues de ratons et de loups, de crânes humains auxquels adhéraient encore des cheveux.

Par la taille et l'air féroce, il méritait certes l'honneur de commander à ses semblables. Il prétendait avoir des conversations intimes avec le Grand-Esprit, et que sa femme était grosse des œuvres immatérielles du dieu des Koloches. Mais le soir, ayant eu des distractions avec une bouteille de whiskey, il nous confia qu'il était bien le père de l'enfant de sa femme, et qu'il accusait le Grand-Esprit de lui avoir fait cet honneur pour ménager à son fils, si c'en était un, la survivance de son état de maskilck (sorcier), qui lui permettait de vivre aux dépens de tout le monde.

Sa femme portait sur son dos un enfant plus blanc que ceux de sa race; je lui en fis l'observation, et il me répondit en riant :

— Oui, cela est vrai, ma jekouë (épouse) a brûlé une allumette et fumé le calumet avec un makat-ockola (robe noire), missionnaire canadien.

Le bodarie est d'une construction si bizarre qu'il mérite que je vous en fasse une description. Figurez-vous une bourriche de huit pieds de long, et vous en aurez la figure. La carcasse intérieure est à claire-voie, en cerceaux de bois élastique, maintenus verticalement par six traverses horizontales très minces, en bois dur; celle qui fait l'office de carène est généralement en os de baleine. Le tout est recouvert d'une première enveloppe en peaux de poisson ou d'olakich (boyaux de baleine), puis d'une seconde en peaux de phoques, poils en dedans, cousues avec une adresse remarquable. Ces barques, percées d'une ou deux ouvertures rondes pour le passage d'un homme, glissent et se maintiennent sur l'eau comme une plume. La manœuvre se fait avec une pagaie de deux mètres au plus de longueur.

Quand les indigènes prennent la mer, ils endossent une pankas (chemise imperméable et transparente d'olakich), fermée au cou et aux poignets. L'extrémité inférieure est liée autour du rebord saillant et évasé de l'ouverture, de manière à garantir l'homme et l'embarcation.

Une fois assis dans le compartiment, l'individu est en quelque sorte soudé à son bodarie, ce qui lui laisse la perspective de voyager sous l'eau, la tête en bas, quand l'embarcation vient à chavirer. Pour échapper au danger de faire une culbute, ce qui ne manquerait pas d'arriver quand la mer grossit, ces hommes se rapprochent par groupes, s'attachent l'un à l'autre, forment un radeau et se laissent aller.

Le capitaine fit lever l'ancre et mit le cap sur l'île de Tschitchagoff, dans le nord de l'archipel de Sitka, où, dans l'après-midi du lendemain, notre navire s'amarrait dans un canal, à l'abri de tous les vents. C'était là que nous devions commencer la pêche ou plutôt la chasse des loutres et des morses.

N'ayant rien à faire dans sa capitale, le gouverneur Asinoff vint nous accompagner, pour ouvrir la campagne en personne par une course aux loutres, dans laquelle, du reste, en homme qui sait compter, il devait prélever un certain nombre de fourrures, simplement pour obéir aux règlements de la Compagnie. Le brave homme n'oubliait pas ses petits intérêts.

— Avant de nous mettre en mer, m'est avis, observa-t-il, que nous ferions bien de sacrifier aux génies de la localité et de leur offrir quelques victimes... Hein! qu'en dites-vous, capitaine? sous ces latitudes, la digestion se fait mal; la circulation du sang se ralentit; elle est paresseuse; il est bon de lui donner un petit coup de fouet pour l'activer.

— Ça va, commandant.

— Si nous commencions par une larme de punch en attendant le dîner... Qu'en dites-vous?... ça tue le ver.

— Va pour un punch, répéta le capitaine qui ne dédaignait pas une conversation intime avec ce genre

de liquide. Tiens, Mathieu, je te confie cette mission ;
prépare-nous ça numéro un. Mais, exclama-t-il aussitôt, commandant Asinoff, qu'allons-nous prendre
pour tenir compagnie au punch?

— Ce que vous voudrez, capitaine ; je ne vous ferai
pas le chagrin de vous contredire.

— Eh bien, Mathieu, tu nous feras rôtir un chapelet
de gélinottes ; puis tu nous braiseras six livres de filets
d'élan. Il y a la moitié d'une bête au frais sur la glace
de la cale.

— Six livres de filets ! répéta le commandant Bourikoff, en allongeant ses gros yeux ronds.

— Mettons-en huit, répliqua Brisecôtes, qui ne voulait pas lésiner avec le gouverneur.

— Combien sommes-nous à table?

— Quatre : vous, moi, mon second et Mathieu.

— Alors vous pouvez hardiment faire braiser douze
livres. La chair d'élan est saine, et sous ces latitudes,
il est nécessaire de se tonifier l'estomac.

— Va pour douze livres ; tu entends, Mathieu.

— Et avec cela? reprit le gouverneur.

A cette nouvelle interpellation, le capitaine ouvrit
à son tour des yeux énormes. Il répondit :

— Après, commandant!... j'ai de la morue salée...

— Vous en nourrirez vos sauvages. Fi donc! de la
morue salée dans un pays où l'on mange du poisson
frais toute l'année!...

— A dix-sept sauces, interrompit le capitaine, avec

un accent légèrement ironique, et en frottant énergiquement ses escarpins sur le pont, de la façon d'un
homme qui éprouve le besoin de les placer quelque
part.

— Vous avez des conserves, je crois?

— Quelques boîtes.

— Faites ouvrir vingt boîtes de petits pois, autant
d'asperges et quatre ou cinq de confitures. Nous trou-
verons bien le moyen d'absorber cela en buvant du
punch un peu cannellé. Le punch, capitaine, facilite
la digestion... comme la chaux brûle les cadavres.
Shoukin-Sinn ! (juron russe) j'oubliais un plum-pudding pour le bouquet, qu'en dites-vous? Avec cela
nous pourrons nous lester convenablement.

Le capitaine aimait bien à rire, à vivre et à boire;
mais il n'aimait pas à prodiguer ses provisions. Cependant comme il avait intérêt, je l'ai dit plus haut, à
ménager Asinoff, il s'exécuta de bonne grâce, et vers
le milieu du jour nous nous mîmes à table. On commença le dîner par du caviar (œufs d'esturgeons ma-
rinés), des agourtsy (concombres apéritifs conser-
vés dans une saumure russe) et un flacon de shnaps
(eau-de-vie russe), que le commandant Asinoff avait
eu la gracieuseté de nous offrir.

Ce que le bonhomme consomma de liquide et de
solide eût suffi, je crois, à la réserve d'un chameau
pour la traversée du Sahara.

J'ai ouï dire qu'à Paris, il y a des fonctionnaires

d'un très brillant appétit, et qu'en raison de la capacité de leur estomac, on a surnommés *belles fourchettes*. Mais je doute qu'il y en ait un qui puisse être comparé au gouverneur de Sitka. Je ne l'ai pas perdu de vue une seule minute, durant le dîner, et je puis affirmer qu'il n'a pas empli ses poches au profit de sa femme.

Au sortir de la table il prenait les salières pour des lunettes. Il avait le vin gai et bon. Il nous embrassa en disant que c'était la mode dans son pays, nous appela ses amis; nous raconta ses malheurs conjugaux, ce qu'il appelait la chute de Mme Asinoff première, à la suite d'un bal masqué à Moscou et de cinq verres de vin de Champagne, histoire qui offre tout l'intérêt d'un drame quasi-comique. Il finit par nous proposer une revanche.

Vers dix heures du soir, le signal du départ fut donné. Tous les Koloches groupés autour du navire prirent le large et explorèrent la pleine mer. Le gouverneur fit mettre à l'eau son bodarie, se plaça dans l'une des ouvertures, moi dans l'autre, à l'arrière, et tous deux vêtus d'une parkas, liée à l'orifice du compartiment, nous suivîmes la flotte.

Malgré que je sois assez bon nageur, j'avoue que j'étais très peu rassuré. Je m'attendais à chaque instant à faire la culbute, et, par prudence, je détachai la susdite chemise pour être prêt à tout événement, car le moindre mouvement à droite ou à gauche pouvait compromettre gravement l'équilibre de notre frêle embarcation et la faire chavirer.

Les indigènes ramaient avec une telle précaution que l'on entendait à peine le léger bruissement de l'eau déplacée par les pagaies. Le temps était parfaitement calme, la mer comme un miroir : sous ces hautes latitudes elle est d'une limpidité telle qu'on peut voir et suivre le poisson à de certaines profondeurs.

— Il nous faut, dit le commandant, près de trois quarts d'heure pour nous porter à la plaine des loutres. Nous appelons plaine l'endroit, toujours éloigné de deux ou trois milles des côtes, en face de l'embouchure d'un cours d'eau et dans le voisinage des grèves rocheuses, où ces animaux se rassemblent en grand nombre. A cette heure-ci, toutes flottent endormies sur l'eau, bien que le soleil soit encore splendide à l'horizon.

Bientôt le bodarie, tête de la flottille, conduit par le Koloche le plus expérimenté, s'arrêta court : il avait aperçu les loutres.

Les indigènes se réunirent aussitôt par escouades de quinze à vingt, étendirent leur cercle et s'avancèrent lentement.

— Voyez-vous une constellation de points noirs à trois portées de fusil ?

— Le soleil me frappe en plein la figure, et j'ai de la peine à distinguer.

— Servez-vous de votre main comme de visière.

— J'aimerais mieux avoir le soleil dans le dos.

— Vous souhaitez des choses impossibles; pour un chasseur de lapins, vous me faites une question qui me renverse.

— Je n'ai jamais chassé le lapin en plein soleil, puisque je braconne d'habitude.

— Si nous avions le soleil dans le dos, ses rayons promèneraient notre ombre à travers les loutres, et la variation de lumière frappant sur leurs paupières pourrait les réveiller.

— C'est vrai; j'aurais dû le comprendre. Je vais, ajoutai-je en plaçant ma main horizontalement au-dessus de mes yeux, tâcher d'y voir plus clair.

— Autant de points noirs, autant de têtes de loutres.

— Comment ces sauvages vont-ils s'y prendre pour s'en approcher? car, avec si peu de prise, il faut être au plus loin à cinquante pas de la loutre.

— Ces sauvages sont aussi adroits à tirer de l'arc que vous à vous servir de votre carabine : à vingt-cinq pas toutes les flèches porteront.

— Pourquoi n'emploient-ils pas le fusil?

— Ce serait le moyen de ne rien tuer du tout. Lorsqu'on chasse la loutre aux appeaux, le fusil est plus sûr, sans doute, il porte plus loin; mais ici on n'en tuerait qu'une vingtaine, et le reste plongerait.

— Comment peuvent-ils reconnaître que l'un d'eux

a tué telle ou telle bête? car j'imagine que les indigènes ne se désignent pas entre eux les pièces qu'ils doivent tirer.

— Cela est bien simple : chaque indigène a une marque particulière à lui, imprimée ou incrustée sur ses flèches ancrées dans le corps de l'animal.

— Il doit s'élever des contestations nombreuses quand l'animal est blessé par plusieurs.

— Pour parer à cet inconvénient, qui ne manquerait pas en effet de susciter mille querelles, il est généralement de règle que c'est la flèche qui a pénétré le plus près de l'oreille qui a dû donner la mort. De cette façon il n'y a et ne peut y avoir de dispute.

Cette escadre singulière avançait doucement au milieu d'un silence de cloître, d'autant plus nécessaire, dans ces vastes solitudes où la sonorité de l'air est si grande, que le plus petit bruit se répercute à des distances incroyables. Deux hommes qui parlent de leur voix ordinaire peuvent être entendus très distinctement à une lieue de distance.

Chacun restait immobile sur son bodarie ; le gouverneur seul se montrait agité. Je le voyais se frotter le nez, se cacher la figure dans son mouchoir. Je ne pouvais me rendre compte de ses mouvements ni de ce qui lui occasionnait cette turbulence insolite.

Qu'avez-vous? lui demandai-je tout bas ; vous avez l'air d'être assis sur un nid de vipères.

— J'ai une envie invincible d'éternuer.

— Laissez-vous aller.

— Si je suivais votre conseil, je me ferais larder de tous côtés, comme saint Sébastien.

— Pourquoi?

— Parbleu! c'est que j'ai l'habitude d'éternuer comme un canon, et en ce moment, ma voix aurait un écho immense qui réveillerait les loutres : ces indigènes sont des brutes qui me feraient un mauvais parti.

Et le seigneur de Sitka se frotta le nez si fort qu'il perdit l'envie d'éternuer.

Quelques instants après, quatre ou cinq cents flèches sifflèrent dans l'air. Chaque naturel en décochait, avec une rapidité inouïe, huit ou dix à la minute sur toutes les loutres qui se trouvaient dans le cercle de son rayon visuel et à la portée de son arc.

Les loutres ont le sommeil assez dur. Les chasseurs ont le temps, avant d'en éveiller une seule, de lancer cinq ou six traits. Comme elles n'ont que la tête hors de l'eau, il est tout naturel de penser qu'elle devient seule le point de mire. Si la première flèche qui lui arrive entre dans la tête, elle tue raide l'animal; le corps s'incline sur le côté et flotte.

Dans le premier moment on ne s'occupe qu'à tuer. Le carnage continue jusqu'à ce que les loutres, réveillées et effrayées par les jappements de celles qui n'ont été que blessées, plongent et disparaissent pour aller se poster ailleurs.

On s'occupa bientôt à ramasser les bêtes tuées, à poursuivre les blessées, à reconnaître les flèches, et à faire le compte de chacun des chasseurs. Puis le chef reprit les devants, pour revenir vers la côte.

Au bout d'un quart d'heure, un nouveau groupe de loutres fut aperçu au-dessus de l'embouchure de la rivière, au pied d'une ligne de hautes falaises trouées de toute part, et qui de loin avait l'aspect d'un immense colombarium. Elles furent canardées de la même façon et avec les mêmes précautions. Sept ou huit cents flèches leur furent décochées en moins de quelques secondes.

Malgré l'adresse de ces indigènes dans le maniement de ce genre d'armes, il est rare que l'on rapporte plus de deux à trois loutres par homme, chaque bête, du moins le plus grand nombre, étant frappée par plusieurs flèches.

Vers deux heures du matin, nous reprîmes le chemin du navire, dont les mâts étendaient leurs ombres gigantesques sur les eaux bleues de l'Océan sans houle et d'une limpidité de glace. Vers cette heure, les loutres commencent leurs bruyantes évolutions et ne se laissent plus approcher. La chasse devient sinon impossible du moins très difficile.

Les indigènes remontèrent à bord, rangèrent leurs

bodaries autour de *la Fanny* et s'occupèrent à dépouiller le produit de leur expédition, travail qu'ils exécutèrent avec un mauvais couteau et avec l'adresse consommée d'un empailleur d'animaux.

Cette besogne terminée, on leur donna une ration de vivres, invariablement composée de poissons, de féveroles, de haricots, de farine de maïs; puis du tabac et du tafia.

Tous mangèrent d'un appétit de loup, fumèrent comme des Turcs et burent comme des éponges, pendant que les cinq cent dix-sept peaux séchaient suspendues aux vergues et aux cordages.

Dans la soirée, on fit le compte de chacun. Le navire prit la moitié des fourrures, part à laquelle il avait droit, le quart appartenant au gouverneur, et l'autre quart aux indigènes. Mais, aux termes des règlements, ceux-ci ne peuvent garder aucune fourrure. Le gouverneur et le capitaine partagèrent celles qui revenaient à ces derniers, et on leur donna en échange du rhum, du tabac, des couteaux, des ciseaux, des hameçons, des verroteries, des morceaux de drap, de vieilles culottes, de vieilles houppelandes réformées de l'armée moscovite, et la bénédiction du tzar par-dessus le marché.

Je dois avouer que j'étais peu rassuré de voir un si grand nombre d'indigènes à bord, tous très forts et très robustes. Ils auraient pu, s'ils l'avaient voulu, nous égorger, ou tout au moins commettre des excès de

toute nature; j'exprimai au gouverneur mon étonnement de cette confiance imprudente.

— Que voulez-vous que fassent ces sauvages, quand
ils sont ivres de tafia poivré? D'ailleurs ils n'oseraient
pas. Ils ont autrefois essayé de jouer à ce jeu-là; mais
la répression a été si terrible, qu'elle les a intimidés.
Et de temps en temps, je les rappelle à l'honnêteté à
coups de canon. Ils ont reconnu l'inutilité de la résistance et se tiennent tranquilles. Le nom de Glotow,
et surtout celui de Solovief, sont restés gravés en caractères de sang dans leur esprit. Solovief, à lui seul,
a exterminé, en moins de quatre ans, plus de six mille
de ces sauvages, pour venger le massacre d'un navire
russe. Cependant, individuellement, il faut s'en méfier et se garder de les maltraiter, car ils sont irascibles
et rancuniers à l'excès; tôt ou tard, quand l'occasion
se présente, ils vous écorchent vifs ou vous scalpent.
La vie d'un homme, pour eux, n'est pas plus estimée
que celle d'une chenille. Il y a du sang de Peau-Rouge
dans le Koloche. Puis, comme disent les Arabes, quand
on a le cadi pour soi, on a le roi. Nous avons le sorcier, ils ne bougeront pas. Il y a quelques années un
baleinier anglais en avait enivré deux ou trois cents
avec du rhum, dans lequel il avait fait infuser des
plantes vénéneuses et narcotiques. Fous furieux, ils
attaquèrent un fort dans le nord de l'archipel, le prirent et firent rôtir le concierge dans sa propre marmite pour le manger. »

Le lendemain, il ne fut pas possible de rien tirer de ces sauvages, tous étant gorgés de nourriture et de tafia; ils dormaient ivres-morts sur le pont.

Cette orgie devait durer jusqu'à l'entière consommation de leurs rations d'échange, environ quatre ou cinq jours.

Cette chasse dura une vingtaine de jours et produisit pour *la Fanny* environ 11 000 à 12 000 peaux de loutres qui, vendues à raison de 15 francs la peau, à l'état brut, font un total de près de 300 000 francs.

CHAPITRE V.

—

Puisque votre navire est ancré à deux encablure de la côte, et par un bon fond, abrité des vents du large, observa le gouverneur, je vais demander au capitaine de vous emmener à terre pour vous faire faire une chasse à la loutre de rivière et aux castors, si nous en trouvons. Vous qui aimez à braconner, cette partie doit vous aller. Pendant ce temps-là, l'équipage de *la Fanny* chassera le morse pour changer l'ordinaire de l'équipage et emplir ses barriques. D'ailleurs, je ne serais pas fâché de vous faire connaître le pays et les nombreuses ressources qu'il offre pour un homme comme vous.

Le commandant Asinoff persistait à nourrir la pensée de me garder, et il agissait vis-à-vis de moi comme un propriétaire qui veut louer sa maison ; il cherchait à m'enguirlander pour me retenir près de lui.

Le capitaine ne refusa pas.

Nous descendîmes donc dans le povozook du gouverneur, qui suivait notre navire depuis New-Archangel. Ces petits bâtiments à demi pontés tirant peu d'eau, jaugeant six ou sept tonneaux, sont construits en vue de remonter les rivières, pour protéger et approvisionner les fortins.

Je n'ai pas besoin de vous dire que nos provisions, en majeure partie, furent tirées de *la Fanny*. Vous savez que les navires baleiniers ont toujours d'amples et somptueuses réserves. La campagne devant durer en moyenne de deux ans et demi à trois ans, les armateurs donnent à cette partie de l'armement les soins les plus intelligents; car ils savent qu'au milieu des solitudes de l'océan, sur les côtes arides et désertes des terres polaires, où l'on va harponner la baleine, une rude besogne que celle-là, si l'équipage n'avait pas un confortable agréable, la vie serait intolérable, la nostalgie s'emparerait des hommes, et la campagne se ressentirait de leur mauvaise humeur.

Munis de plus de quelques caisses d'objets d'échange pour tenter la coquetterie des indigènes, nous partîmes, emmenant avec nous deux Koloches et deux matelots de *la Fanny* dont l'un, Pierre Berins, ancien chasseur d'Afrique, était un gaillard solide et pas boudeur devant un bon dîner et une bonne bouteille de vieux mâcon.

Les deux indigènes avaient précisément emporté, l'un une loutre et un phoque empaillés, pour pêcher le long des rivières; l'autre une loutre vivante dans une cage, à la remorque du povozook. La pauvre bête était aussi à son aise là-dedans que vous le seriez dans un sac; elle faisait un bruit insupportable, mais son propriétaire y paraissait insensible; ce sauvage ne s'occupait que de son poagan (pipe), dont le manche, un tibia de héron, était orné vers le milieu de deux ailes de pigeon ou de colombe déployées, et qui ressemblait assez au caducée de Mercure.

La chasse à la loutre de rivière, tout aussi bien que celle du morse, dans les mêmes conditions, demande, depuis que le pays en est dépeuplé, autant de patience qu'une pêche à la ligne dans un puits. Elle est d'ailleurs soumise à des conditions invariables d'heures : le matin, de trois heures à dix, le soir, de quatre à sept ou huit heures. Ces animaux n'aiment pas la grosse mer. Quand ils sont surpris, ils gagnent les rochers du rivage où on peut les tuer.

Dans le milieu du jour, les morses vont se poser sur les korchanes (bas-fonds formés d'arbres charriés par le courant), et les loutres rentrent dans les trous qu'elles se sont creusés sous les lacis de racines et sous les berges, où elles bâtissent leurs nids.

Pour attirer l'un ou l'autre, on pose sur le bord de la rivière une loutre ou un phoque empaillé, placé sur un tronc d'arbre flottant et retenu à terre, sous la main du chasseur, par une ficelle. Cachés dans les roseaux, ou derrière une roche, un amas de brous-

sailles, on surveille attentivement les appeaux. Du
reste, on est prévenu de la présence de la loutre par le
jappement de l'animal qui, tout en poursuivant le poisson, joue dans l'eau comme un jeune chat sur un
tapis; et, comme elle ne chasse qu'en descendant le
courant, la surveillance est facile.

Dès qu'elle aperçoit sa semblable, elle accourt entre
deux eaux, montre sa tête de temps en temps, darde
ses petits yeux noirs sur l'empaillée, s'en approche
avec hésitation, puis, cédant enfin au sentiment de
curiosité, elle arrive peu à peu vers l'appeau que l'on
tire doucement à soi, et, lorsqu'elle est à demi-portée,
on lui décoche une flèche ou un coup de fusil dans la
tête.

Dans ce genre d'excursions, les indigènes préfèrent
l'arc. Le fusil résonne trop et effraie le gibier.

Nous remontâmes environ cinq à six milles dans la
rivière, d'une largeur d'environ huit cents pas et con-
stellée de roches nues sortant de l'onde comme des
carapaces de tortues antidéluviennes; nous établîmes
sur la berge un petit poste de branchages, et nous
lançâmes d'abord notre phoque empaillé.

— Tenez, Mathieu, fit tout bas le commandant
après un quart heure d'attente, regardez sur votre
gauche. Voyez-vous cette grosse tête noire avec une
paire de moustaches à rendre jaloux un sapeur, et
deux gros yeux ronds à fleur de tête, d'une expression remarquable?

— On dirait le diable sous la forme d'un amphibie.

— C'est un morse. Il a vu l'appeau et tire des bordées. Cet animal a l'ouïe comme la fée Fine-Oreille. Tout à l'heure, il a beau faire, nous déjeunerons d'une bonne entre-côte.

Et il tira la ficelle lentement, de manière à donner à l'empaillé les allures d'une phoque qui se promène ou cherche sa proie.

Le morse fut dupe de la ruse et s'approcha.

— Visez au front; c'est là qu'il faut l'atteindre si nous ne voulons pas le perdre.

J'épaulai rapidement et ma balle lui fracassa la crâne. Tout son corps sortit hors de l'eau comme un poisson volant; puis il sombra et reparut quelques instants après.

Comme je pressais la détente, le gouverneur, dont les pieds étaient mal assurés sur la berge, glissa et roula dans le fleuve en prononçant un juron formidable qu'il n'eut pas le temps d'achever. Son obésité me fit craindre pour sa vie; je quittai en toute hâte ma vareuse et mes longues bottes pour me jeter à la nage et me porter à son secours, mais je le vis reparaître à quelques pas de moi, en secouant la tête comme un caniche.

— Dites donc, commandant, puisque vous êtes dans votre bain, remorquez donc la bête qui s'en va au fil de l'eau.

— Ventre de biche! s'écria-t-il d'une voix chevro-

tante, vous en parlez à votre aise... L'eau est glacée...
mille millions... de mar... souins!...

— Qu'est-ce que cela, pour vous qui êtes habitué à
faire de l'hydrothérapie?... Ça fortifie les muscles et
les nerfs.

— Techoukin-Sinn!... Je... me sens... couler... »

Le froid le faisait bégayer, il grelottait. Ses dents
claquaient. Je fis aussitôt allumer un bon feu avec des
broussailles à grand'peine ramassées, et je l'activai en
jetant dessus la graisse de mon morse, que l'un des
indigènes avait été harponner. Cette bête pesait environ cent kilogrammes.

Le commandant se déshabilla complètement, s'enveloppa de la tête aux pieds avec des couvertures, but
un plein verre de tafia, et s'étendit près du feu, où
il dormit durant six heures pendant que ses habits séchaient devant le brasier.

A son réveil, sa première pensée fut pour le dîner.

— Nous allons faire un déjeuner de prince, dit-il.

— Avec cet affreux poisson?

— La chair en est aussi délicate que celle des bœufs
de Monterey ou de San-Francisco, ne vous en déplaise.
Je l'aime autant que celle de l'esturgeon, c'est comme
de la crème; ça se mange à la cuiller. Vous prendrez
goût à cette pêche en mangeant la chair de cet animal.

— Je vous abandonne ma part.

— Vous avez tort, pour deux raisons : la première,
c'est que, en voyage, pour se bien porter, on doit au-

tant que possible vivre un peu à la façon des habitants du pays où l'on se trouve ; la seconde, c'est qu'il ne faut jamais manquer l'occasion de goûter d'une chose qu'on ne voit pas partout.

— Merci.

— Vous changerez d'opinion quand vous en aurez goûté. Ce n'est pas sans raison qu'on l'a baptisé du nom de veau-marin.

Pendant que deux larges tranches de filet, taillées dans le dos de la bête, cuisaient sur les charbons en compagnie d'une perdrix panachée et de quatre bécasses très rondelettes, le commandant tira de la cambuse du povozook deux bouteilles de bordeaux et un flacon de punch de Suède.

Quelques instants après, nous dînions en plein air, sur une épaisse couche de mousse blanchâtre et rameuse.

— Eh bien ! Mathieu, qu'en dites-vous, hein !

— Aussi ferme que du caoutchouc, votre chair de morse me paraît bonne pour amuser la faim.

— Assurément elle ne vaut pas un filet de bœuf anglais, mais elle se laisse manger sans trop fatiguer la mâchoire.

— Je préférerais un gigot de présalé.

— Je n'ai pas de peine à vous croire, bien que j'ignore ce que c'est que le présalé. Quel animal est-ce ?

— C'est un agneau élevé et nourri dans des pacages bordant la mer.

— Vous me donnez l'idée d'en faire; seulement il me manque une chose...

— Des moutons?

— Non, des prairies; il n'y a ici que de la mousse.

Après le déjeuner, nous remontâmes la rivière en longeant la berge.

— Vous n'avez, ni vous, ni les indigènes, jamais essayé de dresser des loutres à pêcher le poisson, comme les Chinois dressent les cormorans?

Les savants naturalistes qui ont nié qu'on pouvait l'apprivoiser se sont faits l'écho de contes ridicules, rapportés par des voyageurs sans vergogne.

La loutre n'est pas d'un naturel très sauvage; on parvient à l'apprivoiser et à la dresser. Alors elle devient familière comme un caniche.

La loutre du Kamchatka et celle du continent américain se ressemblent beaucoup. C'est la même conformation vermiforme, la même grosseur, les mêmes mœurs. Elles ne diffèrent entre elles que par la couleur de la robe, un peu plus brune chez la première que chez l'autre.

La loutre de rivière est moins forte; sa robe de dessous est aussi moins soyeuse et moins foncée.

La chair de l'une et de l'autre est bonne à manger; les indigènes s'en nourrissent et s'en régalent; pour ma part, je ne sais si je ne la préférerais pas à celle du lièvre. Toutes les populations américaines, aussi bien que les trappeurs, font à la loutre une chasse à outrance; les peaux de ces animaux sont portées aux fortins russes, où on les paie presque le même prix que les plus belles fourrures de castor.

En Chine, elles se vendent un prix fabuleux : depuis quarante jusqu'à quatre-vingts piastres, c'est-à-dire depuis deux cents francs jusqu'à huit cents francs. Aussi sont-elles en très grande partie expédiéessur les marchés chinois.

Après les martres zibelines, et surtout le renard noir ou bleu, dont la Compagnie paie la peau autant de tsalkowé (pièce de 4 francs) qu'elle en peut contenir sur toute sa surface, les trappeurs préfèrent chasser le castor et la loutre de mer parce qu'ils leur offrent des bénéfices plus certains, plus grands et plus faciles.

Il n'y a sortes de pièges qu'on ne leur tende; mais le meilleur est d'enfermer une femelle dans une cage ou un filet, que l'on cache dans les roseaux ou les broussailles qui tapissent les berges. On la laisse jeûner; quand elle a faim, elle crie, jappe, se remue comme une possédée; les mâles accourent et on les tire presque à bout portant.

Dans les rivières poissonneuses, peu hantées par les trappeurs canadiens, on peut espérer en tuer de cette manière une vingtaine par jour, et dépeupler tout un canton en moins de huit jours.

Mais, pour pratiquer fructueusement la chasse à la loutre et au castor, il faut connaître à fond les mœurs,

le caractère et les habitudes de ces amphibies; cela n
s'acquiert qu'avec le temps et en vivant comme le
sauvages.

La loutre ne chasse jamais en remontant; sa pesan
teur ne lui permet pas de naviguer avec assez de vitesse pour atteindre le poisson. En sortant de son nid
elle fouille les trous des rochers et les lacis de racines
elle cesse de remonter le courant quand elle se croit
suffisamment éloignée de sa demeure.

La compagnie russe a tiré autrefois de grands bénéfices de la chasse aux loutres; mais elle en a tant abusé
qu'aujourd'hui cet animal est devenu, comme le castor, assez rare. Dans quelques années, on n'en parlera
plus que comme d'un animal antédiluvien. Il est vrai
que les trappeurs canadiens ont aussi beaucoup aidé
à la destruction de ces animaux.

Chaque année, les Américains lancent sur ces contrées désertes, qu'ils regardent comme leur domaine,
de nombreuses compagnies de hardis et habiles trappeurs qui descendent à travers lacs et rivières jusque
dans les parties les plus élevées du nord-ouest; affron-
tant tous les dangers, glissant comme des saumons
à travers les eaux rapides, hérissées de rochers, au
risque de s'y engloutir. Rien ne les rebute. Là où
les difficultés effrayeraient les esprits les plus résolus, ils s'aventurent avec cette insouciance et avec
ce mépris de la vie que l'on connaît à cette classe
d'hommes.

Leurs embarcations leur servent à la fois de demeure et de magasin.

Lorsqu'ils ont fait choix d'un lieu de campement, qui devient aussitôt le rendez-vous général, la bande se divise en deux; l'une se livre, soit individuellement, soit par petits groupes de deux ou trois personnes, à la chasse des loutres, des castors, des zibelines, des martres, des renards, des loups, des blaireaux, des petits-gris (écureuils), et en général de tous les animaux à fourrures, précieuses ou non, qui passent à portée de leur fusil.

L'autre parcourt le pays de même, s'abouchant avec les indigènes, auxquels ils offrent, en échange de leurs fourrures, des verroteries, des haches, des vieux fusils, de la poudre et jusqu'à des Évangiles et des Bibles. Des armes, passe encore; mais des Bibles à des sauvages qui ne savent pas même deux lettres d'anglais! il n'y a que les Américains qui soient capables de ce tour de force. Puis du tabac, de l'eau-de-vie, du rhum, et quel rhum, bon Dieu! laissons-lui ce nom, — boisson détestable, tabacs horribles, qui abrutissent ces malheureux et dépravent la génération qui s'élève. Le principal est de rapporter dans les comptoirs canadiens le plus de fourrures possible, n'importe à quel prix, fallût-il recourir à la violence, au meurtre, à l'incendie, à l'empoisonnement. Aussi, ces races indigènes si superbes, si robustes, si énergiques, en prenant les vices et les habitudes d'ivrogne-

rie des Canadiens, ont-elles perdu leur énergie naturelle et le sentiment de leur force. Avec une bouteille
de whiskey, vous les feriez danser sur la tête.

Quand un trappeur a flairé dans la cabane d'un indigène quelques bonnes et précieuses fourrures, il
l'enivre, lui et toute sa famille, puis le dépouille et
décampe.

Mais les indigènes prennent quelquefois leur revanche et ne laissent jamais échapper l'occasion de se
venger. Ils ne pardonnent jamais une tromperie ou un
abus de confiance; et, dans leur désir de vengeance,
il font retomber la faute sur des innocents.

Le premier blanc qui leur tombe sous la main paie
pour les autres. Un trait entre mille vous permettra
d'en juger. Un jour, un Canadien, ayant apporté parmi
sa pacotille des miroirs assez joliment enluminés, les
fit payer un prix exorbitant. Les sauvages, croyant
faire une bonne affaire, donnèrent en échange de
précieuses pelleteries; mais ils surent bientôt à quoi
s'en tenir, et le premier Canadien qui passa par le pays
fut pillé et maltraité, et dut s'estimer heureux de ne
pas être lapidé ou scalpé. Mais, pour un dont on a
respecté la vie, combien ont été massacrés!

— Il me semble, colonel, que la Compagnie russe ne
s'y prend pas moins brutalement que les Américains.

— Que voulez-vous dire?

— D'après ce que j'ai pu voir, et ce que vous venez
de me dire, vous avez été moins doux avec les Kolo-

ches. Les Canadiens les enivrent, les empoisonnent si vous voulez, je ne tiens pas au mot, mais ils leurs laissent la liberté, tandis que la Compagnie russe, qui s'est substituée au gouvernement moscovite, les empoisonne aussi, les massacre souvent, s'empare de leur personne et les emmène en esclavage à Sitka et à Onolatschka... Et le souvenir de Solovief dont vous parliez tout à l'heure...

— Je vous trouve superbe de plaindre ces sauvages! exclama le gouverneur sur un diapason de basse-taille. Comment! ces gens-là vivent sous des huttes ouvertes à tous les vents, ils vont à moitié nus, ils se croient vêtus avec un badigeon d'huile et d'ocre, ils ne croient à rien, nous leur avons donné des maisons pour s'abriter et du bois pour se chauffer, on les a habillés de neuf...

— Et ils sont esclaves...

— Comment esclaves! quand on leur fait apprendre un métier manuel.

— A l'aide du bâton.

— S'ils ont la tête dure, il faut bien la leur ouvrir de quelque manière pour en faire jaillir l'intelligence. Ceux qui vivent à New-Archangel sont de bons ouvriers et de bons matelots. Il ne connaissaient rien, ni Dieu, ni diable, ni enfer, ni paradis : on leur a enseigné une religion. Ne sont-ils pas plus heureux que quand ils adoraient des chiens empaillés, des figures bizarres sculptées dans des nœuds de racines ou des os de baleine?

CHAPITRE VI.

—

Ces vastes solitudes, ces forêts aussi vieilles que le monde, ces clairières ou steppes couvertes de broussailles, ces marais d'où jaillissent d'innombrables touffes de roseaux et d'autres graminées aquatiques, ces rivières aux eaux sombres, noirâtres et sinistres, offrent des chasses nemrodiennes à ceux qui ont la passion de cet exercice. Mais devant une telle abondance de gibier, on se lasse vite, on se dégoûte même de la chasse.

La gent volatile surtout y pullule et s'y propage en liberté avec une effrayante rapidité. On ne peut pas faire un pas sans se trouver devant des files de bécasses, de poules d'eau, des nuées de canards, d'oies, de cygnes, de pétrels, de goélands, de manchots et de cormorans, parmi lesquels se promènent majestueusement des hérons à aigrettes, des grues. Je ne tirais que sur les plus beaux sujets de la gent aquatique pour me faire une collection de sacs à tabac avec leurs pattes largement palmées. A l'endroit où nous nous étions arrêtés pour camper, la rivière répandait ses eaux et formait un marais d'une étendue assez considérable couvert de roseaux et d'une foule d'herbages, sous lesquels ces oiseaux établissent, par une circulation incessante, des galeries inextricables où ils nichent et pondent.

Le gouverneur me vantait, depuis mon arrivée dans le pays, l'excellence des œufs de manchots et je me promettais à la première occasion d'en faire une copieuse omelette.

— Tenez, Mathieu, je crois que dans ce marais vous trouverez assez d'œufs pour en emplir le povozook. Il y a peu de fond; vous n'aurez de l'eau que jusqu'aux genoux, vous pouvez vous y hasarder sans crainte. »

Sur cet encouragement perfide, j'entrai dans les couloirs souterrains de ces forêts herbacées. Je n'y avais pas fait cinquante pas que je me trouvai nez à becs avec des bataillons serrés de pingouins sortant de toutes parts et étonnés de cette visite inattendue. Il va sans dire que j'étais sans armes; je n'avais même pas de bâton. Je me figurais que ces animaux fuiraient à mon approche et me laisseraient enlever leurs œufs. Mais toutes les volées, criant comme des oies, se jetèrent sur moi avec une violence inouïe. J'en fus littéralement enveloppé et couvert; je disparus sous un nuage de volatiles furieux, exaspérés, montant les uns sur les autres à l'aide de leurs moignons, se pressant en groupes serrés, m'allongeant des milliers de coups de becs, me déchirant, me déchiquetant de partout. Je ne pouvais faire usage de mes mains occupées à me garantir le visage. Ma voix, étouffée par cette avalanche maudite, acharnée, ne pouvait parvenir jusqu'au povozook.

Au ramage assourdissant des manchots, le commandant Asinoff soupçonna de suite ma position et fit tirer quatre ou cinq coups de fusil. Au bruit retentissant de la poudre, toutes ces vilaines bêtes se dispersèrent en un clin d'œil. Une fois dégagé, je ne songeai plus aux œufs, je battis en retraite.

— Eh bien, Mathieu! et les œufs? et l'omelette? fit le colonel d'un air narquois.

— Que le ciel vous envoie toutes ses bénédictions...

— Merci pour vos souhaits, ça ne fait pas de mal; mais vous ne rapportez rien?

— Si, je rapporte quelque chose, des noirs sur tous les membres.

— Bah! ça vous servira de ventouses; il n'y a pas de meilleur remède contre les rhumatismes.

— Je dois avoir le corps moucheté de pinçons comme un jaguar.

— Demain, vous serez déguisé en sauvage.

Le lendemain, j'eus une forte fièvre, et je dus rester couché dans le povozook.

On ne peut pas s'imaginer que ce volatile, un peu

plus gros qu'un canard, ait un bec aussi vigoureux et aussi dur. Mon paletot et le haut de mon pantalon étaient littéralement criblés de trous.

Pendant que je me reposais, enveloppé dans deux couvertures, le povozook remontait la rivière, à l'aide d'une seule voile. Vers le soir, on jeta l'ancre au milieu de l'eau, et vers le matin le colonel me proposa de descendre à terre pour me distraire de l'incident de la veille, en braconnant çà et là dans le voisinage de la rivière.

Bérins était déjà parti avec son fusil pour aller à la recherche d'un gibier quelconque. Comme nous mettions le pied sur la berge, nous l'aperçûmes rapportant deux lièvres qu'il venait de tuer; puis il retourna dans les halliers sans vouloir attendre sa part du dîner.

— Je me charge de les arranger aux champignons, et, puisque nous n'avons rien à faire, nous allons nous mettre en quête de ces comestibles.

En nous promenant dans les broussailles, nous marchions sur d'innombrables groupes de champignons de toutes les couleurs qu'en France je n'aurais pas osé toucher.

— Êtes-vous sûr qu'ils sont bons? demandai-je avec inquiétude au colonel que je voyais emplir son foulard de vingt espèces de ces cryptogrames.

— Si je les connais! mais, dans mon pays, dès qu'un enfant commence à marcher, c'est la première chose qu'on lui apprend. Soyez sans inquiétude, et rapportez-vous en à mon expérience. Je ne veux pas dire cependant que ces fruits aient la suavité de ceux du jardin d'Alcinoüs, mais ils ont leur petit mérite.

— Si en France on me voyait ramasser ce genre de légume, on me demanderait si je médite d'empoisonner un parent à héritage.

— Vous voyez cette espèce qui ressemble à une éponge par la couleur et les dispositions des tissus?

— Elle me paraît hideuse.

— C'est la meilleure. Je vous l'arrangerai au gratin; ce sera onctueux comme de la crème, et, dans vingt ans, vous en aurez encore le goût. Ne vous laissez pas impressionner par l'aspect : les champignons qui ont des propriétés dangereuses sont ceux qui revêtent les plus brillantes couleurs; par exemple, le rouge ponceau bordé de citrin est tellement léthifère qu'il tue les mouches qui se posent dessus. Je me connais en cuisine et en gastronomie, et vous pouvez vous en rapporter à mon expérience.

Que faut-il pour devenir gastronome et gourmet? Le goût, la paix et de l'argent. J'ai le palais délicat, j'ai de l'argent et je ne suis en guerre avec personne. Je m'en vais comme Patrocle, fils de roi, l'ami d'Achille, faire cuire notre dîner, et vous, vous soignerez le feu. J'aime à bien dîner; je veux sortir de ce monde *ut conviva satur.*

— Qu'est-ce que ça veut dire?

— C'est vrai, Mathieu, vous ne savez pas le latin, ni

moi non plus ; mais j'ai appris cette expression d'un baleinier qui avait fait de bonnes études, ça veut dire : *comme un convive rassasié.*

— Vous êtes en bonne voie pour cela.

— N'est-ce pas je suis bien portant ! Il ne tient qu'à vous de finir vos jours avec moi dans ce *divino far-niente.*

Nous passâmes trois heures à faire la cuisine en plein air.

L'âtre, placé derrière de gros blocs de granit aux couleurs sombres, mouchetés de noir, s'étendait en divers brasiers, sur lesquels s'élaboraient diverses sauces, que le colonel soignait avec la gravité d'un chef émérite.

Un fumet d'une délicatesse exquise s'échappait des petits chaudrons suspendus à des trépieds, faits avec des branches d'arbres.

J'ai rapporté de ce voyage la conviction que les gastronomes de Paris feraient le même sacrifice qu'Esaü pour un plat de champignons à l'Asinoff.

Lorsque le dîner fut servi, le colonel me dit :

— Hein ? Mathieu, que dites-vous de cette sauce ? Cela vaut bien, je pense, le miel vert et la farine d'orge sucrée que Hécamède, d'antique mémoire, offrit à Machaon, sous la tente de Nestor. Nous allons faire un repas homérique.

— Elle a un fumet à dilater...

— Vos narines comme les évents d'une baleine ?

— J'avoue que pour ceux qui aiment ce légume, le séjour de Sitka est un paradis...

— Si bien un paradis, mon cher, que je me suis amassé ici (je vous en fais la confidence) une tonne de petits lingots d'or et d'argent à envoyer des conserves de champignons en Chine et au Japon.

— Des lingots! pourquoi pas de la monnaie!

— Le lingot est la monnaie chinoise. Ces gens-là ne frappent de monnaie que des sols de toutes les grandeurs, depuis le format d'un centime jusqu'à celui d'une assiette. Le gouvernement du Céleste-Empire ne veut pas donner le goût de l'or et de l'argent à ses peuples. Quand un homme a douze sous dans sa poche, il en a suffisamment; le poids l'écrase. — J'intéresse, ajouta-t-il, les indigènes à s'occuper de la récolte de ce fruit de la terre. Je leur paie la corbeille une once de tabac; cela n'est pas cher. Je fais sécher les uns, saler les autres et saumurer ceux-ci; j'expédie tout cela à mon compte, par barriques de cinquante kilos sur les marchés japonais, d'où on les envoie en Chine. Si vous voulez me donner le secret de votre bouillon, je vous donnerai celui de mes conserves; vous pourrez me faire concurrence et vous enrichir, car le champignon est aussi recherché dans l'empire du Milieu que les nids d'hirondelles.

— Nous verrons, colonel.

— Allons! Mathieu, dînons assis sur la bruyère comme les héros d'Homère.

Il fallut goûter les champignons servis. J'avoue qu'avant de m'y décider, j'employai tous les subterfuges que je pus faire jaillir de mon imagination pour donner le temps au colonel d'entamer les plats avant moi.

— Mais, Mathieu, piquez donc, mon ami, c'est délicieux! c'est d'une saveur!...

— Continuez, colonel... j'ai une coquine de dent qui me fait un mal affreux, et la température de votre sauce ne fait que l'accroître...

— Prenez votre temps. Vous êtes ami de la treille, me dit-il en me versant à plein verre d'un vieux vin de Bordeaux parfumé, goûtez celui-là, il a onze ans de bouteille. Anacréon et Cratinus n'en ont jamais, j'en suis sûr, bu de meilleur, ajouta-t-il, en poussant un éclat de rire superbe.

Je ne touchais au plat que du bout des lèvres; il me semblait, chaque fois que je mâchais un morceau de cet affreux légume sylvestre, que je ressentais les prodomes d'un empoisonnement.

Cependant, enhardi par mon compagnon, qui les avalait à pleine cuillère, je me décidai à l'imiter, mais avec plus de réserve, bien que je ne pusse me figurer qu'il s'exposât bénévolement à une mort certaine par bravade.

Après ce dîner champêtre, le colonel m'offrit une pipe d'une grande dimension; il me donna à choisir entre tous ses chibouks de différents bois, merisiers

de la Perse, jasmins de Ceylan et pistachiers d'Arabie,
au bout desquels on emmanche d'un côté un récipient
en terre rouge de Turquie, et de l'autre un suçon
d'ambre émaillé de divers dessins.

Et, tous deux, aspirant de larges et épaisses bouffées
de tabac turc, nous nous acheminâmes vers un bois, à
cinquante pas du rivage. Chemin faisant, nous discou-
rions sur l'utilité de l'oignon dans la cuisine. Bourikoff me parlait des essais qu'il avait faits pour arranger
un lièvre de onze façons différentes. Sa conversation,
toujours la même, avait pour but de rechercher des
moyens d'accommoder les mets de manière à varier
le plus possible sa nourriture.

Comme nous approchions de la lisière d'un bouquet
de sapins, une paire de coqs de bruyère, de leur vol
lourd et bruyant, traversèrent les halliers, et allèrent
se poser dans le bois, de l'autre côté d'un petit ravin
pierreux, sans autre végétation que des framboisiers;
des gouloubitza, espèce de bruyère dont les fruits noirs
sont semblables aux raisins, et que pour ce motif, on
appelle raisins d'ours. Le lit de ce ruisseau était en-
travé, sur une grande étendue, d'arbres déracinés et
couchés pêle-mêle.

Aux troncs et aux branches de ces centenaires de la
forêt, brisés par la foudre ou tombés de vétusté, pen-
daient des mousses de toutes les couleurs, les unes
fines comme des crins et en bouquets, les autres ra-

meuses et formant des réseaux inextricables, mais toutes constellées de champignons infects.

Nous désirions franchir ce ravin.

Pour cela il nous fallait passer sur ces grands troncs branchus.

Au milieu de notre traversée, un grognement sourd et prolongé se fit entendre.

Le colonel s'arrêta court et s'écria :

— Un ours ! Il y a un ours dans ce fouillis. Prenons garde... nous sommes sans armes.

Et, au même instant, un ours fauve, de la taille d'un ânon, probablement en train de sucer la gomme aromatique de certains pins résineux, sortit d'un amas de broussailles sous lequel il était remisé. Il se tourna vers nous, et nous regarda de ses petits yeux obliques en nous montrant une gueule caverneuse, béante d'horreur, hérissée de crocs superbes.

— Il a de jolies dents, cet animal, dis-je à mon compagnon, qui n'avait pas l'air absolument flatté de cette rencontre. Voyez donc comme les longs poils de ses moustaches se redressent, et comme ses petits yeux jaillissent de convoitise hors de la tête.

— Si vous aviez fait connaissance avec sa mâchoire, vous seriez moins flatté de lui voir de si près des dents si belles, me répondit-il en faisant une grimace significative.

— Il a peut-être envie de manger de la chair de gouverneur.

Nous restâmes immobiles un instant, moins de frayeur qu'indécis du parti que nous allions prendre pour échapper à cette bête fauve, assise sur ses hanches, et qui semblait aussi de son côté, se demander ce qu'elle allait faire. Cette incertitude de la bête fauve devant l'homme est naturelle à tous les animaux féroces.

— Son observation indiscrète et malveillante me gêne, fit le commandant Asinoff qui avait laissé tomber sa longue pipe.

— Haranguez-le ou proposez-lui une partie de boxe. Vous avez un torse d'Hercule et des bras musclés qui peuvent au besoin servir d'argument.

— Sans doute, mais la nécessité de faire une harangue sans armes est assez embarrassante. Les indigènes disent que l'ours est fort comme douze hommes, intelligent comme dix, et nous ne sommes que deux contre lui.

— Je ne vois pas d'autre moyen pour sortir d'ici que de l'étrangler. Qu'en dites-vous, commandant?

— Vous avez des conseils inouis de naïveté. Vouloir étrangler un ours, autant nourrir l'idée de lui arracher les dents. Tâchons de repasser le ravin et de lui montrer nos talons; c'est un rude adversaire que ce monsieur-là. Quand il vous présente la bataille, il ne permet pas toujours qu'on la lui refuse. Il boxe avec la perfection d'un Anglais, et pare bien les coups.

Comme nous allions mettre le pied sur les premiers troncs, l'ours, qui n'était qu'à six ou huit pas de mon compagnon, se redressa vivement et vint en deux bonds le prendre par la nuque ; tous deux roulèrent sur le sol, l'homme dessous, la bête dessus.

Le gouverneur, écrasé par le poids de son ennemi, hurlait comme s'il avait eu le corps pris dans l'avaloire d'un crocodile, vociférait, appelait au secours.

Je ne pouvais l'abandonner, et ne savais quelle arme employer pour faire lâcher prise à l'animal. Ma première pensée fut de m'emparer d'une branche d'arbre pour m'en faire un assommoir. Pendant que je m'escrimais de mon mieux pour accourir à son secours, deux coups de fusil retentirent coup sur coup. L'animal, blessé mortellement, se redressa, bascula et retomba sur le dos en entraînant Asinoff resté accroché par la cravate à ses griffes crispées, et qu'il enleva en l'air en le secouant comme un chien eût fait d'un paquet de chiffon.

Berins, parti depuis le matin pour la chasse, nous ayant vus nous diriger vers la forêt, s'était rapproché de notre côté. En entendant les cris du commandant, il était accouru et avait lâché ses deux coups sur l'animal, au risque de tuer l'homme. Nous nous hâtâmes de couper la cravate ; il était temps, car le pauvre colonel bleuissait. La première parole qu'il proféra fut une de ces expressions gaéliques à faire trembler le ciel.

L'ours était gros comme un marsouin, et ne pesait pas moins de trois cents livres, fourrure comprise.

— Enfer! en voilà une bête qui n'avait pas de rhumatismes dans les membres! Sans vous, Berins, je passais dans l'autre monde, étranglé comme un écureuil dans un piège. Je me croyais dans la garotte des inquisiteurs; je voyais trente-six lampions. Avez-vous vu ma pipe?

— Vous parliez ce matin de me faire goûter d'une patte d'ours.

— Oui, mais pas d'une griffe. Je dois avoir le dos zébré, ajouta-t-il en respirant avec effort, de ce sifflement d'un soufflet poussif dont l'âme est avariée. Passez-moi donc votre gourde, Berins, que je rétablisse l'équilibre dans mes sens.

Dès qu'il eut rétabli l'équilibre de ses sens, nous retournâmes au povozook d'où il envoya un indigène pour enlever la peau de la bête et en rapporter les meilleures parties. Lorsque ce dernier fut de retour, on utilisa les brasiers pour faire cuire les pattes qui servirent à notre souper. On les dégagea de la graisse, qui n'est bonne qu'à brûler. La chair de l'ours est tout aussi délicate que celle de l'élan ou du renne; mais les pattes, dont on dit tant de merveilles, ne me parurent pas répondre à la réputation qu'on leur a faite. Il est vrai que nous étions en été, et que ce n'est qu'au sortir de l'hiver qu'elles sont enveloppées de cette couche de graisse si recherchée des amateurs.

Nous continuâmes de remonter ainsi le cours de la rivière en causant et pêchant. Le troisième jour, vers les dix heures du matin, nous rencontrâmes un groupe d'indigènes ressemblant assez par leur accoutrement à des Esquimaux. Ils relevaient des trappes à castor et des lignes à morses.

— Voilà une bonne fortune, exclama le commandant. Nous allons nous servir de ces gens-là pour pénétrer au-dessus des rapides qui sont à une dizaine de milles d'ici. Essayons de nous les attacher.

— Si nous leur donnions un concert, lui demandai-je; vous jouez de la flûte, et votre aide de camp (il appelait ainsi le caporal qui lui servait de brosseur) ne joue pas mal du tambour de basque. Jouez *Au clair de la lune*.

— Ces misérables n'ont pas l'oreille musicale; le bruit du tambour les effraye, mais je vais leur faire de la télégraphie expressive.

Et il prit une bouteille et une verre, et leur offrit du rack. A la vue de la bouteille, ils s'enhardirent à accoster le navire. L'espoir d'obtenir un verre de scoutiouaboïe (d'eau de feu, eau folle) fut plus fort que la peur.

Ces peuplades sont très curieuses, et convoitent toutes les choses qu'on leur montre. Voyant le commandant puiser à sa tabatière et priser, ils lui demandèrent d'y plonger leurs doigts.

— Mais avec plaisir, leur répondit-il en français,

comme si ces malheureux eussent connu cette langue. Très volontiers, mes bons amis; prisez, prisez.

Hommes, femmes et enfants aspirèrent de larges
pincées de tabac, et aussitôt tous éternuèrent avec une
telle violence, que la plupart d'entre eux se cassèrent
le nez sur les parapets du povozook où ils s'appuyaient.
Ils crurent qu'on les avait ensorcelés, et demandèrent
à s'en aller. Cependant ils ne tinrent pas contre des
colliers de verroterie, des foulards de coton, des bou-
tons de métal et des hameçons en laiton; ils promirent
de revenir le lendemain.

En effet, fidèles à leurs promesses, nous les vîmes
revenir à l'heure convenue; ils étaient accompagnés
d'une légion de chiens de la race que nous appelons
loubet, mais plus grosse, avec une figure de loup,
une queue en trompette, l'œil éveillé, l'oreille dressée
en avant, et le cou fourré comme la crinière d'un lion.
Le commandant leur offrit de nouveau sa tabatière.
Tous s'en éloignèrent comme d'un objet ensorcelé.

CHAPITRE VII.

—

Le tableau que nous offraient les îles, les îlots et les berges du fleuve, bordés d'une ceinture de grosses graminées, de glaïeuls bleus et de buissons, ne manquait pas de majesté ni de grandeur. Des flocons de neige glacée fermaient encore les fissures des roches éparses le long des berges. Ces derniers lambeaux de vêtements d'hiver d'une contrée ensevelie sous une épaisse couche de neige, pendant près de huit mois de l'année, tranchaient sur le paysage comme les pièces disparates d'un habit d'arlequin. Et si vous placez au milieu du paysage désert, constellé çà et là de roches sombres, moussues, biscornues, des légions de canards, de damiers fouillant les rives du fleuve, ce groupe d'indigènes dans un costume étrange, inouï, fantastique à vous donner le cauchemar, vous aurez une idée incomplète du lieu où nous étions.

Les Koloches de Sitka, que nous avions emmenés comme interprètes, demandèrent aux Indiens si la contrée était giboyeuse, et les daims nombreux. Ils répondirent qu'ils attendaient d'un jour à l'autre le passage des rennes et que les renards, les loups et les ours, étaient, depuis la débâcle, occupés à ramasser le poisson mort sur le sable de la rive.

Je ne comprenais pas ce qu'ils appelaient le *passage* des rennes.

— En attendant que je me rende compte par les yeux, donnez-m'en l'explication.

— Rien n'est plus facile. Le renne est un animal émigrant, comme le rossignol, les hirondelles et les cailles, et les populations de cette contrée comptent, pour leurs provisions d'hiver, sur leur passage périodique. Ils sont très attentifs à surveiller ces migrations qui ont lieu deux fois par an, au printemps et en automne, et qui sont pour eux une question de famine ou d'abondance.

C'est une bête précieuse que le renne. Comme dans le buffle tout est utile. Avec la peau on fait de bons vêtements et de bons couchers solides et chauds, les os à moelle sont gardés précieusement pour les temps de disette, les autres se brûlent, et les matières grasses qu'ils contiennent donnent une flamme, fumeuse il est vrai, mais ardente et vive, et dans un pays où le bois n'est pas commun, c'est une bonne ressource.

Le passage d'automne est le plus important. Les rennes descendent alors des steppes mousseuses des régions polaires; ils sont assez gras, leur chair est délicate ; la plupart des femelles sont laitières, et la peau prenant sa fourrure d'hiver est plus épaisse, plus moelleuse et plus chaude.

Le nombre de rennes qui émigrent chaque année dans les parages où nous sommes (sur les bords de la Medvedzy) peut s'élever, au dire des indigènes, à une vingtaine de mille. Dans leur marche ils se fractionnent par groupe de sept à huit cents, quelquefois plus, qui s'étendent comme un épais et long cordon sur une largeur de trois à quatre lieues, afin de pouvoir pâturer plus à l'aise. Leur route pour descendre des contrées boréales ou pour y remonter n'est pas toujours la même, mais ils s'éloignent peu du canton qu'ils ont l'habitude de traverser. Pas plus que l'hirondelle, rien ne les arrête ; poussés par l'instinct et l'impérieux besoin de se nourrir, ils traversent tous les obstacles, rivières, lacs, torrents, rapides.

Aux époques du passage, les indigènes se réunissent par groupes, se postent sur les mamelons, les hauteurs, les rochers, les grands arbres du bord opposé de la rivière que ces animaux doivent franchir, et ils attendent des semaines entières, tapis ou rampant dans les grandes herbes. Quand enfin les éclaireurs se sont montrés, tous les postes se préviennent et se rassemblent pour épier tous les mouvements de cette immense caravane qui se dirige, en se resserrant presque toujours, vers l'endroit où les berges s'abaissent en forme de gué.

Nous approchons du moment du premier passage; si vous êtes curieux de le voir, et si vous voulez vous faire une collection de cornes et de peaux, il ne tient qu'à vous. C'est une chose qu'on ne rencontre qu'une fois dans sa vie; à moins qu'on ne se fasse Esquimau ou Lapon. En Europe, il n'y a plus de rennes sauvages; en Sibérie, ils sont devenus rares.

Puisque nous sommes sur le chemin, continuons notre course. Le capitaine Brisecôtes ne trouvera point à redire de quelques jours d'absence de plus.

— Alors munissons-nous chacun d'une lance. C'est plus sûr et plus expéditif que le fusil. Chaque coup porte. Avec ces bêtes-là, pas toujours commodes, il faut avoir les armes à la main et frapper d'un peu loin, sinon gare aux coups de cornes et de sabots.

Les Indiens prirent les devants. Avec leurs bodaries, maniés avec habileté, ils filaient trois lieues à l'heure. Bien que nous fussions favorisés par le courant de la marée, notre povozook avait peine, toutes voiles dehors, à faire plus de huit kilomètres.

La contrée devenait de plus en plus stérile sur la rive droite. Sur celle de gauche, la végétation ne se montrait pas beaucoup plus riche; mais, de temps à autre, nous dépassions quelques bouquets d'aulnes, de maigres bouleaux, de sapins rabougris, de hêtres, des champs de framboisiers; le reste était nu, semé de roches surgissant du sol et de marais verdoyants, où s'ébattaient et barbotaient toutes espèces de bêtes aquatiques. On ne peut se faire en Europe aucune idée de la propagation des volatiles palmés dans le nord de l'Amérique, et dans tous les cours d'eau polaires.

Le lendemain, vers quatre heures après midi, nous rencontrâmes des Indiens à la pointe d'un îlot bordé de saules et de bois rouge; ils s'étaient arrêtés pour nous attendre et nous prier de ne pas remonter le fleuve plus haut.

A deux heures de marche plus avant était un gué où ils allaient se porter pour surveiller l'arrivée des rennes.

Notre povozook solidement amarré dans les souches de la berge, nous préparâmes des provisions pour suivre nos compagnons dans les bodaries qu'ils mirent à notre disposition. Nous emportâmes des couvertures pour nous faire un abri contre l'humidité et le froid piquant des nuits, autant que des insectes insupportables qui s'acharnent après l'homme.

Après sept jours d'attente, que nous employâmes à prendre du poisson à la ligne, des loutres et des castors au piège, et à chercher dans les roseaux des œufs de canards et de goélands, le fusil nous étant interdit, on signala enfin la tête de colonne des rennes à une lieue au-dessus de nous.

Nous rejoignîmes en toute hâte les indigènes dont le nombre avait quadruplé. A cinq cents pas au-dessus du gué ils se couchèrent sur leurs bodaries et se rangèrent l'un au-dessous de l'autre pour dissimuler leur

6

présence. De loin un bodarie ressemble à une bûche flottante. Quelques mâles se présentèrent d'abord sur la crête au-dessus, et furent bientôt suivis de plusieurs autres. Tous, la tête droite, les oreilles redressées, examinèrent très attentivement la localité, puis descendirent sur le bord de l'eau. En ce moment nous entendîmes un piétinement continu, l'écho des sabots contre les pierres, le bruissement de cette multitude de bêtes serrées les unes contre les autres comme un troupeau de moutons ou de buffles poursuivis par un tigre ou un lion.

Dès que les éclaireurs se furent jetés à la nage, toute la bande s'y précipita derrière eux. Ce fut alors que les indigènes tombèrent comme un ouragan sur ces malheureuses bêtes, les uns se servant de piques courtes, les autres de lances à aiguillons en os de baleines, tous frappant à outrance. Le gouverneur et moi nous suivîmes leur exemple et nous entrâmes dans les rangs, piquant à droite, piquant à gauche, silencieusement. Tous les coups portaient; le sang jaillissait de toutes parts. On ne retirait son instrument du corps d'un renne que pour le plonger dans celui d'un autre.

— Frappez dans le ventre ou dans la poitrine! me criait Asinoff, la blessure est toujours mortelle. Et il me donnait l'exemple d'un acharnement voisin de la frénésie.

Les mâles les plus résolus se retournaient contre les hommes à coups de cornes, de sabots, de dents et de tête; et dans les coups qu'ils portaient ils cherchaient toujours à atteindre les yeux. Ils ne lâchaient prise qu'en se sentant deux pieds de lame dans le corps.

Au milieu de cette foule pressée, accablée, haletante de peur et de rage, s'efforçant de gagner au plus vite la rive opposée, il nous était difficile de nous maintenir dans nos bodaries. Vingt fois je fus sur le point de tomber. Le gouverneur, soulevé par un renne qui avait entré ses cornes dans le dos de son paletot, hurlait comme un damné. Pour mieux se défendre, il prit son point d'appui sur mon embarcation; il chavira et m'entraîna avec lui sous l'eau.

Certes le bain n'était pas tiède, et je me dépêchai d'en sortir et de monter sur la berge. A peine y mettais-je le pied que mon compagnon, aidé par un indigène, parvenait à se mettre à califourchon sur l'embarcation, et à rentrer dans sa case au milieu d'une bagarre qu'il faudrait photographier instantanément pour en saisir l'ensemble. J'eus la malencontreuse idée, pour me réchauffer, de courir après les blessés qui gagnaient la plaine. L'un d'eux se retourna contre moi et me lança un coup de tête qui me fit culbuter trois ou quatre fois sur moi-même. Lorsque je pus me remettre sur mes jambes, je remontai vers ma tente, pour me changer et je revins aussitôt me poster sur la berge, à l'abri des mauvais coups, et de là, je contemplai ce spectacle étrange, ce carnage qui dura plus de trois heures. Les hommes, épuisés de fatigue, ruisselaient autant de sueur que de sang. Néanmoins tous continuaient cette lutte atroce, ce massacre sans nom, car il s'agissait pour eux d'assurer leur existence pendant tout le reste de l'année. Les morts flottaient, les blessés allaient à la dérive. D'autres blessés cherchaient à franchir la berge, et ceux qui y parvenaient allaient retomber d'épuisement à quelques centaines de pas du rivage. Le fleuve charriait des flocons de mousses rougeâtres produites par le mélange du sang et de l'eau. Plusieurs mâles dans la mêlée en cherchant à se défendre, ou en se précipitant les uns sur les autres pour échapper aux coups, embranchaient leurs ramures veloutées et ne pouvaient fuir ni nager.

Ce qui frappa le plus mon imagination dans ce tohu-bohu indescriptible, ce fut de voir ces hommes, que nous regardions comme des sauvages, conserver une présence d'esprit rare, et, tout en se secourant les uns les autres, ne frapper que les plus jeunes rennes; ce fut encore de voir que, malgré les mugissements des mourants, malgré les cris et les hurlements des hommes et les aboiements des chiens, malgré le vacarme de cette effrayante boucherie, le passage ne discontinua pas une seconde. Les bêtes qui arrivaient sur la crête de la berge et qui auraient pu décamper, allaient plus haut et plus bas tenter la traversée du fleuve, se précipitaient à corps perdu, stupidement, dans l'eau comme si elles avaient été poussées par une puissance invisible. Pas un individu de cette innombrable bande

ne rebroussa chemin. Tous avançaient, pressés, aler-
tes, comme une nuée de sauterelles que rien, ni l'eau,
ni le feu, ne peut arrêter. La rivière était littéralement
couverte dans toute sa largeur de plus de dix mille
rennes.

Durant le passage, les femmes ne restèrent pas inac-
tives, elles se jetèrent à la nage, pour remorquer les
morts que le courant emportait vers la mer; elles poursuivirent et achevèrent les blessés qui se traînaient
péniblement dans la plaine, cherchant à s'éloigner.

Le passage terminé, on fixa tous les cadavres dans
l'eau, où on les laissa jusqu'à ce qu'on fût en mesure
de les dépouiller, d'en fumer la chair. Des postes de
surveillance furent établis pour empêcher les loups,
les renards et les oiseaux de proie de prendre leur part
du festin.

Les indigènes de cette partie de l'Amérique ne con-
naissent pas la manière de saler.

Avant de boucaner, ils enlèvent précieusement la
langue et les os à moelle qu'il font sécher séparément :
ce sont les morceaux les plus estimés, et qui servent
à fêter le retour au logis.

J'abandonnai les rennes qui me revenaient, ne me
réservant qu'une dizaine de langues, une trentaine
d'os à moelle pour faire du bouillon au capitaine Brisecôtes, et une vingtaine de paires de cornes que j'ai
clouées dans ma chambre et qui me servent de porte-
manteaux.

6.

Nous redescendîmes la rivière par un bras plus au sud. Chemin faisant, nous abattîmes cinq ratons, connus en Europe sous le nom de hyenotes, un petit ourson noir qui, occupé à manger du poisson sur la rive, n'avait pas fait attention à notre povozook.

CHAPITRE VIII.

—

A notre retour à bord de la *Fanny*, Pierre Berins, ancien chasseur d'Afrique, stimulé par l'excursion que nous venions de faire, demanda à quitter le navire. Il ne s'était engagé à bord de la *Fanny* que pour la traversée entre Dieppe et Sitka. Son projet, arrivé à New-Arkangel, était de se lancer sur le continent américain et de s'y livrer au dur métier de trappeur. Il espérait s'aboucher avec quelques-uns des agents de la compagnie des pelleteries du Canada, et se mettre à leur suite pour chasser le castor et la martre sur les affluents de l'Esclave, véritable labyrinthe de cours d'eau.

Le commandant eut beau lui représenter les difficultés et les dangers d'une pareille entreprise, il persista dans son projet. Rien ne l'arrêta; ni les espaces considérables qu'il aurait à parcourir seul dans des contrées inconnues; ni la nécessité où il serait de se plier aux mœurs et au goût des indigènes, à bivouaquer en plein air, exposé à toutes sortes de vicissitudes; ni la crainte de tomber entre les mains des tribus hostiles aux blancs, et des bois brûlés (métis), plus féroces peut-être que les naturels; ni les tableaux effrayants qu'on lui fit des tortures qu'il aurait à endurer : les chaleurs torrides, les froids hyperboréens, jeûner souvent, souffrir la soif, la plus terrible des souffrances, coucher sur la dure, manger du chien, du poisson pourri.

Berins se résigna à tout. Il était jeune; il n'avait pas trente ans. A cet âge, l'imagination est vive et prête à toute chose les plus brillantes couleurs; il voyait des ours, des bisons, des perdrix, des élans, des cerfs, des daims, des castors, des zibelines, enfin toute la collection de gibiers que rêvent un braconnier et un trappeur.

Quelques jours avant le départ de Berins, le gouverneur avait lui-même présidé avec soin au choix des pacotilles à emporter pour acheter la protection des indigènes ou comme moyens d'échanges.

Mais avant de le laisser partir, il nous réunit tous à dîner : le capitaine, Bérins, moi, notre lieutenant et quelques matelots.

Avant de se mettre à table, le gouverneur, pour retenir Bérins à Sitka, crut devoir lui faire une peinture assez sombre de la vie qui l'attendait dans les solitudes américaines, et il entama ce chapitre très sérieusement.

Bérins avait tout ce qu'il fallait pour faire un habile

trappeur : des bras et des jambes souples et musclées comme celles d'un élan, une taille moyenne, des épaules larges et osseuses, une tête d'hercule, ornée d'une barbe plantureuse roussâtre et inculte, une chevelure de même couleur, touffue comme un buisson d'aubépiniers. Courageux, rempli de confiance, ayant comme tous ses compatriotes (il était Basque) une dose suffisante de gasconnade pour égayer sa squaw et les compagnons qu'il rencontrerait.

Le tableau qu'on lui fit des dangers que court sans cesse un trappeur ne l'arrêta pas.

— Je suis résigné, répondit-il, à tous les accidents qui peuvent surgir dans une pareille entreprise : coucher sur la dure, sur la terre, passer les nuits en plein air, au chaud, au froid, à l'humidité des marais, manger de la vainde et du poisson crus, des rats, des souris, des lézards, des sauterelles, etc., etc., je me soumets à tous ces régimes. J'ai fait la guerre d'Afrique pendant huit ans contre Abd-el-Kader. Je suis rompu aux fatigues, aux privations de toute nature. Si la vie de trappeur a ses dangers, elle a aussi ses attraits et ses charmes; d'ailleurs, la continuité du péril amène à la longue l'indifférence, anéantit toute disposition à la peur. Puis, j'en ai assez de votre vie civilisée, où on traite les hommes plus mal que les bêtes. J'aime mieux être le potentat d'une beauté cuivrée que l'époux protecteur d'une blanche jouant du piano. Chacun a son idée.

Vive le désert! commandant; c'est l'asile primitif de la liberté. On y est affranchi des liens sociaux; la vie y est calme, à l'abri des haines, des passions, de l'envie, des persécutions; en un mot, tout ce qui trouble l'homme. Votre Europe n'est plus aujourd'hui peuplée que d'esclaves, de malfaiteurs, de voleurs, de diffamateurs, d'incestueux, de fieffés gredins.....

— Et la civilisation? répliqua le capitaine.

— La civilisation, *bone Deus!* elle rend l'homme cruel, féroce et fripon. Ne faut-il pas des gardes-champêtres pour protéger vos récoltes, des gendarmes pour garder les villes, des armées pour surveiller vos frontières, des commissaires de police pour veiller aux bonnes mœurs, des juges pour appliquer plus ou moins mal la loi, des bagnes et des prisons pour enfermer les voleurs et les assassins?...

Votre progrès, qu'est-ce? C'est l'art de dépenser vingt francs par jour pour bouffer et boire et de n'en gagner que cinq. Encore cinquante ans de ce progrès, et l'Europe ne sera plus qu'un réceptacle de voleurs et de gredins affamés.

Le gouverneur répliqua :

— Dans ces déserts que vous dites être l'asile de la liberté primitive, vous devrez vous tenir éternellement sur vos gardes le jour et la nuit. Là, Bérins, c'est la loi du plus fort; vous ne pouvez compter que sur votre bras pour vous faire respecter et défendre votre bien. Si la vie sauvage a du bon, ce que je suis loin de contester, elle a aussi son mauvais côté, et j'ai la faiblesse de préférer le gendarme qui veille sur moi et mon droit de boire tranquillement le vin de ma cave et le fin moka que me fait ma cuisinière. Merci du plaisir de dormir chaque nuit la carabine armée et chargée sous la tête en guise de coussin.

Le gouverneur Asinoff était au fond un honnête homme. La présence de Bérins à New-Archangel lui importait peu; elle ne le gênait en aucune façon, et il n'avait nul besoin de ses services; mais il était effrayé, parce qu'il connaissait par lui-même et par les agents de la Compagnie les dangers sérieux qu'il allait courir; il mit tout en œuvre pour le dissuader de ses projets. Il lui représenta de nouveau les souffrances, les privations, les fièvres, les maladies de toutes sortes auxquelles il allait être exposé. Il lui raconta, dans un langage très imagé et saisissant, toutes les particularités et les effroyables accidents arrivés aux caravanes, à des trappeurs qu'il avait connus, entre autres, l'histoire d'un jeune Espagnol qui mangea le nourrisson d'une squaw; puis l'histoire d'un Hollandais, qui dévora le corps de son compagnon en quarante-huit heures, et qui fit bouillir et avala en deux nuits un jeune garçon de dix ans. Puis, cette autre d'un Irlandais, nommé Keysburg, dit le Vieux Cannibale, qui pendant un hivernage, dans le bas des montagnes Rocheuses, aux prises avec la famine, prit le goût de la chair humaine et l'étrange plaisir de sucer le sang de ses compagnons quand il ne pouvait pas les manger. Les sauvages, ajouta-t-il, ne seront point embarrassés pour vous scalper et vous manger au besoin.

Si le trappeur est le pionnier de la civilisation et le colporteur du désert, il a tout à redouter des populations hostiles aux blancs. Et, puisque je ne puis vous détourner, emmenez avec vous une squaw, ce sera pour vous un passeport vivant.

— Bah ! répondait Bérins, je sais bien que je n'aurai pas les aises d'un chasseur sybarite ; mais je dors aussi bien sous un rideau de brouillard que dans une fourrure ; je ne m'effraie pas de l'absence d'une bassinoire. J'ai le jarret vigoureux, les épaules et les bras solides, l'œil subtil et le cœur d'aplomb. Je ne m'attends pas à m'engraisser comme un magistrat municipal, et je suis cuirassé contre les vicissitudes qui m'attendent.

— Et si vous y périssez ?...

— Les vieilles futaies inhabitées me serviront de monument funéraire. Un vieux tronc de deux cents pieds de hauteur vaut bien une pierre de taille de quatre sols.

— Vous mourrez comme un chien, sans prière.

— Le cris monotones des hibous me tiendront lieu de *requiem* et de *de profundis !*... et les sombres vapeurs de la nuit de cierges funèbres.

— Là, couché loin des hommes, loin de la terre natale et des pleurs de votre famille...

— Les hommes! la terre natale! les pleurs de ma famille! répéta Bérins en donnant à ses lèvres un accent d'amer et profond mépris. Bah! le sort en est jeté... Je pars.

Le commandant Asinoff interrompit la conversation en disant :

— Messieurs, le dîner est servi. Nous reprendrons la conversation après le fromage.

Quand le gouverneur de Sitka, prince féodal, autocrate sur les domaines confiés à sa sagesse, se mettait en frais, il donnait des repas prodigieux. Les tables gémissaient sous le poids des plats et des bouteilles. On mangeait beaucoup, on buvait copieusement. En un mot, on festoyait comme Balthazar. Ces prodigalités de victuailles se comprennent dans un tel pays, où on ne compte avec rien. La venaison est abondante, le gibier foisonne, le poisson circule par bancs innombrables sur les côtes, dans les anses et dans les rivières. Les fruits et les légumes d'Europe sont rares, il est vrai, mais les vins arrivent de toute part en été, par centaines de paniers, et dans les forêts on récolte des fraises excellentes, des framboises d'un arome exquis, sans compter vingt sortes de champignons. Je ne vous ferai point l'esquisse d'un pareil festin, cela me serait impossible.

Cette seconde séance dura dix-sept heures! Le matin, le gouverneur et Bérins disaient qu'ils avaient perdu le sentiment des couleurs. C'est vous dire combien l'un et l'autre avaient honoré le banquet. Nous nous séparâmes au cri des hourras sauvages à faire trembler le firmament, poussés par les domestiques du gouverneur, habitude nationale d'exprimer leur joie et d'honorer leur maître. Brisecôtes n'était pas le moins ému des convives; mais pour faire croire à sa tempérance, il hurlait que c'était abominable de gaspiller tant de bonnes choses.

Le surlendemain matin, avant son départ, Bérins, en vieux braconnier qu'il était, alla à la chapelle russe faire ses dévotions. Bien qu'elle fût sous l'invocation d'un saint peu orthodoxe, il se dit que Dieu et la Vierge n'y regardaient pas de si près, et recevraient ses prières avec la même faveur. Après quoi, il s'embarqua. Il emportait une pacotille composée de couteaux, de haches, de hachettes, de ciseaux, de rasoirs, de marteaux, d'hameçons, de cafetières, d'aiguilles, de verroteries de diverses couleurs, de sel, de poudre, de balles, d'étoffes, et de deux faux de première grandeur, emmanchées sur de longues perches pour s'en faire des armes défensives. Le tout était divisé en ballots de soixante et quelques livres pesant, pour faciliter le transport dans les portages. Sa provision de poudre et de balles, très considérable, était enfermée dans des petits tonneaux cerclés et goudronnés.

Au reste, si l'amour du désert et du braconnage em-

portait Bérins dans ces solitudes immenses, le commandant Asinoff ne le plaignait pas trop. Il y devait
trouver, disait-il, une fortune considérable, s'il savait
se conduire avec prudence.

— Depuis longtemps, ajouta-t-il, le nombre des trappeurs diminue. Les fabuleux placers du Sacramento
ont détourné les neuf dixièmes des trappeurs canadiens et américains. L'or, si facile à ramasser, les a
tentés. Aujourd'hui le commerce des pelleteries est
moins considérable, et si l'émigration vers San-Francisco continue, il n'y a pas l'ombre d'un doute que les
riches fourrures de castor, de martres et de loutres,
seront prochainement hors de prix. Après cela, la découverte des placers est peut-être un bienfait de la
Providence. En poussant le flot des aventuriers vers le
Sacramento, qui leur offrait la perspective d'une fortune rapide, elle a peut-être voulu opposer une bar-
rière momentanée à la destruction complète qui menaçait ces petits animaux, et leur donner le temps et
la possibilité de repeupler les forêts et les déserts de
l'Amérique. Cela est probable. La Providence veille
avec sollicitude à la pondération des créatures de l'uni-
vers. De même qu'elle envoie la peste, la guerre, la
famine, des épidémies meurtrières pour enrayer l'accroissement trop rapide et dangereux de la population,
accroissement qui pourrait menacer la vie de l'homme,
de même elle enraye la destruction. Cette loi de destruction est prévue, et vient en temps opportun d'une

façon merveilleuse équilibrer les nombreuses productions terrestres.

Il recommanda au futur trappeur de chasser principalement le castor, les martres, les élans caribous, les chevreuils, les ours, les moyagues (espèces d'oies à cou court et à pattes très larges), en un mot, toutes les espèces de gibier à poil duveteux, et ajouta, avec une imperturbable gravité, des conseils sur la manière de préparer les peaux des uns, la chair des autres, et faire bouillir sa marmite. Il ajouta à ses recommandations un petit dictionnaire des mots koloches les plus urgents pour se faire comprendre de ces sauvages, et lui apprit à compter jusqu'à cent :

Le bateau de Bérins, solidement construit et aménagé avec intelligence, renfermait toute sa fortune : tous les ustensiles nécessaires pour un hivernage âpre et rigoureux, des provisions de chasse et de bouche. En le voyant partir le commandant Asinoff lui dit : Bérins, Dieu vous aide ! car vous courez au-devant d'une mort presque certaine.

Le capitaine Brisecôtes me permit d'accompagner Bérins jusqu'à deux ou trois jours de marche. Un pilote russe, monté sur une chaloupe à voile, lui donna la remorque, et nous entrâmes dans la Miednoï, à travers d'innombrables archipels au-dessous du mont Saint-Élie, et que Pierre Bérins devait remonter jusqu'à la cataracte, une vingtaine de jours de navigation au-dessus de l'embouchure.

Les premiers jours, tout alla bien. Nous dépassâmes plusieurs petits cours d'eau rougeâtre, presque dormants, couverts de nénuphars en fleur dont les larges feuilles couvraient les bords. Le soir, nous amarrions nos pirogues à la berge, et nous élevions à la hâte, au bord, adossé aux buissons, un gourbi en branchages sous lequel, enveloppés dans nos couvertures, nous dormions à l'abri des myriades de cousins qui sont, dans ces contrées, un tourment d'enfer pour les Européens.

Nous fûmes bien quelquefois inquiétés par les ours et les loups, mais nos armes eurent raison de ces trouble-fêtes. Le quatrième jour nous arrivions dans la contrée où l'on commence à redouter les Indiens. C'était au delà que le pauvre Berins allait hiverner, et commencer cette vie de solitaire, éprouver les premières difficultés. Il avait emmené avec lui une femme indigène qui paraissait lui être très dévouée, et de laquelle il attendait de grands services; puis une dizaine de chiens, un traîneau pour transporter son petit bagage au delà des montagnes, et gagner le fort de Drève, sur un affluent de l'Esclave, où il espérait rencontrer des compagnons. Nous le quittâmes.

Le pilote lança sa chaloupe à l'eau, se plaça dans le premier compartiment, moi dans le second, après avoir serré chaleureusement la main de mon compagnon, lui souhaitant bon voyage et... au revoir!

CHAPITRE IX.

—

Bérins devait désormais poursuivre, seul avec sa squaw, sa route vers les montagnes Rocheuses. Ils remontèrent tantôt à la rame, tantôt à la cordelle, quand la stérilité des berges le permettait, quelquefois à la voile, quand le vent soufflait de l'ouest, tantôt en poussant son bateau à l'aide d'une longue perche, genre d'exercice fort pénible pour ceux qui n'y sont pas habitués. La squaw l'aidait vaillamment dans ce travail incessant et n'y épargnait pas ses forces et son énergie.

Le vingt-troisième jour de la navigation, Bérins se rencontrait avec la première difficulté, c'est-à-dire avec les rapides dont sont semées toutes les rivières de cette partie de l'Amérique et en général la plus grande partie des cours d'eau entre le cercle polaire et le pôle. Impossible de les franchir. Laissant son bateau à la garde de sa squaw, à laquelle il avait appris à manier militairement un fusil, et armé lui-même jusqu'aux dents, il escalada les rives pour juger de l'étendue des rapides : ils avaient quatre milles de portage, et étaient coupés d'effroyables abîmes. C'est-à-dire que pendant quatre milles il fallait transporter à dos d'homme, un à un, tous les ballots, jusqu'au haut des courants, puis ensuite y traîner de même le bateau, le mettre à flot, le recharger et continuer la navigation ; c'était une rude besogne que celle-là pour un homme seul, quelque fort qu'il fût. Bérins y renonça.

Cette rivière s'enfonçait dans un défilé tortueux et sombre. De chaque côté s'élevaient des murailles escarpées, de granit grisâtre, moucheté de vastes plaques noires et rouges, et surplombant par le sommet. Dans les déchirures et les trous des rochers poussaient des cèdres, des sapins, des merisiers énormes, des bouleaux, comme suspendus sur l'abîme. L'endroit était propre à cabaner. Il commença de suite ce que les Américains appellent *bothan ant selgair* (hutte de chasseurs), de quinze pas de long sur cinq de large, avec des troncs de jeunes sapins qu'il accumula les uns sur les autres.

Ce cours d'eau de cent pas de largeur environ fuyait en zigzag dans la plaine, entre deux ceintures de chênes, d'ormeaux, de châtaigniers, de noyers, de pommiers, de poiriers, de sorbiers et de treilles sauvages, dont les fruits ne rappelaient ceux d'Europe que par leur couleur, leurs formes lilliputiennes, et non par leur saveur et leur goût sucré.

Les cascatelles du défilé regorgeaient de saumons qui, le matin, un peu après le lever du soleil, sautaient de roches en roches et que d'énormes et sales vautours, aux plumes déguenillées, guettaient au passage. Le pays était giboyeux : le sol en portait partout des traces nombreuses et variées.

Quand sa cabane fut terminée et close de manière à opposer une résistance suffisante aux ouragans, aux bêtes féroces aussi bien qu'aux indigènes isolés qui viendraient à la découvrir, il songea en homme prudent à en garnir les murailles intérieures de pièces de venaison boucanées et fumées, et de poissons séchés, afin de se mettre à l'abri de la famine pendant l'hiver dont l'approche se faisait déjà sentir.

Durant les fréquentes et quelquefois longues excursions de son seigneur, la squaw, Mme Cuirdur, s'occupait à faire des corbeilles, des paniers avec des fils d'orties, des écorces de saules et de bouleaux, ouvrages d'une grande finesse d'exécution et d'un tissu si serré qu'ils pouvaient conserver l'eau pendant des jours entiers; puis à préparer avec une merveilleuse adresse les peaux d'élans, qu'elle émaillait de figures bizarres de toutes formes et couleurs, pour en faire des blouses et des jaquettes propres à habiller son autocrate.

Le soir, après le souper, lorsque le brasier était ranimé par un monceau de branchages de sapins qui devaient éclairer le foyer toute la nuit, Bérins donnait des leçons d'armes et de français à sa compagne. Quand la mémoire se montrait rebelle, ou que sa langue ne pouvait ce qu'il appelait moduler les sons, le trappeur enflait sa voix et employait quelquefois des moyens de démonstration d'une énergie brutale. Cette méthode du colonel Asinoff, qu'il suivait à la lettre, avait fini par triompher du peu de souplesse de l'aptitude de la pauvre Indienne.

Quand il eut ébauché l'éducation grammaticale et militaire de sa squaw, il lui vint la fantaisie de la convertir au christianisme, non qu'il eût des croyances bien vives et qu'il professât des maximes très orthodoxes, mais par manière de passe-temps. Le colonel Asinoff lui avait fourré parmi ses bagages une vieille Bible et un Robinson Crusoé en français, en lui disant : Quand vous ne saurez que faire, vous vous amuserez à lire : la lecture est une bonne chose.

Bientôt des froids d'une rudesse extrême vinrent interrompre ses courses.

Les mauvais jours continuèrent. La neige, le grésil, la pluie tombaient alternativement par rafale. Les vents d'ouest faisaient rage et soufflaient par bouffées d'ouragan. De ce côté des montagnes Rocheuses, les tempêtes sont terribles et redoutables. La neige coiffait les montagnes des alentours; la glace couvrait les rivières et les lacs; le gibier se tenait caché dans les plus épais fourrés; le poisson, comme engourdi par une température moscovite, se tenait coi au fond de l'eau et ne se prenait ni à la lueur des flambeaux de pins, ni aux lignes tendues dans les trous creusés dans la glace par le trappeur. Les provisions s'épuisaient. Bientôt Bérins et sa squaw n'eurent plus rien à se mettre sous les dents. La faim brûlait leurs entrailles : ils n'avaient pour l'apaiser, ou plutôt l'amuser, que la perspective d'une pêche ou d'une chasse heureuse, perspective qui se renouvelait à peu près chaque jour. Quand il ne rapportait rien, il rentrait d'un pas de tortue. Le malheureux en était réduit à chercher sous la neige des petites baies rouges assez farineuses, que les Russes appellent kloukoys, ressemblant à de grosses senelles rouges, et, aux alentours de sa cabane, les os décharnés des animaux tués et mangés, pour en faire, avec la moelle, un maigre bouillon.

Affaibli par la souffrance et la faim, vivant depuis plus d'une semaine de lanières d'une vieille peau d'élan qui lui servait de porte, il tomba sérieusement malade. Sous l'empire de la fièvre, son imagination festonnait des images tantôt sinistres, dévergondées, tantôt fleuries et gaies. Il se voyait dans un désert horrible, sans un atome d'herbe, où les arbres était pétrifiés. Devant sa cabane défilaient des processions interminables de squelettes d'élans, de cerfs, d'ours, de castors, de bisons, de chevreuils, de loutres, de

loups-cerviers, de renards, de lièvres, de lapins, etc.,
etc., etc., toutes ces charpentes osseuses portaient sur
elles les lances, les balles qui les avaient blessées
mortellement ou tuées raides. Les unes avaient une
jambe de moins, disloquée ou cassée; les autres des
ailes ou des côtes brisées; celles-ci l'épine dorsale
rompue; celles-là le crâne enlevé; toutes couraient,
sautaient, gambadaient ou marchaient sur leurs tibias
décharnés, poursuivant avec furie des chasseurs, écrasés d'obésité, sans armes, qu'ils foulaient sous leurs
pieds, qu'ils perforaient de leurs cornes, mordaient
avec rage en poussant des cris, des hurlements, des
mugissements féroces que les échos répétaient à l'infini et qui emplissaient l'air d'un vacarme infernal,
nénarrable.

Des squelettes d'oies, de canards, de cygnes, de
sarcelles, de poules d'eau, de hérons, de damiers, les
ailes cassées, les pattes ou le cou démanchés, fracas-
sés par le plomb meurtrier, glissaient sur les rivières
glacées, en compagnie de carcasses de poissons de
toutes sortes, la gueule béante et prises à d'énormes
hameçons; puis encore des nuées de carcasses d'oiseaux voltigeant sur des arbres morts et sans feuilles.

Un instant après, le cauchemar changeait de couleurs et d'allure, comme un kaléidoscope que l'on
roule dans ses doigts; l'imagination de Bérins le trans-
portait au milieu d'une grasse et verdoyante vallée ar-
rosée par des ruisseaux dont l'eau limpide murmurait

doucement en glissant sur des lits de gazon et de pierres moussues, un Éden fleuri, un vrai paradis de chasseur. Tous les animaux de l'Amérique du Nord y pais-
saient en liberté, tranquillement comme au temps de
l'âge d'or des hommes. Tous les arbres, d'une splendide végétation, portant des fruits somptueux, des
fleurs magnifiques, étaient couverts d'oiseaux au brillant plumage; dans les buissons voltigeaient des bécasses, des coqs de bruyères dodus; sur l'herbe cons-
tellée de myriades de fleurs étranges se promenaient
des perdrix et des faisans; sur les rivières et les lacs
glissaient des flottes d'oiseaux aquatiques et de poissons. Il voulait courir après et il se sentait cloué au
sol; il tirait sur ces troupes de gibier et son fusil faisait long feu comme une fusée. Et animaux, oiseaux,
poissons, ricanaient de son impuissance, dansaient
ensemble des cachutcha échevelées autour de sa demeure. Des nids de canards, d'oies, de faisans, de
coqs de bruyères, pleins d'œufs appétissants, étaient à
ses pieds, et ses bras paralysés, immobiles, quelque effort qu'il fît, ne pouvaient y atteindre; il voyait l'abondance et son estomac était affamé, et sa squaw se
tordait près de lui dans les angoisses de la faim.

Puis, il se voyait dans sa demeure, transformée en
palais superbe, étincelant de feux de bengale, dont les
murailles étaient ornées de guirlandes de saucissons,
de bifteks, de bouquets de côtelettes fraîches, appé-
tissantes, de chapelets de gelinottes, de perdrix, de

lièvres, de lapins et de poissons auxquels il ne pouvait toucher. Sur une table somptueusement couverte se montraient des mets délicats et exquis, des jambons, des hures farcies, des langues fourrées, des homards, des langoustes, des pâtés de foies gras, des boîtes de conserves, des bouteilles de vins de tous les crus, du porter, de la bière, du whisky, de la vaisselle d'argent, etc.

Devant des brasiers d'enfer rôtissaient des buffles d'une grosseur prodigieuse, des élans, des chevreuils, des daims, dont le fumet dilatait délicieusement ses narines, aiguisait son appétit, centuplait les aiguillons terribles d'une faim immense. Il regardait avec une surprise indicible, hébétée, cette profusion de comestibles, ces merveilles culinaires étalées sur des plats d'argent, et il se disait, avec cette conviction profonde d'un gourmet affamé : voilà qui est bon, Voilà qui rappellerait un mourant du tombeau ; quelle atmosphère ! quels parfums ! quels aromes on respire ici ! que ces mets sentent bon !... Il appelait sa squaw pour l'engager à prendre part à ce festin diaboliquement balthazaréen, et il voulait s'approcher, et tout cela fuyait devant lui. Il avait une soif, une soif dévorante, cette soif enragée qui étrangle la gorge d'un homme qui n'a vécu, dans la traversée d'un long désert, sous un soleil de feu, que de harengs salés. Les meilleurs vins coulaient à flots dans des verres gigantesques en mousseline de Venise et en cristal ciselé de Bohême, et ses lèvres n'en pouvaient approcher; il ne pouvait étancher sa soif.

Il faut avoir enduré la faim et la soif, bu de l'eau pourrie du désert, mangé des serpents, des charognes, usé ses dents sur le cuir et les semelles de ses bottes, pour comprendre quelles délicieuses sensations peut faire éprouver cette fantastique apparition et ce supplice infernal, que les Grecs nous ont représenté par l'histoire de Tantale.

Le pauvre Bérins voyait des choses inouïes, inénarrables, comme un homme ivre d'opium ou de hachisch. Je ne connais rien de plus enivrant, de plus écrasant, de plus ahurissant que de tels rêves. Quand il se réveilla, les aromes et les fumets de son rêve mirent son appétit en pleine révolte.

Au jour la fièvre cessa un peu, il se leva chancelant, brisé de fatigue, et alla en se traînant visiter ses hameçons et ses trappes; il n'y trouva rien. Sa squaw n'avait plus la force de se lever. Sa position devenait de plus en plus terrible. L'hiver ne paraissait pas devoir finir, bien qu'on fût déjà au mois de mars; le froid semblait redoubler d'intensité et de violence. La mort la plus hideuse se présentait à son esprit. A moins d'un miracle du ciel, il ne voyait pas comment il sortirait de là. Il passait les jours accroupi à côté de son feu, la tête dans ses deux mains, les coudes appuyés sur les genoux, et l'esprit plongé dans les plus sombres réflexions. Tout à coup l'image du naufrage de *la Méduse* lui traversa la cervelle, et l'idée lui vint, pour prolonger son existence, de manger sa squaw et d'en sécher, saler ou geler une partie. En ménageant ses provisions, il calculait pouvoir en vivre pendant trois semaines... époque présumée et attendue du dégel.

Manger de la chair humaine lui fit horreur. Cependant, ajoutait-il dans son soliloque, quand on a le ventre vide depuis plusieurs semaines, quand, depuis une quarantaine de jours, on ne vit que de lanières, que d'écorce d'arbres, on n'est pas difficile sur le choix des mets, et il vaut mieux se résigner à cette cruelle et terrible nécessité plutôt qu'à périr de faim. Son estomac, dévoré par les plus impérieux besoins, étouffait tout sentiment.

Mais pour la manger, il fallait la tuer d'abord ; commettre un assassinat !

— Est-ce un assassinat que de tuer son semblable pour assouvir sa faim ? demandait Bérins, pour composer avec sa conscience. Les naufragés de *la Méduse*, qui ont assommé et mangé leurs compagnons, étaient-ils des assassins ? Ventre affamé n'a pas d'oreilles ; la *faim* justifie les moyens, ajoutait-il sans songer qu'il venait de faire un horrible jeu de mots, et en jetant un regard farouche sur sa compagne.

D'ailleurs la pauvre femme est dans un si piteux état ! n'est-ce pas un service lui rendre que de la faire disparaître de ce monde, qu'elle va quitter d'elle-même d'ici à deux ou trois jours? Ce n'est pas un brillant festin que je ferai, mais quelle que soit la répugnance que m'inspire ce vilain régal, je sens mes forces s'épuiser... Si ce n'est pas ce soir, ce sera demain que je taillerai avec mon coutelas quelques larges morceaux de chair humaine.

Il passa la nuit à se familiariser avec cette pensée, que, d'ailleurs, il ne songeait même pas à combattre, et en remit l'exécution au lendemain s'il ne rapportait rien de l'excursion qu'il comptait faire. Il sortit au petit jour. Sa faiblesse était si grande qu'il tomba épuisé à quelques pas de sa cabane. C'en est fait, pensa-t-il, je ne reverrai pas le coucher du soleil. Tout aussitôt il se vit entouré d'une épaisse nuée de corbeaux qui croassaient en tournoyant au-dessus de sa tête; cette nuée de hideux fossoyeurs s'abattit sur les branches des arbres et vint se poser sur les buissons les plus voisins; quelques-uns, plus hardis, s'approchaient de lui en marchant; tous, il le voyait bien, s'apprêtaient à le déchiqueter, à le ronger. Ils attendaient qu'il ne fît plus de mouvement pour commencer un festin de chair palpitante, ou que l'un d'eux eût fait la première brèche du bec et de l'ongle sur le moribond. Il se voyait, comme Prométhée, déchiré et mangé vivant. Le froid gagnait ses membres, qu'il pouvait à peine faire mouvoir. Il était sans voix, et d'ailleurs il n'eût pas eu la force d'appeler sa squaw à son secours: la pauvre Indienne ne pouvait soulever elle-même sa tête. L'imminence du danger lui rendit un peu de force et d'énergie ; il fit un suprême effort, et, en se levant, il aperçut, à cinquante pas devant lui un vieil ours éclopé et n'en pouvant plus. Bérins crut rêver ; sa propre vie et celle de sa squaw dépendaient de son coup. Il se coucha dans les herbes, rampa laborieusement comme un serpent derrière les buissons pour se rapprocher le plus près possible de la bête et se donner toutes les chances pour la tuer. Il épaula sa carabine sur le buisson et fit feu ; l'animal tomba raide mort. Bérins se traîna vers l'ours, lui ouvrit la gorge et but avec avidité et à larges et puissantes gorgées tout le sang chaud qui sortait de la plaie ; puis, lorsqu'il fut rassasié, s'écria : Le fils de mon père ne mangera pas encore aujourd'hui de cette cuisine, — en pensant à sa squaw.

Ranimé par cette boisson réconfortante, il se mit à dépouiller, à dépecer l'animal, et en transporta les débris à la hutte. Puis sa squaw et lui se régalèrent sans raison, durant tout le jour, de chair d'ours, quoiqu'elle fût dure et coriace.

La joie lui revint au cœur et les forces dans les membres. La pauvre squaw, qui venait d'échapper miraculeusement au saloir de son époux, reprit aussi des forces. Les jours suivants, il alla à la chasse et en rapporta des renards et des élans, dont il fuma la chair. Les peaux servirent à remplacer en partie la porte qu'il

avait mangée en détail et en lanières. Devant tel amas
de victuailles plus que suffisant pour attendre les beaux
jours il se crut au terme de ses fatigues : il ne pensait
plus qu'à rôtir, bouillir, fricasser sa venaison, qu'à festoyer joyeusement, qu'à se reposer, à se dorloter au
coin du feu, qu'à manger et dormir; quelquefois à aller
lever des lignes et visiter des trappes.

Les dépouilles de toutes ces pièces de gibier firent
un coucher moelleux. Avec celles des élans, Mme Bérins fit à son époux, à la lueur du brasier pendant les
soirées polaires, des torbasses (chemises, blouses)
dont elle agrémenta les coutures de fil de rasade en
guise de galons; sous ce fantastique accoutrement
Bérins avait plutôt l'air d'un sorcier sibérien que d'un
homme baptisé.

Enveloppée dans l'étrange tunique qu'elle s'était fa-
briquée, sa tête ornée de chapelets de verroteries, des
cheveux plantureux, mais rudes et durs, plantés de
plumes de corbeaux, de pigeons, de perdrix, de canards, d'oies, la squaw eût fait la conquête d'un gan-
din ou d'un gommeux; malgré des yeux fendus, bordés comme les Chinoises et les Japonaises, elle était
assez jolie bien qu'elle fût petite, trapue; mais elle
n'avait pas le nez écrasé des Mandchoux; elle devait
être de sang mêlé.

Les traits osseux de ces peuples rappellent les figures
tartares, souche des Mandchoux. Il est de toute évidence que ces peuplades américaines sont toutes sor-

ties des plateaux de l'Asie soit par le détroit de Béring, soit par les îles Kouriles, appendices caudaires qui unissent le Japon et la Sibérie ; l'isolement de ces groupes d'émigrants au milieu de ces espaces déserts a dû à la longue modifier leur caractère, leurs mœurs, leur langage. Leur temps se passait assez régulièrement entre la pêche et les courses à travers le pays très accidenté. La vie matérielle leur était facile. Ils n'avaient pas, tant s'en faut, une existence de Sybarites, mais ils trouvaient autour d'eux ce qui leur était nécessaire. Au moment de la ponte des canards, des oies, des eiders, des pingouins, ils recueillaient des œufs par milliers qu'ils conservaient dans la glaise délayée à défaut de chaux.

Leurs caches renfermaient déjà une certaine quantité de grosses fourrures d'élans, d'ours, de loutres, de ratons, d'écureuils, de lièvres, de renards, de viandes boucanées, soigneusement fermées et dissimulées aux yeux des plus malins ; tranquille de ce côté, Bérins mit à exécution le projet qu'il caressait depuis longtemps de se mettre en route pour les hauts cours d'eau où se tiennent les castors, auxquels il faut ou des lacs peu profonds dont le niveau varie peu, ou des forts ruisseaux au milieu d'étroites prairies dont ils puissent barrer le cours.

CHAPITRE X.

—

Après huit ou dix jours de marches pénibles à travers mille obstacles, des roches biscornues à franchir, des futaies embroussaillées, encombrées d'arbres pourris, des fouillis de bois, de lianes à déblayer, des clairières couvertes de mousse où ils enfonçaient jusqu'à mi-jambes, ils arrivèrent enfin dans une vallée étroite dont toute la largeur semblait être barrée par une muraille naturelle, du haut de laquelle l'eau tombait çà et là en rigoles. Un instant il crut à la rencontre d'une cascade, comme il y en a tant dans ces parages polaires, semés de rapides, de petits îlots glaiseux, où croissait une ceinture de saules blancs.

Bérins rencontrait enfin une colonie de castors devant laquelle il resta muet, abasourdi d'étonnement et d'admiration. Sa stupéfaction fut plus grande encore lorsqu'il fut au pied de cet ouvrage colossal, qui n'avait pas moins de cent cinquante pas de longueur, deux d'épaisseur et près de deux mètres de hauteur; il ne pouvait s'imaginer que ce fût là le travail d'un petit quadrupède à peine gros comme un lièvre et n'ayant à son service que trois outils que la nature lui a donnés : ses pattes de devant, non palmées, armées d'ongles pointus et solides; celles de derrière, palmées pour nager, ramer et plonger, et des dents solides, trapues et tranchantes.

C'est à l'abri de cette prodigieuse construction, qui prend quelquefois les proportions fabuleuses d'un mur de forteresse, que ces amphibies, de la famille des rongeurs, bâtissent leur phalanstère, invariablement composé d'une série de pavillons ayant la forme d'une cuve de vigneron, et dont le toit est renflé en forme de dôme, comme le marabout arabe ou la masure sarrasine de l'Italie méridionale. Chaque cabane a plusieurs étages; les plafonds et les planchers sont percés d'un trou, de façon à permettre le passage d'une pièce dans l'autre, selon que l'eau baisse ou s'élève; ces chambres sont voûtées, cloisonnées et revêtues d'un crépi argileux qui acquiert la dureté du caillou. Le castor connaissait avant les ingénieurs l'emploi et la propriété de la chaux hydraulique.

Ces amphibies ne hantent que les hauts cours des petites rivières traversant des prairies. On en voit rarement plus bas. Les barrages qu'ils construisent n'ont d'autre but que d'inonder les étroites vallées pour y emménager du poisson et pêcher en sybarites, on ne saurait faire deux lieues en remontant ces cours d'eau sans rencontrer d'autres digues toutes bâties sur le même modèle.

Quand l'étang formé par ce barrage ne peut plus contenir de nouvelles demeures sans compromettre les moyens d'existence et la sécurité de la colonie, le castor, comme l'abeille, chasse ses petits du toit paternel dès qu'ils sont en âge de limousiner une digue et une cabane.

La localité trouvée, l'emplacement choisi avec une intelligence à hébéter un ingénieur en chef des ponts et chaussées, on se met à la besogne. Dix, douze castors rangés, serrés autour d'un arbre, — le plus gros est le meilleur, — attellent leurs rudes et tranchantes mâchoires à la base du tronc et le rongent du côté où il doit tomber. Leurs dents taillées en biseau ont plus vite qu'on ne pense raison de ces graves centenaires des vieilles forêts américaines. Ce n'est pas là, ainsi qu'on le pourrait croire, la plus grande difficulté de la besogne. En quelques heures l'arbre sera scié. Mais cet arbre ne doit pas tomber au hasard, et sa chute, pour qu'elle vienne encombrer le cours d'eau, doit être surveillée avec soin. Ici commence le travail d'imagination du castor. La direction du vent est examinée, et si le courant d'air vient à changer pendant l'opération, le travail est suspendu. L'arbre rongé, coupé aux trois quarts, les ouvriers attendent. Dès que le vent se montre propice, les dents mordent et

déchirent avec ardeur les dernières couches concen-
triques du bois, et l'arbre vacille, penche, craque,
tombe avec fracas.

L'animal est fort méfiant; des sentinelles placées
sur plusieurs lignes forment une ceinture autour des
travailleurs, veillant à la sûreté commune; au premier
cri d'alarme, toute la gent amphibie se jette à l'eau et
va, comme les grenouilles, se cacher dans les roselières, n'ayant que le nez dehors.

L'arbre tombé forme la première maille de la digue. Bientôt un second, puis un troisième et jusqu'à
six et quelquefois dix, viennent ajouter à l'épaisseur
de l'obstacle qu'il s'agit d'élever. Cela fait c'est quelque chose sans doute, mais il reste à consolider les extrémités des arbres qui vont servir d'épaulement principal, à combler les vides et le centre par des amas
considérables de bûchettes, de branchages, de boue,
de terre, de gravier. La tribu se divise en deux bandes.
Pendant que l'une charpente, coupe des branches,
les traîne à la rivière, les fait flotter, les plonge, les
fixe dans l'eau, leur fait prendre la position et l'incli-
naison qu'elles doivent occuper, l'autre escouade fait
le travail du limousin, creuse, déblaie, gâche, masse,
foule l'argile du voisinage, avec les épis, des chatons
de roseaux, fait du mortier solide, l'apporte, l'accu-
mule là où il est jugé nécessaire. La besogne durera
ce qu'elle durera, on ne la quittera que quand l'édifice
protecteur sera irréprochable de construction et de

solidité, qu'il aura l'épaisseur calculée à la résistance de la masse d'eau qu'il doit maintenir, résistance que le castor sait déterminer parfaitement sans le secours des tables inventées depuis des siècles par un Le Verrier oublié.

Les indigènes, très superstitieux et très crédules, racontent que, quand un membre de ces petites républiques trouble le repos public, ou ne remplit pas convenablement ses devoirs de bon citoyen, — il y a des mécontents, des fainéants et des conspirateurs partout, — les autres lui rongent le poil du dos et le chassent.

Les castors ainsi pelés sont une espèce particulière, des *terriers* qui vivent isolément et qui se rasent le poil du dos, sans intention, mais à force d'entrer dans leur trou et d'en sortir. Un académicien contemporain, le moscovite Chamisso, a même avancé que ces castors, pour faire pièce aux trappeurs et se soustraire à leur poursuite, se râpaient eux-mêmes de cette façon. Un académicien pouvait seul imaginer une telle absurdité. Celui nous dont parlons avait déjà inventé dix-sept espèces de baleines sans sortir de l'observatoire de Poltava, mais en observant d'un œil profond une vingtaine de torbasses (chemises de peau de rennes) d'Esquimaux rapportées par des voyageurs, et sur lesquelles se trouvaient des peintures grotesques de colosses aquatiques. Laissons les savants faire de l'histoire naturelle à leur façon.

8

Chaque cabane abrite plusieurs familles et possède un magasin où s'entassent des provisions d'écorces d'oseraies, de saules, de cotonniers, de bouleaux, etc., leur nourriture d'hiver. La vie de ce petit animal est une perpétuelle occupation.

Le castor a la marche lente et difficile. L'étrange conformation de ses pattes indique assez qu'il est fait pour passer les trois quarts de son existence dans l'eau. Mais si la nature lui a refusé des moyens de locomotion plus rapides, elle lui a donné en échange des instruments puissants de natation, une ouïe d'une grande subtilité, et des petits yeux de rat d'une grande portée. Son corps, cylindrique, comme celui de la loutre, porte deux robes de couleur brune : l'une soyeuse, fine, épaisse comme le plus fin duvet; l'autre plus rare, mais plus longue et luisante. Sa fourrure est la plus recherchée dans le commerce de la pelleterie. Quand elle pèse 2 kilos et qu'elle est irréprochable, elle se vend de 500 à 600 francs sur les marchés européens. Dans les bazars de la Perse et de Moscou, elles se sont vendues de nos jours jusqu'à 1,200 francs.

Les agents de la compagnie du Canada et de la compagnie russe se servent peu du fusil pour chasser le castor. Le plomb meurtrier avarie la fourrure, bien que les armes dont ils font usage soient d'un très petit calibre. Puis dans ces solitudes parcourues par des fractions de tribus indigènes à la recherche du mieux, ou des maraudeurs à la piste d'un mauvais coup à faire,

les échos multipliés de la poudre trahissent la présence
du trappeur et effrayent le gibier. D'ailleurs, poudre
et munitions sont d'autant plus à ménager, qu'il faut,
la plupart du temps, tout transporter sur ses épaules
et enfouir dans les caches ce qu'on récolte de plus précieux à mesure qu'on s'avance dans le pays. Bérins
donnait la préférence à la trappe et au trébuchet. Les
naturels se servent de la flèche. Cet instrument de
mort, décoché avec une énergique adresse, va, silencieux, clouer le crâne de l'animal et ne révèle pas au
gibier la présence du chasseur.

Revenons à la cascade, ou plutôt à la digue des castors. Depuis leur départ le trappeur et sa squaw n'a-
vaient fait guère que deux lieues par jour. Chemin faisant, il leur avait fallu chasser pour vivre, et chaque
fois cabaner à la hâte, tant bien que mal ; pour s'abriter
de la dent des bêtes fauves et aussi des brouillards et
de l'humidité qui filtrent des douleurs et des rhumatismes à travers la peau.

La difficulté d'approcher à portée du fusil de ces amphibies, d'un naturel craintif et méfiant, était grande.
Bérins se mit à l'affût. Mais pour se poster de façon
à dominer le barrage et l'étang, il eût fallu ramper un
bon bout de chemin et répéter cet exercice plusieurs
fois le jour. Des trappes eussent demandé trop de
temps, la saison s'avançait, et Bérins avait hâte de se
mettre à l'œuvre. Il consulta sa squaw, Mme Cuir-

dur, un sobriquet qu'il lui avait donné. Elle lui expliqua dans son patois aussi rauque et aussi guttural que
l'allemand le plus sauvage, qu'il fallait mettre l'étang
à sec. C'était lui conseiller de vider la rivière pour en
prendre le poisson. A moitié asphyxié par la colère,
Bérins eut bien envie de lui allonger une giffle, pour
lui apprendre à respecter son caractère, peu accessible
à la plaisanterie. Mais, de crainte de lui démolir une
portion de la mâchoire, il se contenta de se fendre la
bouche jusqu'au delà des oreilles, pour laisser passer
un sourire strident qui sentait l'orage.

— Eh bien! répliqua-t-il de sa voix la plus rogue,
c'est vous, madame Bérins, que je charge de cette
besogne, entendez-vous? et je vous donne huit jours
pour la mener à bonne fin. Ah! il faut mettre l'étang
à sec? nous allons voir comment vous allez vous en
tirer.

Suivant son habitude, elle ne répondit rien à son
chef de file; il l'avait, du reste, façonnée militairement à l'obéissance la plus passive. Avant de commencer ce travail, elle alluma son calumet à pierre rouge
et, le tuyau tendu vers les castors, elle leur envoya
une pleine bouffée de tabac; puis, se tournant vers Bérins, elle lui dit :

« Je t'honore; ce calumet (poagan) contient ma pa-
« role et ma parole court à ton oreille; écoute : Je
« suis de la tribu des Simaganus où toutes les femmes
« sont braves. La squaw que tu vois là est jeune, mais

« elle est fidèle et obéissante, tu la vois disposée à
« faire ton ordre. Ces castors seront à toi avant la
« fin du jour. J'ai parlé; tu as de l'esprit; attends et
« regarde; ma voix est telle; j'ai dit. »

Elle prit une hachette, coupa trois ou quatre rondins, les lia ensemble, les poussa à l'eau, s'y mit à califourchon et alla s'amarrer au milieu du barrage sous
un déversoir diluvien. En quelques heures d'un travail patient, opiniâtre, actif, abandonné dix fois et repris dix fois, elle parvint à faire un trou à la base de
la digue. L'eau, s'échappant comme une fusée, la renversa, l'entraîna dans le courant, la roula comme un
brin de paille. Il la crut tuée; elle n'était qu'étourdie.
Les bords de cette bonde rongés, agrandis par la violence de l'eau, devinrent en peu d'instants de la grandeur d'une véritable écluse qui abaissa à son état primitif le niveau de la rivière.

Devant la simplicité native du moyen, il resta comme
hébété. Les hommes, s'écria-t-il dans un moment d'enthousiasme, ne sont que des crétins! et il embrassa
avec la plus vive effusion Mme Bérins, qui ne comprenait pas ces transports incandescents et peu habituels
de son époux. Elle lui dit :.

« Je suis ta squaw fidèle. Tu peux en user comme
« il te convient; commande, mais ne manifeste pas ta
« joie jusqu'à me briser les os. »

Bientôt les castors sortirent de leurs demeures. Les
flâneurs qui barbotaient dans les roseaux du haut de

8.

la rivière accoururent en jappant. De tous côtés il entendait des cris d'alarme. Deux cents amphibies se précipitèrent pêle-mêle sur le sommet du barrage. Ce fut une agitation, un tumulte, un tohu-bohu effroyable de bêtes à poil. Toutes se bousculaient; montaient les unes sur les autres pour mieux observer le désastre qui les frappait. Ces pauvres bêtes se trouvaient en sens inverse dans le même état que des inondés. Le fleuve qui déborde tout à coup envahit et culbute les habitations, entraîne les maisons, les meubles, les bestiaux, les habitants; ici, l'eau impérieusement nécessaire à l'existence de ces amphibies se retirant de l'étang, les huttes allaient se trouver à sec; l'édifice laborieusement élevé allait périr.

Ce fut alors qu'il se donna le plaisir d'épauler sa carabine et que les échos multiplièrent à l'infini le bruit de la poudre, les exclamations de joie qui sortaient de sa poitrine, et que sa squaw exerçait les muscles de ses bras robustes à lancer des flèches. Chaque coup portait; quelques-unes même perçaient deux ou trois amphibies. Il oubliait, dans son enthousiasme et son ardeur à semer la mort, à tuer, à massacrer, que les animaux à fourrure doivent être tirés toujours dans la tête, qu'une peau trouée ne vaut pas le quart de son prix. Cette perte parut d'autant plus sensible à sa squaw, qu'ils étaient à l'époque où ces animaux avaient pris leur plus belle fourrure.

Mme Cuirdur, qui tirait de l'arc avec une adresse très

remarquable, allait plus vite en besogne; elle abattit plus de castors avec ses flèches que lui avec sa carabine.

La rivière rentrée dans son courant primitif, il put examiner avec une surprise extrême ces bizarres constructions tout à l'heure sous-marines, maintenant complètement hors de l'eau, ressemblant de loin à d'immenses cuves de vignerons, ayant pour toit un couvercle convexe presque conique. Il avait sous les yeux une ville enfouie et mise à jour, une Pompeïa de castors déterrée. Ce fut, malgré les fatigues qu'il avait supportées jusque-là, la plus belle époque de sa vie de trappeur.

Sa squaw nageait comme une carpe, et tout en chassant, elle courait à la recherche des morts, des blessés, des estropiés, des cadavres flottants allant à la dérive, et rapportait le gibier comme un caniche, malgré la basse température de l'onde. Les castors fuyaient de tous côtés, les uns nageaient entre deux eaux dans le courant du ruisseau, les autres cherchaient à traverser la vallée et il en tua un assez grand nombre à coups de crosse. Ce petit animal est très lourd et marche mal. Hors de l'eau, qui est son élément, c'est une proie facile que l'on peut chasser à coups de bâton.

Les cadavres amoncelés sur la berge, il fallait songer à les dépouiller. Si habile qu'il fût à jouer du couteau, il ne pouvait guère faire plus d'une centaine de peaux par jour, et il avait cent soixante-seize cadavres sous les yeux! Le soir, on suspendit le butin aux branches des arbres pour le soustraire à la voracité des bêtes fauves, loups et renards particulièrement. Le loup a le flair d'une subtilité extraordinaire. Comme le corbeau et le vautour, il sent à plusieurs lieues au loin les émanations d'une charogne. Mais quel travail que de dépouiller tant de bêtes, faire sécher tant de peaux, les surveiller se balançant au vent! Quel travail que d'étriper, désosser, saler ou sécher, fumer tant de cadavres pour les provisions d'hiver!

Bérins, devant un tel amas de victuailles, devint difficile, et abandonna libéralement la plus grande partie de ces carcasses aux bêtes fauves, après toutefois en avoir enlevé les poches de musc, contenant une substance recherchée des pharmaciens.

Bien que, selon toute apparence, les hauts cours du ruisseau dussent être peuplés de castors et qu'il y eût là une ample moisson à récolter, il résolut cependant de redescendre aux dernières caches, où une habitation confortable lui permettrait de traverser la saison d'été et l'hiver suivant. Les fourrures préparées, accouplées poil à poil, empaquetées par douzaine et enfermées dans des nattes en jonc, il revint avec sa squaw à son ancienne demeure où les choses étaient encore en bon état.

En peu de temps, ils se pourvurent d'amples provisions : chapelets de grianneaux, bottes de canards et d'oies séchées et fumées, guirlandes de perdrix

anachées, brochettes de saumons se balançaient au
lafond de sa hutte; il abattit aussi plusieurs élans
ont les bois rameux et à palettes épaisses leur servi-
nt de porte-manteaux. Deux ours noirs vinrent aug-
enter leur saloir de jambons excellents.

Bérins n'était pas d'une humeur parfaitement égale,
i d'une douceur parfaitement angélique avec sa
quaw, qu'il gouvernait et disciplinait plus souvent à
aide du bâton que de la raison. Il avait des maximes
onjugales assez autocratiques, et faisait comprendre
sa moitié cuivrée que l'obéissance passive et la rési-
nation bestiale étaient les plus belles vertus de la
emme. La pauvre diablesse, qu'il appelait Mme Cuir-
ur, souffrait sans murmurer les remontrances tur-
ulentes et orageuses de son seigneur avec une pa-
ence admirable. Mais si elle tendait sans murmurer
épaule au châtiment marital, elle ne nourrissait pas
our son conjoint, au fond de son cœur, un amour
xcessif.

Les mauvais traitements et les fatigues qu'elle avait
ndurés joints aux privations de toute nature, la faim,
soif et le froid qu'elle avait soufferts, l'avaient ré-
uite, la pauvre femme, à un tel état de maigreur,
u'on pouvait la comparer à un hareng fumé. Elle
mba malade sérieusement et dut garder la cabane.
a nuit et le jour elle s'affligeait, soupirait, pleurait,
qui agaçait les nerfs de Bérins.

— Qu'avait-elle? lui demandait-il de la voix et
cet air aimable d'un boule-dogue qui grogne
menace aux jambes d'un passant. Pourquoi ces lam
tations?

— Le diable la travaillait, répondait-elle à son de
époux; la nuit ses parents lui apparaissaient en song

Quand les sauvages américains sont malades, ils
tribuent leur indisposition au mauvais génie; la squ
se croyait possédée du malin esprit. Le mal empi
de jour en jour. Le trappeur ne savait que faire.
bien qu'il n'eût pas le cœur d'une caille, il était
pendant inquiet de l'état de sa compagne. Une apr
midi qu'il essayait de faire prendre un bouillon d
à moelle à sa malade, un sauvage sloukouse, à p
près autant vêtu qu'une statue antique, entra dans
case sans frapper à la porte.

Égaré dans les montagnes, à la suite d'une cou
de maraude, et ayant aperçu une légère colonne
fumée s'élever d'entre les arbres de l'étroite vallée
était campé notre trappeur, il avait deviné une habi
tion, l'avait cherchée et découverte, et il venait d
mander à ses habitants quelques bribes de chair s
chée pour apaiser sa faim. Bérins l'accueillit avec u
certaine urbanité, s'imaginant, comme Robinson C
soé, s'en faire un aide et un ami. Il savait d'ailleu
que la tribu des Sloukouses ne passe pas pour être tr
malveillante. Cet homme lui fit comprendre, moi
dans sa langue maternelle que lui traduisait Mme Cui

ir, et moitié par signes, qu'il était un grand mé-
cin (sorcier) chassé de sa tribu pour s'être trompé
heure en pronostiquant la mort du grand chef,
ssé dans l'autre monde deux heures plus tôt qu'il
l'avait prédit. Et il offrait en reconnaissance de
hospitalité qu'il recevait du blanc, de guérir radi-
lement sa squaw.

Bérins ne demandait pas mieux que de voir sa com-
gne se remettre promptement sur pied; car, depuis
'elle était alitée, toute la besogne du ménage lui
mbait sur les bras, et sa demeure retentissait de
aintes incessantes. Le grand sorcier remit au len-
main matin son examen et sa consultation. Pendant
nuit, il quitta la hutte et alla faire sa toilette au
rd du ruisseau voisin. Avec du noir, de l'ocre et de
graisse de poissons, il se peignit des figures étran-
es sur tout le corps, de façon à se donner un air ter-
ble et séducteur. Puis, le torse vêtu d'une jaquette
e peau d'élan, frangée de griffes d'ours, de pattes de
up et de têtes de poisson, qu'il avait empruntée à
garde-robe de son hôte, il rentra au petit jour à la
se et se présenta devant la squaw, pour chasser le
mon.

— Or, dit-il après quelques instants de silence, le
al est grave, et je ne puis l'exorciser ici.

— Je n'ai pas d'autre habitation que celle-ci, répli-
a Bérins; c'est ma maison de ville et ma maison des
amps.

— Les squaws koloches ne sont pas habituées à des demeures somptueuses. Une hutte de feuillage, au milieu des bois, est suffisante. En une demi-heure nous pouvons la construire. »

Une case fut construite le jour même, à cinq cents pas de là, avec des branchages arc-boutés; et on y installa Mme Bérins sur une couche de fougères et de vieilles peaux véreuses. L'Esculape sloukouse commença dès le soir même ses exorcismes.

Bérins était un garçon sensé. Il croyait autant à l'efficacité des moyens de ce sauvage qu'il croyait à l'influence de la punaise sur les progrès de la civilisation. Mais, en homme sage et tolérant, il se disait qu'après tout, la foi opère bien des miracles.

Depuis douze jours le Sloukouse allait visiter longuement et régulièrement sa malade pendant les ténèbres. Bérins prit de l'ombrage. Bien qu'il ne fût pas le moins du monde amoureux de Mme Cuirdur, il n'était cependant pas d'humeur à permettre une infraction ni une tricherie à la foi conjugale dont il avait la prétention, même dans ces solitudes, à remplir lui-même les fonctions. Il soupçonna que l'Esculape du désert ne s'était si bien badigeonné que pour séduire Mme Bérins, non pour exorciser le diable; et que, dans tous les cas, il y mettait trop de temps. Un soir, l'esprit tourmenté par la curiosité, il alla rôder autour de la case de sa squaw; il écouta, et ce qu'il entendit ne lui laissa aucun doute; sa moitié entretenait ce que les Anglais appellent une criminelle conversation. Il entra brutalement et la vérité lui apparut dans le plus simple appareil.

Il rossa le médecin noir et l'exorcisée à tour de bras et les laissa tous deux pour morts sur le sol inondé de sang. Croyant les avoir envoyés l'un et l'autre dans l'autre monde, il retourna à sa demeure sans s'occuper de leur enterrement. Pour se distraire de cet accident conjugal dont il venait de tirer une éclatante et terrible vengeance, il alla visiter ses trappes à castors, ses lignes de fond, et continua ses pêches et ses chasses comme de coutume. Le trappeur se croyait veuf!

CHAPITRE XI.

—

Quatre jours après cet événement, la squaw revint au logis. Elle avait le corps, la tête et les membres marbrés de noirs, de trous et de bosses, mais elle n'avait rien de cassé. Elle se disait guérie des obsessions du diable. Bérins, qui s'ennuyait déjà de sa solitude, se dit philosophiquement que le diable portait des cornes en Amérique comme en Europe et que le mieux était d'oublier le passé. Il accueillit Mme Cuirdur avec d'autant plus d'empressement qu'il aimait la société dans sa solitude, et qu'après tout, c'était une bonne bête de somme qui lui avait rendu et pouvait encore lui rendre pas mal de services. La squaw reprit ses fonctions de ménagère; le diable avait disparu de son imagination, le trappeur aidant. Celui-ci ne s'informa pas du médecin, qu'il croyait mort et déjà disséqué par les renards de prairies.

Trois semaines venaient de passer sans troubles,

sans inquiétude. Bérins pensait n'avoir plus rien à redouter des tribus éloignées; le seul homme qui pût
dénoncer sa retraite n'existait plus; il le croyait mort.
On était arrivé à la veille de Noël. Autant pour faire
réveillon que pour fêter le retour de sa squaw, Bérins
faisait, le soir, vers les neuf heures, rôtir une superbe
cuisse d'élan, pendant que de son côté Mme Bérins
préparait soigneusement une gelée de jus de kloukois,
bruyère du pays, mets délicieux qui figurerait avec
honneur sur les tables des plus fins gourmets de Paris.
Le trappeur, assis devant le foyer, la Bible sur ses
genoux, lisait ce passage de je ne sais plus quel chapitre du livre saint : *Ne murmure pas contre le destin.*

Ce mot destin lui jetait du noir dans l'esprit. Il fumait en regardant les rondelles de la fumée de son
coagan (calumet, pipe) voltiger au-dessus de sa tête,
puis s'élever vers la voûte de sa cabane comme des
nuages chargés de souvenirs, lorsqu'il fut tiré tout à
coup de sa rêverie par le grognement de son chien
qui, la tête tournée vers la porte, semblait dire à son
maître : Il y a un ennemi de ce côté! Le chien continuait de grogner entre deux piles de bois préparées
pour le foyer, mais il n'osait bouger de place. Il avait
appris aux dépens de sa peau à être excellent physio-
nomiste. Il hésitait à sortir de sa cachette tutélaire
avant de s'être assuré que la figure de son maître n'in-
diquait point l'orage.

Tout à coup, quatre Sloukouses entrent précipitamment dans la hutte du trappeur, se jettent sur lui avant qu'il ait le temps de prendre ses armes, le lient à un arbre et entonnent aussitôt un chant et une danse de mort autour de lui; danse infernale et burlesque qui l'eût fait rire comme un canon s'il ne s'était pas vu au moment d'être mangé. Cette cérémonie achevée, ils le détachèrent de l'arbre, lui lièrent la tête entre les genoux. Deux Sloukouses, de leurs puissantes mains, le tinrent immobile, puis un d'eux s'approcha et; avec un de ces couteaux espagnols à lame courte mais large, pointue et tranchante comme un rasoir, lui scalpa une vaste et magnifique rondelle du cuir en n'enlevant que la surface de la peau retenant le chevelu, les racines et le pigmentum... Ce scalpeur était l'exorciseur laissé pour mort dans la hutte.

Après l'opération faite avec une adresse remarquable en moins de cinq minutes, pendant lesquelles l'exécuté poussait des hurlements féroces, les Sloukouses partirent de toute la vitesse de leurs jambes et se perdirent dans la forêt, laissant à la squaw le soin de panser son doux seigneur, ce qu'elle fit en préparant aussitôt une pommade résineuse dont elle lui couvrit le crâne pour paralyser l'hémorragie. Après ce pansement, elle disparut.

Si ce genre de pommade ne fit pas repousser sa chevelure, du moins elle cicatrisa l'immense plaie, et Bérins eut pour toute sa vie la tonsure d'un capucin.

A la suite de cette terrible opération qui, huit fois

sur dix, entraîne la mort du scalpé, Bérins eut une fièvre violente, accompagnée de délire. Combien de temps resta-t-il en cet état? Il n'en sut jamais rien. Lorsqu'il reprit ses sens, il était seul, sans feu et sans provisions. Mme Cuirdur avait dévalisé la hutte; et, pour comble de dérision, il trouva suspendu à son cou son propre scalpe. Le sauvage ne pouvait en rien faire; pour qu'un scalpe soit propre à orner un collier, la chevelure doit être longue et la chevelure de Bérins était presque rase. Quels regrets il éprouva de n'avoir pas mangé sa squaw quand l'idée lui en était venue!

L'hiver venait de finir; les vents d'ouest soufflaient, hurlaient avec furie; la pluie tombait à torrents et ruisselait par la toiture; les branches des sapins, des mélèzes et des érables fondaient en pleurs. Le trappeur se voyait de nouveau aux prises avec la famine, la misère; à la merci d'Indiens vindicatifs qui, comme les Arabes, professent la loi du talion, dent pour dent, œil pour œil, doigt pour doigt. Pour viande fraîche, il lui restait son chien. Il se disposait à le saigner pour en boire le sang chaud et faire rôtir le reste; mais l'animal eut le pressentiment du sort qui lui était réservé : il s'éloigna et repoussa les invitations perfides de son maître qui, pour le ramener, lui prodiguait les plus douces paroles, et amorçait sa gourmandise avec une queue de castor. Le chien se sauva et ne revint plus. Mais le soir, vers la brune, un renard sentant un homme encore bon à manger, bien que scalpé et amaigri par la maladie et les privations, eut la maladresse d'allonger curieusement son nez à la porte de la hutte. Bérins, qui venait de retrouver sous sa couche sa carabine et un sac de plomb et de poudre, tira sur la bête qui fut aussitôt saignée, dépecée et mise sur les charbons. Il trouva qu'un croque-poules vaut bien un lièvre dans une rôtissoire. Pour boisson, il lui restait, dans un vase, environ un litre de kirmick, liqueur aromatique, enivrante et stupéfiante, faite avec l'écorce de bouleau et de saule grillée.

Incapable de poursuivre sa route en avant, à travers ces steppes arides, il songea à redescendre à Sitka. Le torrent, véritable chaos d'écume, enflé par les pluies, avait remis sa barque presque à flot. Le chemin, jusqu'à la mer ne présentait aucune difficulté : le trappeur n'avait qu'à suivre le courant. D'ailleurs, la Providence lui vint en aide. Elle lui envoya un Koloche trappant pour le compte de la Compagnie russe. Cet Indien guettait une occasion pour retourner à New-Archangel avec le produit de sa chasse.

Le commandant Asinoff avait fait promettre au capitaine Brisecôtes de venir jeter l'ancre à Sitka, dès qu'il aurait complété son chargement d'huile dans les mers de Béring en harponnant des baleines ou en chassant des walrus ou des phoques sur les côtes arides et désertes du continent américain.

Nous devions être rendus au plus tard vers la fin de septembre à New-Archangel. Asinoff nous attendait pour festoyer. Un jour qu'il accompagnait des Koloches à la recherche des loutres dans les labyrinthes d'îles et d'îlots qui enveloppent le faïwater, énorme pic de dix mille pieds au-dessus de la mer dans laquelle il baigne sa base, il vit descendre deux hommes au fil de l'eau : l'un était un Koloche, l'autre un blanc, ayant la tête enveloppée de loques et d'herbes. Sa figure blême attestait le passage de la fièvre et son extrême maigreur accusait d'horribles privations et de vives souffrances. C'était notre pauvre Bérins qui, vendu par son épouse irritée à des vauriens de sa tribu, par lesquels il avait été scalpé, — c'est-à-dire qu'on lui avait enlevé le sinciput, rien que cela, — revenait demi-mort à Sitka.

Le commandant accueillit chaleureusement son ami Bérins. Le pauvre diable avait la tête tout enveloppée de guenilles. La souffrance se peignait sur son visage amaigri et safrané.

— Eh bien, lui cria-t-il, du plus loin qu'il l'aperçut, vous en avez assez de la liberté primitive? hein!

— J'ai été indignement trahi par ma squaw, et, en prononçant ces paroles, il posait sa main calleuse sur le sommet de sa tête comme pour constater l'absence de son cuir chevelu.

Le colonel lui fit prendre pour cordial un grand verre de dgin que le trappeur avala tout d'un trait. Puis,

pour affirmer plus énergiquement sa colère et les projets de vengeance qui bouillonnaient dans sa cervelle,
il crut devoir briser son verre en miettes, et l'écrasant sur la table :

— Si jamais je parviens, exclama-t-il, en grinçant
les dents, à rencontrer Mme Bérins, je la réduirai en
poudre aussi menue que les éclats de ce verre !

— Vous ne la rencontrerez jamais.

— Deux montagnes ne se rencontrent pas, mais deux
êtres se retrouvent en face l'un de l'autre... quelquefois, ajouta-t-il en soupirant.

— Tenez : voilà un autre verre, fit le gouverneur
en lui versant une rasade de genièvre. Je bois à votre
retour et à votre rétablissement; asphyxiez vos souvenirs dans ce liquide et ne pensez plus à votre chevelure.

Le gouverneur le fit soigner par le médecin russe
attaché à l'hôpital, homme assez habile, habitué à
panser ces sortes de blessures, et qui pouvait guérir
notre pauvre ami. Il en fut quitte pour une tonsure
large comme la paume de la main.

— Maintenant, Bérins, fit Asinoff, vous pouvez parcourir toute l'Amérique sans danger : un homme scalpé
est une créature sacrée. Et si jamais vous rentrez en
Europe, ce que je ne vous conseille pas, on vous prendra pour un évêque défroqué.

— Vous en parlez à votre aise, commandant !

— Il vaut peut-être mieux avoir une tonsure sur le

9.

haut du crâne que des tubercules au front, ajouta le
gouverneur en passant la main sur cette partie de sa
tête, et en accompagnant ce geste d'un rictus amer et
d'un soupir de bœuf enroué. Une tonsure est un souvenir qui ne laisse rien de douloureux dans l'esprit.
Quand on en est guéri on en rit, mais le bois dur
qu'une femme infidèle vous plante au-dessus des yeux
ne s'efface jamais du cœur, c'est une torture qui, quoi
qu'on fasse, dure saignante toute la vie. Ma femme,
Mme Asinoff, m'a planté une superbe ramure avec un
grand-duc : c'était pourtant une des élèves les plus dis-
tinguées du fameux couvent de Smolna, de Pétersbourg. Cela ne se voit pas, heureusement. On ne s'en
porte pas plus mal; ces choses-là, Bérins, sont très
bien portées, même par des têtes couronnées. Partout
les femmes sont les mêmes, la curiosité des plaisirs
d'autrui, la recherche du bonheur qu'elles ne trouvent
pas chez elles les font succomber. J'ai beaucoup négligé la mienne pour me livrer au jeu. C'est l'histoire
éternelle du genre humain; je n'ai pas brisé un seul
cheveu de Mme Asinoff. J'ai fait comme l'empereur
Claude, qui ne voyait pas son secrétaire embrasser
sa femme, mais qui avait toujours l'œil ouvert sur son
vin.

Si vous avez l'intention de retourner en Europe, la
Fanny doit repasser devant Sitka...

— Non, j'aime mieux rester ici, si vous voulez m'y
employer à chasser. Si je retournais trapper, les In-

diens pourraient avoir la fantaisie de me scalper la tête tout à fait.

— Vous êtes un brave garçon, c'est avec une joie vive, je vous le jure, que je vous retiens près de moi... vous m'apprendez à faire du bouillon comme Mathieu.

— Je connais la recette.

— Je vous fais mon intendant et je vous marie temporairement, à votre volonté, avec la sœur de Mme Asinoff II.

— A quand le mariage?

— Les fiançailles dès ce soir. La noce aussitôt le retour de l'équipage, afin que vos amis assistent à la cérémonie et soient témoins de votre bonheur.

Quand nous repassâmes par New-Archangel avec un plein chargement d'huile de walrus et de phoques, le gouverneur fit préparer un festin monstre. Au dessert il donna la bénédiction nuptiale à Bérins et à Mlle Attskameko-Ouabüloucheins (poisson blanc), sœur cadette de Mme Asinoff II. La fête fut splendide et dura toute la nuit. Bérins et son beau-frère en perdirent la boussole pendant quarante-huit heures.

La *Fanny* mit à la voile le surlendemain. Cinq mois après je rentrais à Dieppe. Il y a de cela une vingtaine d'années. Je n'ai jamais plus entendu parler de Bérins.

J'ai dit.

UN

JAMBON D'HYÈNE.

UN

JAMBON D'HYÈNE.

—

La canardière du cheick Hadji-Haffrah. — Conversation avec le
sultan fauve. — Les six femmes de Hadji-Haffrah. — Comment
il obtient la paix dans son ménage. — Un déjeuner écœurant.

Lorsque Mathieu eut terminé son récit, si singulièrement accidenté, notre hôte nous fit passer dans la
salle à manger, où un souper de chasseur était somptueusement servi. La pièce capitale, un superbe jambon de sanglier détaché d'une bête tuée dans les bois
d'Hautefeuille vers la fin de l'hiver, et flanqué de deux
énormes buissons d'écrevisses, d'accessoires les plus
appétissants, occupait le milieu de la table.

La conversation prit bientôt cette allure et cette
animation incohérente et joyeuse de gens délecta-
blement repus.

— Dis-moi, mon cher Frédé, te rappelles-tu le jambon d'hyène qui nous a si fortement ému le cœur,
une bien drôle histoire, hein? raconte-nous-là !

— Puisque tu étais de la partie, prends la parole,

je me réserve pour les morceaux de la fin, que je ne pourrai narrer en moins d'une heure.

Notre hôte prit la parole :

— Sancho Pança demandait un jour à Don Quichotte :

— Savez-vous, maître, ce qu'il y a de plus désagréable dans la vie d'un homme ?

— Il y a bien des choses, répondit d'une voix caverneuse le citoyen de la Manche.

— Par exemple?

— Celle d'avoir une femme légitime !

— Avoir une femme légitime est une grande infirmité, sans doute, mais il y en a de pires.

— Bon Dieu! quoi alors?

— C'est de s'endormir le soir bien portant et de se réveiller le lendemain tout raide mort !

Évidemment, lecteur, ce n'est pas là une perspective bien agréable! pourtant, le dieu Hasard nous en réserve souvent d'autres également désobligeantes. Exemple : on s'embarque à Marseille pour Barcelone, Grenade, Séville, etc., et on se réveille sous les murs d'Alger après soixante-seize heures d'une bourrasque à rendre l'âme.

C'est ce qui m'arriva au mois de mars 1845.

Puisque nous sommes sur le sol africain, visitons l'Algérie, exclamèrent mes trois compagnons, Pierre Frédé, ici présent, Francis d'Hoy... et Léon B..., tous anciens camarades de classe avec qui j'étais parti pour visiter les côtes méridionales de l'Espagne, ce magnifique littoral où la domination arabe a laissé des monuments d'une architecture splendide et où l'on sait le mieux jouer du couteau, danser le boléro au son des castagnettes et des guitares.

Le génie de ce peuple, qui a porté si haut les merveilles de la civilisation, ne se retrouve nulle part dans le nord de l'Afrique. Depuis sa sortie d'Espagne il n'a plus rien produit de comparable à ce qu'il a laissé à Grenade, à Murcie, à Séville et ailleurs. L'Algérie, pas plus que la Tunisie et le Maroc, ne possèdent rien de remarquable à ce point de vue.

A cette époque la puissance française ne dépassait pas la zone de Médéah. Nous tenions à visiter cette petite ville, la seule de nos possessions africaines qui alors conservait encore son caractère arabe. Elle avait d'ailleurs un autre attrait pour nous; par son altitude sur les flancs du Nador, à quelques pas du Saheb, désert aux ondulations rougeâtres, son climat rappelait celui de notre Auvergne et ses habitants y cultivaient, disait-on, toutes les productions horticoles du centre de la France, même la vigne.

Le trajet d'Alger à Blidah s'effectuait assez facilement en une douzaine d'heures par de lourdes diligences circulant à travers la plaine de la Mitidjah, plaine immense, inculte, couverte entièrement de broussailles desquelles émergeaient par-ci par-là quelques palmiers étiques.

De Blidah, *la ville des orangers*, il fallait, pour se
rendre à Médéah, franchir une quinzaine de lieues à
travers l'Atlas, par des sentiers à se casser le cou qu'a-
vaient tracés en zigzag des caravanes mauresques, à
travers des entassements de rochers, des vallées ver-
tigineuses de profondeur et couvertes de palmiers
nains, de caroubiers, de chênes-liège, de lentisques
et autres plantes tropicales.

Après six ou sept heures de marche on arrivait enfin
au col de Teneh, où plutôt de Mouzaïa, un couloir entre deux rochers à pic. C'est à ce passage, vigoureusement défendu par Abdel-Kader et enlevé par le duc
d'Orléans, que le jeune de Mac-Mahon conquit à la
fois son premier grade et la croix de la Légion d'honneur. Puis le chemin courait sur un plateau couvert
de forêts et descendait bientôt à travers les versants
méridionaux par des sentiers accidentés, déserts,
souvent visités non seulement par les grands carnassiers, mais encore par les maraudeurs arabes, autre
genre de bêtes féroces.

Comme la plupart des villes arabes, Médéah, per-
chée sur le faîte d'un morne, accessible seulement par
un côté, ressemblait assez à un nid de burgraves; les
moines du moyen âge, eux aussi, affectionnaient particulièrement les hauteurs d'un abord difficile. Ses
rues étroites, boueuses, réceptacles de toutes les immondices, bordées d'habitations grisâtres, n'ayant

d'autre ouverture qu'une porte bardée de fer, donnaient la plus triste idée de l'art de maçonner de ce
peuple. Mais à l'intérieur le tableau était tout autre.
L'architecture originale, toujours gracieuse dans sa
simplicité native, rappelait en miniature la séduisante
image des cloîtres italiens de la Renaissance : une
cour carrée, plus ou moins spacieuse, enveloppée d'arcades, soutenues par des colonnes torses, unies ou can-
nelées, au-dessus desquelles régnait une galerie également en arcades, donnant accès à de très petites
chambres sans fenêtres, mais éclairées par une porte
cintrée fermée par une tapisserie, le plus souvent d'un
tissu de laine de chameau.

Au milieu de cette cour, un bassin, duquel s'élevait
un fût également torse ou cannelé, supportant une autre vasque d'où jaillissait une eau d'une limpidité de
cristal. Comme les Romains, les Arabes allaient au
loin chercher leurs eaux, les canalisaient grossièrement pour les amener dans leurs demeures et dans
leurs champs. Derrière l'habitation, un jardin de quelques mètres d'étendue, ou plutôt un fouillis d'églan-
tiers, de jasmins, de grenadiers, de citronniers, de
figuiers, de vignes, navrant pour un Européen, mais
plein de poésie pour l'Arabe qui ne cherche que l'ombrage et les fraîches senteurs.

Depuis longtemps ces charmantes demeures ont
disparu sous la pioche du limousin français, pour
faire place là, à la porte du désert, à des caboulots,

à des estaminets meublés de billards et à des bâtiments étriqués où l'on rôtit en été, où l'on gèle en
hiver. Il n'est resté à Médéah que les beaux vignobles
qui s'étagent en regard du sud, sur les rampes du
Nador, et dont les plants ont été, dit-on, tirés de l'île
de Caprée sous le règne de Tibère. Les Arabes font
d'excellents vins blancs, couleur d'or comme l'olivetto,
l'*aqua del Papa*, et cultivent ces vignes de la même
façon que les paysans de Caprée.

En revenant à Blidah par le même chemin, — il n'y
en avait pas d'autre à cette époque, — nous fûmes
arrêtés au bas des versants nord de l'Atlas par un
poste arabe qui nous barra le passage sous prétexte
que le crépuscule tombait et que la nuit les chemins
n'étaient plus sûrs, les maraudeurs battant la campagne autant pour détrousser les voyageurs que par
haine du conquérant. Du reste, tout près de là, la
veille et en plein jour, un groupe de vauriens s'était
emparé par surprise du télégraphe de Milianah et en
avait égorgé tout le personnel.

Il n'y avait rien à répliquer. Le cheik de la tribu
voisine et tout son douar répondaient sur leurs têtes
et sur leurs biens de la vie des voyageurs traversant le
district; *dura lex sed lex,* et bien que nous n'eussions
plus que trois petites lieues à faire pour atteindre la
Chiffah, presque sous les murs de Blidah, il fallut
obéir. Le poste se composait de huit ou dix gourbis,
ou cabanes de branchages, gardés par une tren-

taine d'Arabes enveloppés dans leurs longs burnous
en poil de chameau, accroupis à côté de leurs armes;
les uns fumant, les autres égrenant sous leurs doigts
leurs chapelets en contemplant la splendeur des premières teintes du crépuscule.

Au milieu de ces gourbis, sur le chemin même, un
indigène, la figure tatouée, comme un Hindou, de
signes cabalistiques, et portant le costume traditionnel des patriarches de la Bible, était assis auprès d'un
feu de bûchettes, établi entre trois cailloux, faisant
du café pur moka, affirmait-il, qu'il vendait un sou la
tasse, sans sucre et non filtré; et quelle tasse! sa capacité ne dépassait pas celle d'un œuf de poule.

Aussitôt le cheik Hadjy Ben Haffrah, drapé dans
un burnous écarlate, et armé d'un fusil long de trois
mètres, une espèce de canardière, sortit de l'un des
gourbis et vint à nous. C'était un homme d'une quarantaine d'années au plus, trapu, mais un peu replet.
Belle tête brune couverte d'un capuchon blanc, main-
tenu par un triple rang de cordons de laine noirâtre;
yeux vifs et jaunâtres abrités sous des sourcils noirs
et arqués, nez droit d'une grande finesse de ligne;
barbe peu épaisse, mais noire et sous laquelle, quand
il souriait, se voyaient deux rangs de dents fines et
blanches. Une longue balafre qui sillonnait tout un
côté de la figure donnait quelque chose d'étrange et
d'énergique à la physionomie remarquablement belle

de cet enfant de l'Atlas. Au fond bon homme, très intelligent, parlant un peu le français et l'espagnol.

— Nous comptions rentrer ce soir à Blidah! lui dis-je.

— Impossible, Sidi. Je réponds de votre vie sur ma tête. La nuit tombe et, une fois sorti de mon poste, vous n'êtes plus en sûreté. Vous souperez chez moi avec vos compagnons, et vos chevaux, écrasés de fatigue, auront ce qui leur est nécessaire.

Les chevaux furent donc dessellés, entravés et laissés à la garde d'un Bédouin et de ses grands lévriers, la plus belle race que l'on puisse voir, mais ayant pour les Roumis (Français) une haine instinctive.

Le soleil descendait à l'horizon et les ombres du soir s'amoncelaient dans les profondeurs des montagnes que nous venions de traverser; des nuages semblables à de longs flocons de ouate traversaient les pics de l'Atlas qui les déchiraient comme eût fait une carde. Les hibous, les chouettes, sortis de leurs trous, frappaient l'air de leurs longues ailes et nous montraient en passant leurs gros yeux ronds couleur de feu. De grands faucons rentraient se nicher, glissant dans l'air comme des cerfs-volants perdus dans le ciel. Peu à peu, des myriades d'étoiles d'un éclat vif et scintillant, apparurent comme des pierres précieuses enchâssées dans le firmament tropical.

Le cheik Hadjy Haffrah fit étendre sur le gazon de vastes tapis de fabrique marocaine sur lesquels plusieurs serviteurs apportèrent des œufs de kala (autruche) cuits sous la cendre et des plats de menus morceaux de mouton nageant dans une purée de riz et de millet. Les œufs de kala étaient pour nous une nouveauté et une attention délicate de notre hôte. Un seul œuf peut suffire au déjeuner de deux personnes. La consistance et le goût de cette production du désert rappelle volontiers les œufs de dinde, dont l'albumine ne se solidifie qu'imparfaitement à la cuisson et reste à l'état gélatineux.

Durant ce repas éclairé par une vingtaine de petites bougies en cire jaune fixées à de grossiers chandeliers en terre cuite vernissée, le cheik s'aperçut que nous regardions avec une certaine curiosité l'énorme balafre qui lui sillonnait la figure.

— Une égratignure, fit-il en souriant... un coup de griffe du sultan fauve... (lion).

— Ce doit être une aventure terrible, dis-je, et vous plairait-il de nous la raconter?

— Bien volontiers, fit-il gracieusement.

Et il commença ainsi :

— Il y a une quinzaine d'années, à mon retour de la Mecque... — ici, notre hôte se tourna vers l'orient et salua ainsi que tout bon musulman a coutume de le faire quand il prononce l'un des quatre mots saints du Coran : la Mecque, Médine, Allah, Mahomet, — j'allais de temps à autre dans la montagne à la chasse

des tsleutsi (panthères), n'ayant d'autre arme que ce
vieux fusil à pierre que les soldats roumis appellent
un *claquot*.

Et le cheik nous montra avec un visible sentiment
d'orgueil une vieille canardière deux fois plus haute
que lui, toute incrustée de coraux, de pierres bleues
simulant la turquoise et le saphir, et agrémentée de
ciselures originales et bizarres.

— Je ne l'échangerais pas, poursuivit-il, contre une
cavale pur sang, car elle m'a sauvé la vie en donnant
la mort à des lions et à des panthères. Un jour les
douars du bas Nador, campés près des hauts de la
Chiffah, vinrent me signaler la présence d'un lion qui,
chaque nuit, descendait de la montagne avec un appétit d'enfer, le chien! Il avait en moins de quinze jours
étranglé trois bœufs. Je partis sur l'heure avec quatre
de mes voisins qui juraient par Allah d'exterminer la
bête à bout portant. Par Mahomet, m'écriai-je à mon
tour, voilà un instrument qui lui soufflera aux poils,
et le soir avant le crépuscule nous arrivions sur le
Nador, nous entrions dans le bois, où l'on supposait
que le carnassier se remisait. Établis sur des arbres,
où ni lion, ni panthère ne pouvaient nous atteindre,
j'essayai pour ma part de dormir; mais malgré moi
je prêtais l'oreille aux mille bruits confus, étranges,
des grandes forêts qui couvrent les flancs de l'Atlas depuis que le monde est monde. J'écoutais si les broussailles, les fougères et les feuillées ne trahiraient pas

la présence du lion, dont on devine l'approche par la
terreur qu'il inspire aux autres animaux; mais aucun bruit ne se fit entendre. Le lion repu s'était couché peut-être dans un bouquet d'arbustes à proximité
d'une fontaine, d'une mare, d'un cours d'eau où il di-
gérait et dormait.

Enfin, le roi d'or vint éclairer de ses premiers rayons
l'immense coupole de la forêt. De notre perchoir
nous dominions une vallée au milieu de laquelle coulait
un affluent de la Chiffah où, selon toute apparence, si
le lion était dans le voisinage, il viendrait rôder. Nous
descendîmes lentement la côte, épiant les moindres
bruits, sondant les fourrés. Je marchais en avant, en réfléchissant aux chances bonnes ou mauvaises que me ré-
servait Allah, quand tout à coup un marcassin, le poil
hérissé, sort affolé d'une touffe de roseaux, se jette dans
mes jambes, me renverse, puis une forme fauve passe
au-dessus de ma tête. Cette forme était un lion, celui
que nous cherchions, qui d'un bond tombait sur le
sanglier. Deux secondes après, d'un seul coup de mâchoire, il le coupait en deux. Je me relève précipitamment, je cherche mes compagnons... les poltrons! ils
s'enfuyaient sans regarder derrière eux. Pendant que le
mécréant éventrait sa proie, je m'éloignai en me dissi-
mulant derrière les buissons et les troncs d'arbres, et
en réfléchissant que l'entreprise était bien téméraire
d'affronter seul un si puissant animal.

Je n'essaierai pas de vous décrire l'impression de

10

terreur que la présence et la voix du lion jettent dans
l'âme d'un homme. Devant une telle bête les plus braves se sentent défaillir !

Je m'acheminais pour regagner ma demeure lorsqu'un rugissement de tonnerre me fit sauter le cœur
et m'arrêta court comme foudroyé. Les poils de ma
barbe se hérissèrent comme la fourrure d'un porc épic,
une sueur froide et visqueuse me coulait de partout.
Sachez qu'un lion adulte est d'une telle force que d'un
coup de patte il décapite un homme.

A cent pas de moi le lion parut et s'arrêta. Il était
superbe. Sa crinière désordonnée traînait à terre et ses
yeux de feu fixés sur moi semblaient me dire : Tu me
cherchais, eh bien ! me voilà.

Je tremblais comme un épileptique, mes jambes ne
me portaient plus et mes babouches me paraissaient
soudées au sol. Néanmoins je repris un peu mes sens.
Il ne sera pas dit, pensais-je, qu'un sujet du prophète,
qu'un Hadjy aura eu peur d'un lion. On dit que les
lions sont bêtes d'esprit. Si j'essayais de parler à celui-
ci? Mais au moment où j'allais lui adresser la parole,
il rugit si terriblement, le nez entre ses deux pattes, que
je sentis tout à coup mes entrailles jouer une musique
horrible... et alors raffermissant ma voix, je lui dis :

Je suis un pèlerin qui arrive de la Mecque. Je venais
en ces lieux chanter les louanges du Seigneur. Ma présence semble te contrarier, eh bien ! je me retire, j'en
éprouve même le plus pressant besoin. Que n'eussè-je

pas donné en ce moment pour avoir deux minutes de solitude.

Le lion secoua sa crinière touffue et me tourna le dos, comme pour me dire : Soulage-toi, mon ami, je ne veux pas offenser ta pudeur... puis il s'éloigna en éternuant.

Allah Ouach! Alla Ouach! bonheur de Dieu! m'écriai-je, il était temps, le lion est en vérité un animal bien magnanime! Mais à peine avais-je prononcé ces paroles qu'il fit tout à coup volte-face, s'assit, la tête haute, la gueule largement entr'ouverte comme s'il souriait. Je me levai tout tremblant!...

Seigneur! lui dis-je en bégayant, je remerciais le prophète de t'avoir inspiré de bons sentiments envers un pauvre homme comme moi. Je n'ai jamais pensé que tu eusses peur de mon fusil; toi, le sultan à la longue barbe, fuir devant un croyant! non. Je sais que tu te soucies autant de dix hommes et de dix canardières que d'une pastèque.

Le lion me tourna le dos de nouveau et se perdit dans les fourrés. Je m'éloignais avec précaution, peu soucieux d'avoir sa peau, mais ne songeant qu'à conserver la mienne, quand, à cinq cents pas de là, le brigand me barra le passage pour la troisième fois. Il fallait en finir.

Ah! tu veux la guerre, m'écria-je alors d'une voix tonnante, ah! tu me menaces! sache bien, mécréant, voleur, caffir, que je suis plus noble que toi, que je

porte le turban vert de la famille du Prophète. Sur ce,
je le couchai en joue, le canon de mon fusil appuyé
sur la fourche d'une branche et je fis feu... Le lion
tomba sur le nez, se releva aussitôt gueule ouverte,
vomissant le sang, et d'un bond convulsif venant tomber à mes pieds, il me lança un coup de griffe qui me
fit l'entaille que vous voyez. Je crus avoir la moitié de
la tête emportée ! Puis il s'abattit de nouveau, se roula
en poussant des cris rauques coupés de hoquets... un
dernier râle sortit de sa poitrine en même temps qu'une
énorme fusée de sang dont j'eus les jambes inondées.
Et ce fut tout... ma balle lui avait traversé les poumons
et le cœur. Ceux qui n'ont pas vu un de ces grands et
puissants carnassiers, atteint mortellement d'une balle,
lutter contre la mort, ne peuvent se faire une idée de
son énergie à retenir la vie qui le quitte.

Le lendemain je retournai tant bien que mal au do-
micile paternel, traînant péniblement la peau de l'animal.

Le lion jouit d'une réputation qu'il est loin de méri-
ter. Les uns le disent capricieux, brave, d'autres rageur, cruel et poltron à l'occasion. Un lion est un lion,
un carnassier toujours tourmenté de l'éternel besoin
de manger. Quand il est affamé il ne recule devant
rien, il tuera ou se fera tuer. Vingt hommes ne l'ef-
fraieront pas. Cependant, comme tous les animaux
de ce monde, il est accessible à la peur. Est-il surpris

par le son de la trompette, le roulement du tambour, l'éclat d'une fusée, il décampe de toute la vitesse de ses pattes, saute par monts et par vaux et ne s'arrête que quand le bruit cesse de se faire entendre.

On fit en mon honneur, autour de mon gourbi, une fantasia à laquelle les femmes des douars voisins se joignirent pour chanter mes exploits. Plusieurs cheiks des tribus des environs accoururent m'offrir en mariage leurs filles pour avoir, disaient-ils, une lignée de petits-fils à qui j'apprendrais à tuer les sebas (lions). Mais la loi de Mahomet ne permet que sept femmes légitimes, autant que de jours la semaine, et c'est déjà bien assez pour un homme soucieux de remplir lui-même ses devoirs conjugaux. Je choisis donc...

— Les plus jolies sans doute, demandai-je?

— Non! Sidi. Pour un Arabe, la beauté de la femme se résume dans le plus grand nombre de bêtes à cornes qu'elle apporte en dot. Je les épousai toutes, le même jour, par-devant le cadi et le marabout!

— Diable, fit mon compagnon d'Hoy..., une rude besogne, eh!...

— Oh! pas si rude que vous croyez, répondit le cheik, en laissant errer un sourire malicieux sur ses lèvres entr'ouvertes. Je donnai à chacune, au gré du hasard, le nom d'un jour de la semaine, en commençant par le lundi. Mme Lundi fut donc appelée la première à commencer les félicités conjugales du premier jour de ma lune de miel. C'était son droit. Le

10.

lendemain ce fut le tour de Mme Mardi, et ainsi des autres.

— Puisqu'elles avaient toutes chacune leur tour,
avez-vous remarqué que tous les *jours de la semaine*
fussent *d'humeur égale*?

— Je comprends ce que vous voulez dire, Sidi, fit
le cheik. Je ne sais pas si les Françaises seraient en
cette occurrence *d'humeur égale*, mais la femme arabe
se contente de ce qu'on lui donne et ne s'occupe pas
de ce que les autres ont reçu.

En somme, d'un pauvre diable que j'étais, ne pos-
sédant qu'un fusil et une peau de lion, je suis devenu
le plus riche propriétaire de troupeaux à vingt lieues
à la ronde; et comme j'étais riche et puissant, je
fus nommé cheik de la tribu. Votre sultan, à qui
j'ai fait hommage de cette peau, et que j'ai servi
comme volontaire dans les spahis, m'a envoyé la croix
de la Légion d'honneur que je suis plus fier de porter
que je ne suis fier de posséder six femmes et d'innombrables troupeaux.

— Vous faites donc bien peu de cas de la femme,
l'être le plus adorable de la création.

— La femme est un être remuant, bavard, léger,
malicieux, malfaisant, vindicatif, inconséquent, qui
a trois onces moins de cervelle que l'homme et qui,
par conséquent, a autant de raison qu'une linotte.

— Mais comment pouvez-vous obtenir la paix dans
votre ménage avec un si grand nombre de femmes

légitimes, quand nous autres Européens nous avons tant de peine à vivre tranquillement avec une seule?

— Voilà le grand juge de paix, le conciliateur, le redresseur des torts fit-il avec un grand sérieux, et en nous montrant une trique énorme, *une matraque,* qu'il tenait à la main. Quand je sors de chez moi, je laisse ça en évidence; ce gourdin me représente et je pars tranquille. A mon retour j'écoute les plaintes de l'une et de l'autre et je rosse celle qui a raison.

— Comment! vous bâtonnez celle qui a raison... mais votre justice est renversante!!!

— Si je bâtonnais celle qui a tort, j'aurais des plaintes du matin au soir. En rossant l'autre, ça ne donne envie à aucune de recourir à mon intervention, et je vis heureux, elles aussi. Je n'ai fait intervenir mon juge de paix qu'une seule fois, ça a suffi à calmer les autres.

— Il est regrettable, ajouta d'Hoy... que la loi française n'autorise pas ce genre de justice conjugale. Bien que nous n'ayons qu'une seule femme, elle nous donne l'occasion assez souvent d'user de votre procédé.

La fraîcheur de la nuit se faisait sentir, les phalènes ne voltigeaient plus autour des buissons, le cheik nous fit entrer dans sa demeure, à quelques pas de là; une fort jolie habitation en pierres et briques dont les murailles d'une épaisseur prodigieuse pouvaient défier

la chaleur, le froid et soutenir un siège. Les quelques
ouvertures étroites du dehors, fermées d'une double
grille croisée, lui donnaient presque l'aspect d'une
prison.

Il nous introduisit dans une vaste pièce du rez-de-
chaussée, sur le sol de laquelle une montagne de tapis
et de coussins devait nous servir de lit. Ce genre de
coucher n'est pas absolument élastique, il faut en con-
venir ; les Arabes de cette époque n'en connaissaient
point d'autre, et je doute qu'à l'heure présente ils
aient changé leurs coutumes. La civilisation ne mord
pas sur ces natures quasi sauvages, rebelles à tout ce
qui vient des Djiaours. Mais quand on a les membres
brisés de fatigue, on remercie la Providence d'avoir
un abri de ce genre contre les moustiques et la rosée
de la nuit, si pernicieuse que les Arabes disent d'elle
avec raison. *C'est un coup de sabre.*

Le lendemain, dès l'aube, Hadjy-Haffrah nous fit
préparer une solide collation à laquelle nous fîmes
honneur. Nos chevaux sellés nous attendaient, nous
prîmes congé de notre hôte qui voulut nous accompagner jusqu'au passage de la Chiffah, à trois lieues plus
bas et à trois kilomètres de Blidah. J'ai déjà dit que
l'on ne franchissait l'Atlas que par d'étroits sentiers
où les voyageurs ne pouvaient s'engager qu'un à un,
à la suite l'un de l'autre. En descendant un sentier
étroit, tracé en écharpe du sommet à la base d'un
mamelon rocailleux, bordé de chaque côté par un

fouillis d'arbustes, j'aperçus traversant ce sentier, au-dessous de nous, un animal moucheté noir sur gris que je pris d'abord pour un sanglier. Je tenais la tête de la colonne; j'envoyai deux charges de chevrotines; la bête s'était fourrée dans les broussailles et fuyait à couvert.

— A quoi bon brûler votre poudre, fit notre hôte; une matraque suffit à chasser la hyène.

— Vous chassez cet animal à coups de bâton?

— Plus souvent qu'à coups de fusils. C'est le carnassier le plus poltron qu'il y ait au monde, susceptible même de s'apprivoiser comme un chien. La forme étrange de cette bête fauve, qui passe en Europe pour être l'animal le plus féroce et qui a donné lieu à ce proverbe : *Féroce comme une hyène*, dément la réputation qu'on lui a faite. Elle ne joue des dents que pour se défendre et non pour attaquer l'homme; sa mâchoire et son encolure fortement musclées indiquent sans aucun doute une force prodigieuse, mais ses griffes ne sont ni rétractiles ni acérées comme celles de la race féline; elles sont, comme celles du chien, armées d'ongles courts, épais, solidement cornés, mais seulement propres à creuser le sol. Elle n'est pas non plus taillée pour la course; l'arrière-train, beaucoup plus bas que l'autre, a plutôt l'apparence d'un membre paralysé. Cette singulière difformité lui donne une allure gauche, boiteuse. Ses moyens d'attaque sont à peu près ceux d'un chien. Elle deviendrait la pâture des grands carnassiers s'ils avaient du goût pour sa peau. C'est un carnassier craintif, défiant, inoffensif même, qui ne préoccupe que médiocrement nos pâtres. Un gourdin leur suffit pour la chasser. On lui casse les reins, on lui coupe les pattes de derrière dont on fait de très bons jambons qui sont tout aussi excellents que ceux des sangliers et dont la chair est à peu près la même. La mauvaise réputation de la hyène vient de ce qu'elle rôde autour des charniers pour se nourrir des cadavres qu'elle parvient à déterrer et de toutes les charognes qu'elle rencontre. Loin d'être agressive, elle est au contraire très poltronne. Un enfant pourrait la chasser seul. C'est une bête stupide.

— Avez-vous trouvé un goût particulier au jambon que vous avez mangé ce matin au déjeuner, » demanda Hadjy-Haffrah? en me regardant d'une façon moqueuse de ses petits yeux jaunes.

— C'était du sanglier.

— Non! c'étaient des tranches de jambon d'une hyène, venue il y a un mois manger et sucer jusqu'aux moelles la moitié du cadavre de ma grand'mère, qu'elle avait déterrée pendant la nuit, dans le cimetière de la tribu.

A cette révélation inattendue, nous fîmes tous une grimace significative. Mes deux compagnons en eurent des hoquets à rendre l'âme; je dois avouer que j'éprouvais un rude mal de mer. Après tout, comme nous n'en

-tions pas morts, nous ne fûmes pas trop mécontents d'avoir déjeuné d'une tranche de hyène, bien que cet animal se fût nourri d'une notable portion de la grand'-mère du cheik; c'était un souvenir.

Au passage de la Chiffah, notre hôte nous quitta en nous offrant un sac de victuailles pour la route, nous dit-il. Nous lui offrîmes une centaine de cigares de choix et de nombreuses poignées de main en lui disant au revoir. Nous ne nous sommes jamais revus.

A l'heure où j'écris ces lignes, peut-être tient-il compagnie aux restes de sa grand'mère dans le cimetière de sa tribu; peut-être aussi a-t-il été déterré par une hyène dont les jambons auront fait le régal d'autres voyageurs. Cela n'est pas impossible et je n'oserais pas affirmer le contraire.

A notre arrivée à Blidah, notre premier soin fut de visiter le sac de Hadjy-Haffrah. Ce sac contenait plusieurs régimes de bananes, des confitures sèches de sorbes et de caroubes, du chocolat d'arachide aussi excellent, plus excellent que le chocolat Ménier, et dix fois moins cher, plus deux jambons enveloppés l'un et l'autre dans de larges feuilles de bananiers. L'un venait d'un cassar, une espèce de panthère, l'autre était le frère jumeau de celui que nous avions trouvé si excellent le matin, et pour que nous ne puissions nous méprendre sur sa nature, le cheik avait écrit dessus en arabe... *Souvenir de ma grand'mère.*

Malgré mon désir de le conserver pour l'apporter en

France, mes compagnons, le cœur encore ému, le firent passer par la fenêtre et il fut ramassé par des chiens qui se le disputèrent. Étrange destinée des choses de ce monde!...

Quant au jambon de cassar, je dois dire que sa chair brune et rosée est un excellent manger; quand elle est faisandée à point, elle ne le cède en rien au chevreuil.

Que ceux de mes lecteurs qui doutent de la sincérité de mon appréciation aillent en Afrique, dans les douars du bas Nador, chasser le cassar... s'il en reste... et fassent hommage d'un morceau de filet ou d'un jambon à mon honorable confrère Monselet, que je prends pour juge.

— J'ai dit, fit notre hôte. Je passe la parole à mon vieil ami Frédé. »

VOYAGE EN CARAVANE

A

TRAVERS LA PERSE.

VOYAGE EN CARAVANE

A

TRAVERS LA PERSE.

———~~~~———

CHAPITRE PREMIER.

—

— Nous allions, le docteur M. Roux et moi, très prochainement quitter les steppes d'Orenbourg au delà de l'Oural, où nous vivions depuis plusieurs années sous les tentes ou dans les arabas des Khirghis. Nous attendions la venue prochaine des beaux jours succédant au dégel, très rapide dans ces localités, pour revenir en Europe nous retremper un peu au soleil du clocher natal.

— Mais, fit un soir le docteur, et entre plusieurs tasses de thé, légèrement blanchi de lait de jument, tous les chemins, dit le proverbe, conduisent à Rome. Le plus court n'est pas toujours le meilleur et le plus agréable. Si nous prenions le chemin des écoliers pour agrémenter nos souvenirs? Les chemins de la Caspienne, de la mer Noire, conduisant au Caucase, en Géorgie, en Perse, en Arménie, sont ouverts...qu'en dis-tu, hein? On ne vient pas deux fois en sa vie dans les steppes du Mongodjar et des Hordes. Et une fois sous le beau soleil de la Brie, qui sait si quelque fée malintentionnée ne nous y retiendra pas?

— Parbleu, docteur, tu pourrais ajouter à ton iti-néraire : la Mésopotamie, Bagdad, Mossoul, Erse-roum, l'Asie Mineure, le Nil, le Caire, les Pyramides de Giseh, les Indes, Madagascar et l'île de Robinson Crusoé, les États de l'ancien sultan Joha-Jabock, l'homme aux douze gendres des Beni-Mocratell, qui cultivait si bien les roses, s'habillait tout en rose et voyait tout en rose.

— Voilà, » répliqua le docteur Roux, parbleu! une idée qui me sourit : un pays où l'on voit tout en rose n'est pas à négliger. Si nous pouvions importer ce genre de voir en France où l'on voit tout en rouge? Nous al-lons mûrir notre itinéraire dans le sommeil, la nuit porte conseil; demain, nous en causerons.

Le lendemain, notre itinéraire échafaudé la veille se trouvait singulièrement modifié et se résumait à la descente du Volga, en bateau à vapeur jusqu'à Astra-kan, puis à la traversée de la Caspienne pour rentrer en Europe par le Caucase, la Perse, Bagdad, et visiter l'ancien palais d'un Barbe-Bleue célèbre, le sultan

Mohaba, devant lequel des milliers de voyageurs ont passé et ne se sont pas arrêtés, malgré l'intérêt historique qui s'y rattache.

Or, des aoules de la steppe d'Orsk, en plein pays Khirgis, où nous venions de passer quelques années, les plus heureuses et les plus belles que nous ayons jamais connues, il nous fallait traverser les Hordes, un bien charmant peuple, descendant à coup sûr de ces conquérants du moyen âge qui sont venus ravager Moscou; un peu primitif, mais libre comme l'oiseau de l'air, libre de cette liberté sans bornes du désert où l'on ne connaît ni garde champêtre, ni gendarmes, ni huissiers, ni notaires, ni ports d'armes, ni ministres radicaux, ni guillotine, ni cette foule de délégués de la loi qui font, dit-on, le bonheur des peuples policés. Ici aujourd'hui, demain là-bas, chacun selon son caprice, ayant perpétuellement son ménage dans un chariot, où il naît, vit et meurt, ne rêvant d'autres richesses que celles de posséder de nombreux troupeaux, de les faire paître dans ces plaines qui se perdent dans l'horizon, plus heureux sous son aoule qu'un potentat dans ses palais badigeonnés d'or.

En hiver la steppe est assez attristante. L'œil ne repose que sur des ondulations sablonneuses avec d'imperceptibles oasis de bruyères, d'absinthe, de broussailles fragrantes. Mais, le printemps venu, les jours croissent, tout s'émaille spontanément, comme par enchantement, d'une végétation d'une splendeur inouïe.

Les narcisses, les jonquilles, les renoncules, disputent la place aux giroflées, aux tulipes, aux jacinthes, aux violettes et à vingt espèces de fleurs bulbeuses aux couleurs éclatantes.

Plus de deux cents lieues nous séparaient d'Orenbourg; nous les franchîmes, tantôt à cheval, tantôt à chameau, chassant, pêchant le long de la route quand l'occasion se présentait. Mais à partir de l'Oural nous dûmes nous résigner à prendre les kibitkas par des chemins de terre (alors comme aujourd'hui encore, assurément) simplement entretenus çà et là de branchages de sapin recouverts de sable, de terre ou de boue. Ça n'était pas roulant, j'en conviens, mais ça nous permettait avec dix ou douze chevaux efflanqués, mais bien musclés, de cheminer à raison d'un ou deux kilomètres à l'heure.

De Kasann un bateau à vapeur, le *Boris*, tant bien que mal aménagé, nous descendit en neuf jours à Astrakan.

Les rives du Volga, comme un perpétuel kaléidoscope, changent à chaque instant d'aspect et pour ainsi dire de couleur. Ici des prairies basses d'une grande étendue, où paissent des chevaux, des troupeaux de moutons, voire même des chameaux; là de vastes forêts de sapins, de bouleaux, de chênes, s'étageant sur de longues collines. Plus loin des steppes couvertes de verdure, de fleurs et de chardons bleus, où campent des Tartares Nogais, des Baschkirs, des Kalmouks no-

mades. Moins pittoresques que les bords du Rhin ou
du Danube, ces rives ont néanmoins des charmes in-
définissables.

D'un côté, sur la rive droite, le Russe barbu, chevelu, mérovingien, avec sa hutte, son isba en rondins
de sapins, c'est l'Europe, la liberté, la civilisation, le
progrès, affirment les géographes en chambre; mais
rien n'indique que l'on côtoie la partie du monde civi-
lisé où l'on cultive le progrès avec accompagnement de
millions d'hommes, armés comme des brigands, tout
prêts à se ruer sur les voisins, à les exterminer et voler leurs pendules.

De l'autre, la gauche, c'est l'Asie, la sauvagerie avec
des Kalmouks, des Tartares, des Turcomans et autres
peuples que le Créateur n'a pas jugé à propos de mouler dans le creux de l'Apollon du Belvédère ou de l'A-
pollon lydien.

Donc, en deçà, la liberté', la civilisation, prétendent
les savants; au delà la barbarie; mais je dois dire que
celui qui passe aux yeux des Européens pour un barbare
est peut-être plus sociable que l'autre et surtout plus
hospitalier; et je penche à croire que la plus grande
somme de liberté vraie est du côté de l'Asie.

Le huitième jour nous passions devant Tsaritsine où
le fleuve se bifurque en deux branches coulant l'une et
l'autre vers la Caspienne. A quelques lieues d'Astrakan,
les collines et les montagnes disparaissent. Le pays
devient plat. Le Volga se divise aussitôt en d'innom-

brables branches formant des milliers d'îlots encom-
brés de roselières et de pêcheries d'esturgeons. La
chair de ce poisson est assez délicate et ressemblerait
presque à celle d'un jeune veau, n'était la couche de
graisse jaunâtre dont elle est jaspée. Les femmes tartares, avec leurs clochettes dans les cheveux, vinrent
en bateau nous offrir du caviar, aliment préparé avec
des œufs de ce poisson et dont il ne faut pas abuser.
Dans le lointain les coupoles, les minarets, les tours
blanches, les clochetons et les dômes des églises russes badigeonnnés de bleu, de vert, de jaune, se déta-
chant en silhouette, dans un ciel chaud et coloré,
mais sans rideau et sans fond de montagnes, c'est As-
trakhan, le seul port important que les Russes aient
sur la Caspienne, le plus étrange et le plus curieux des
marchés de l'Orient, trait d'union entre l'Asie et l'Europe, cité de cinquante et quelque mille habitants,
échantillon des mœurs, des coutumes, des costumes
de toutes les nations asiatiques et européennes. Les
rues sont poudreuses, les maisons des vieux quartiers
sont en bois pourris; elles tendent à disparaître, et elles disparaîtront toutes dans un temps donné. Un quartier brûle, on le laisse flamber. Le gouvernement envoie bien des secours aux sinistrés, secours qui passent
par tant de mains de tchinownicks qu'il n'en reste pas
un kopeck à distribuer. Les incendiés sont réduits à
la misère, à la mendicité, qu'importe, l'autorité se
réjouit. On taillera dans le terrain couvert de débris

encore fumants des rues larges et droites, où des constructions nouvelles, à la mode européenne, s'aligne-
ront. C'est l'éternelle histoire des villes d'Orient qui
aspirent à entrer dans la voie du progrès... qui quin-
tuplera les impôts, mais qu'importe !

Trois jours après nous prenions passage sur le vapeur l'*Alexandra*, un vieux sabot qui n'avait rien de
rassurant ; mais mieux valait franchir les deux cent
soixante-dix lieues de la Caspienne que de passer par
les lignes de Wladikaucase, où l'on risquait à toute
heure d'être arrêté, dévalisé, canardé par les tribus
insoumises de ces montagnes, toujours hostiles à tout
ce qui est russe ou ce qui vient de la Russie.

Nous allions partir. Mais on ne partira que demain !
Pourquoi ? Un matelot découvre que nous avons un
lièvre à bord pour le cuisiner en route. Un lièvre mort
bien entendu. Ce genre de gibier est, paraît-il, un animal qui porte malheur. Nous le jetons par-dessus bord.
L'équipage superstitieux, indigné, nous eût volontiers
fait passer par le même chemin. Enfin nous dérapons.
Le capitaine en robe de chambre, — c'est un Tartare,
— coiffé d'un bonnet en peau de mouton, embouche
son porte-voix, un tuyau de poêle, pour parler à son
timonier qui est à ses côtés.

Le vent soufflait du nord, on leva l'ancre. La brise
molle et douce nous permit de flotter à toute vapeur,
le cap sur Derbent, puis sur Bakou où nous fîmes escale. Bakou est la ville sainte des Parsis. Ces adora-

teurs du feu éternel y ont leur principal temple, grand
bâtiment carré flanqué d'une haute tour à chaque
angle, d'où jaillissent nuit et jour des jets de flammes
alimentés sans interruption par des puits de naphte
qui surgissent du sol de tous les côtés du pays ; cette
partie du Caucase jusqu'au bout de la presqu'île d'Ap-
cheron n'est qu'un vaste réservoir de naphte.

Nous avions à bord une famille anglaise qui passait
par la Perse et Ispahan pour se rendre à Bagdad, puis
un ménage persan retranché à l'avant et adossé à des
caisses, abritées par des tapis. Malgré leur gravité apparente, les Persans s'adonnent volontiers au plaisir
de la médisance, aussi bien que la plus vulgaire por-
tière. Un de ces indigènes nous raconta l'histoire de
plusieurs passagers. L'un, dit-il, s'appelle Mourgab-
Hadjy, âgé de quarante ans, d'une laideur atroce : une
truffe sur le flanc d'un melon, telle est sa figure, barbe
rousse, hérissée, des yeux ronds, des oreilles aussi
grande que ses mains. Madame Mourgab, qui était fort
jeune encore et fort jolie, ne jouissait pas d'un paradis
semés de fleurs ; son mari lui avait déjà enlevé quatre
ou cinq dents à la suite d'une discussion aigre-douce.
Il avait tué sa première femme, tombée par inadver-
tance dans les bras d'un Mingrélien, qui, du même
coup, avait suivi sa maîtresse dans les prairies émaillées
de Mohamet ; la seconde avait été un matin trouvée sans
tête dans son lit, sans doute pour le même motif. Ce
Persan était en somme un fieffé gredin. Il n'eût pas

fait bon à rôder autour de sa tente. L'*Alexandra* reprit
le large, rangea la côte au plus près et mit ensuite le
cap sur Lencoran. Le ciel était d'une pureté de cristal.
Dans le lointain, à notre droite, les immenses arêtes
du Caucase se montraient peu à peu en silhouettes
aiguës, et semblaient élancer leurs pics pointus ou
dentelés jusqu'aux nues. Que de souvenirs nous rappelaient ces montagnes depuis la naissance du premier
homme ! Le supplice de Prométhée, l'antique Colchide,
patrie de la fameuse magicienne Médée, chantée par
le vieux rapsode grec ; Jason et ses Argonautes, allant
chercher l'or dans le Phase, cet antique fleuve qui ne
charrie plus aujourd'hui que des cailloux de marbre
et d'albâtre multicores, du charbon, de l'ambre végétal, quelques morceaux de porphyre vert et jaspé, des
onyx et des parcelles d'or.

A voir ces entassements de rochers, ces forêts sombres qui les tapissent, ces profondes et étroites vallées ; à voir ces rivages déserts, j'avais peine à m'imaginer que c'est sur les versants du sud, sur les bords
de l'Euphrate ou du Tigre que Dieu a placé son paradis
et sa première créature ; là encore que l'arche de Noé
était venue s'échouer et que le vieux patriarche a
planté la première vigne. A la vue de cette sainte et
antique terre, berceau du genre humain, je me sentis
le cœur étreint par une émotion indicible, presque
douloureuse.

Sur les pentes de ces mamelons, dans les vallées,

des ruines se dressaient encore pantelantes, trouées, lézardées, enveloppées de plantes parasites; c'étaient des restes d'églises, de temples où saint André et saint Simon ont prêché l'Évangile, enseigné la religion chrétienne. Le haut de ces vallées est habité par une population clairsemée, mais énergique, d'une beauté plastique incomparable, dont les filles, depuis des siècles, vont servir aux voluptés des harems de Constantinople, des riches sultans boukhares, persans, égyptiens.

Nous arrivâmes sans encombre, un peu secoués par les brises de la Caspienne, à Lencoran, ville persane. De là à Téhéran, on compte une centaine de lieues et à Ispahan cent quatre-vingts, que nous allions franchir par caravane. Après une douzaine de jours dans ce petit port de mer, nous nous mîmes en route à la suite d'une caravane.

CHAPITRE II.

—

Une caravane n'est pas chose facile à organiser. Un navire armé pour faire le tour du monde ne demande pas plus de temps. Puis il faut assurer les vivres du personnel et des animaux en raison de la distance d'une étape à l'autre et du ravitaillement qu'on peut espérer le long de la route. J'ajoute que le musulman a toujours le temps d'arriver : *Mectoub-Allah!* c'est écrit, disent-ils.

Les voyageurs qui se risquent en un tel équipage ont à se munir d'une monture. Le docteur prit un cheval. Je préférai un chameau, c'est moins embarrassant, moins difficile à nourrir dans une course aussi longue; et d'ailleurs, perché à un mètre au-dessus de la bosse, on voit de plus loin, mais on a du tangage et du roulis, souvent le mal de mer, quand on n'a pas les membres rompus. C'est une habitude à prendre, habitude qui m'était depuis longtemps familière; dans les

steppes que nous venions de quitter nous n'avions pas
d'autres montures. Enfin, à la dernière heure les musiciens et les bayadères en haillons qu'on attendait
arrivèrent munis de leurs instruments de musique,
parmi lesquels un orgue de Barbarie qui, dit-on, a
beaucoup de succès dans le désert; les habitants ne
sont point encore parvenus à s'expliquer comment on
peut tirer d'une boîte en bois une musique de cimetière en tournant une manivelle.

Toutes les bêtes de somme, une centaine de chameaux et autant de mules et de chevaux, étaient ras-
semblées sur un espace assez considérable, dans un
pêle-mêle rappelant un marché de bestiaux. Les chevaux hennissaient, les mules brayaient, les katirchy,
muletiers, hurlaient toutes les imprécations connues
chez les musulmans. Les chameaux piaillaient comme
des paons qui sentent arriver la pluie, en jetant à droite
et à gauche des regards vitreux, et en agitant leurs
longs cous de cygne, au bout duquel s'emmanche une
tête de lapin. Accroupis sur le sol, les bêtes se relèvent
lourdement. Leur conducteur, perché sur le sommet
d'une sellette grossièrement façonnée, attendait le signal du départ; je me fis hisser sur le mien, à quatre
mètres au moins au-dessus du sol. Cette flotte de qua-
drupèdes s'ébranla enfin. Chacun de nous prit dans la
longue file la place qu'il souhaitait occuper et ce
n'est pas à la queue, quand on ne tient pas au plaisir
d'être enjuponné de poussière comme une praline

dans une enveloppe de sucre. Les chameaux défilèrent d'abord, puis les mulets, puis les chevaux. Pourquoi cette disposition? Le chameau, de ses pieds larges et plats, foule et pétrit le sol, tandis que le cheval et le mulet le soulèvent, le font poudroyer; et cette poussière étrangle, aveugle et momifie les voyageurs qui sont à l'arrière. Je rectifie ici une erreur à propos du chameau. Ce précieux animal n'endure la soif que deux jours au plus. Il est donc d'absolue nécessité que les chameliers combinent leurs marches de manière à gagner chaque jour un groupe de koundouks (puits ou citernes).

On va demander pourquoi la caravane prend à la remorque des musiciens en guenilles. Toute chose en ce monde a sa raison d'être. Des bandes de Kurdes, quelquefois d'Afghans, infestent les steppes, guettent les caravanes pour les rançonner. Mais comme on connaît les faiblesses de ces bandits pour la musique et la danse, on emmène toujours quatre ou cinq bayadères et autant de musiciens; et lorsque l'on tombe sous la main de ces maraudeurs on leur joue de l'orgue, du violon, de la flûte, du chaudron fêlé, n'importe quoi. Les femmes dansent et font danser ces gredins. Après quoi, satisfaits de s'être amusés, ils s'en vont en vous remerciant et vous souhaitant bon voyage; c'est un moyen comme un autre de se tirer de leurs griffes. Chaque peuple a sa manière de comprendre les beaux-

arts. Pour ces demi-sauvages c'est une affaire de nerf
et non d'oreille, Hadjy-Becours, le caravanbastsch,
un hadjy, c'est-à-dire un musulman qui a fait le pèle-
rinage de la Mecque, — prit le commandement en chef
de la caravane. C'était un homme de taille moyenne,
d'une maigreur d'ascète, sa figure longue, étroite, à
boire dans une ornière, était percée de deux trous au
fond desquels s'enchâssaient et brillaient des yeux noirs
d'un éclat de bête fauve. Au demeurant, vieux un
Persan assez traitable qui allait tout le temps fumer,
prier, égréner son chapelet et dormir, s'en remettant à la Providence du soin de conduire la caravane. Les caravanes ne marchent presque toujours
que la nuit.

Pendant les premières heures les chameliers chan-
tèrent dans un dialecte intraduisible, d'une voix rauque et gutturale, un air traînard, — rythme particulier à tous les peuples primitifs. — Cette musique
manque de gaieté, mais ça fait, paraît-il, marcher la
caravane en cadence.

La lune nous éclairait et nous en profitions pour
marcher une partie de la nuit. A la pointe du jour la
caravane fit halte près d'un ruisseau de très bonne eau,
assez boisé sur ses bords. Le soleil nous chauffait déjà
la peau. Chacun s'abrita comme il put au moyen d'une
couverture de laine ou d'une natte de roseaux attachée
à deux bâtons fichés en terre et que l'on fit pivoter à
volonté selon que le soleil menaçait de nous envahir.

Nos compagnons de voyage, les Anglais, avaient des
tentes qu'ils dressaient. Les dames se fourraient sous
les unes, les hommes sous les autres. Une heure après
ils y étouffaient et en sortaient pour s'étendre à la
belle étoile.

Vers le déclin du soleil on se remit en route, après
une solide collation. Le jour tombe rapidement dans
ces pays. Il était à peine cinq heures et l'obscurité eût
été profonde si la lune n'eût paru d'un côté quand le
soleil disparaissait de l'autre. Dans ces régions inter-
tropicales les nuits sont d'une fraîcheur excessive, surtout quand la brise de *shirmel* souffle : ce vent est le
plus sain : le vent de *Teblad* est le vent des fièvres et
de la mort. Le matin les touffes d'herbes, les planta-
tions de cannes à sucre, les rizières, les caféiers, les
panaches des roselières, les feuilles des arbres, la crinière des chevaux, la toison des chameaux, nos habits,
la barbe, tout était perlé de rosée. Pour échapper aux
ophtalmies si redoutables dans ces solitudes nous
nous couvrions le front et les yeux d'un bavolet de
mousseline ou de tulle de laine. Les nuits sont froides à se croire transporté en quelques heures de la
canicule à décembre et janvier. Cette transition brutale
d'une journée tropicale à une nuit polaire me rappelait ces paroles de Jacob à Laban : « Le jour je suc-
combe à la chaleur et la nuit je grelotte de froid. » Et
ces autres de Job, en parlant de ses heureux jours :
« La rosée restait toujours sur mes moissons ! » Et cel-

les-ci du prophète Haggaï : « Le ciel m'a refusé la rosée et la terre ses fruits. »

Dans ces steppes où le sol est si rarement arrosé par les pluies, cette eau atmosphérique sous forme de rosée très abondante des nuits, rafraîchit les moissons du soir au matin et leur donne de la sève; sans elle les arbres ne produiraient point de fruits, les plantes ne pousseraient pas à graine, la terre resterait stérile.

Les provisions dont il est urgent de se munir pour ce genre de traversée se composent invariablement de riz, de sucre, de café, de thé, figues sèches, dattes, sel, huile, vinaigre, pastèques, farine ou galettes de maïs, vin, eau-de-vie et surtout de citrons. A certaines hauteurs du chemin on trouve des agneaux, des chevreaux et de la volaille maigre. La pastèque est un fruit qu'on se garde d'oublier. Bien qu'exposée à la chaleur torride du soleil du désert, sa pulpe rose et juteuse légèrement sucrée, d'un goût exquis, conserve toujours une fraîcheur délicieuse, tant qu'elle n'est point entamée. Un seul fruit de ce genre de courge suffit à désaltérer trois ou quatre personnes, son volume étant généralement assez fort.

Les musulmans ont une vénération particulière pour le bananier, le palmier, la pastèque.

Le bananier, cette plante bizarre qui forme dans la nature un genre de végétal unique, est aussi pour les populations des contrées où il croît, une manne bénie.

Haut de sept à huit pieds, quelquefois davantage, son tronc gros comme la cuisse est formé par la base cylindrique de ses feuilles qui s'allongent en forme de cornets, puis s'élargissent et s'infléchissent. Lorsque le bananier est abrité par de grands végétaux et que ses racines pivotent et s'irradient dans un sol humide, ses feuilles sont d'un vert d'émeraude, autrement en plein air, elles jaunissent vite comme de l'amadou, les régimes sont moins volumineux. Un bananier ne porte jamais qu'une grappe d'un mètre de long et d'un poids qui peut aller jusqu'à trente et quarante livres. La fleur violacée avec des teintes jaunes et lilas sort du sommet du tronc, se développe en volute au fur et à mesure que le régime s'allonge et laisse derrière chaque bouquet de pétales qui s'effeuillent et tombent, une série de couronnes de fruits dont la forme ressemble à une vitelotte moyenne. Un régime a quelquefois dix ou quinze couronnes contenant chacune de quinze à vingt gousses d'un beau vert d'abord, puis jaune d'or, quand elles sont arrivées à maturité, puis brunes et noires quand la maturité est excessive. Chaque gousse renferme une substance farineuse, parfumée. Ce parfum n'est peut-être pas du goût de tout le monde, mais à part son arome de pommade, ce fruit est très nourrissant et très sain. La substance farineuse est divisée par des nervures qui semblent représenter une croix grecque mal formée quand la gousse est coupée par tranches.

Les Portugais et les Espagnols prétendent que c'est là le fruit défendu, et que le premier homme vit en le mangeant le mystère de la rédemption par la croix. Il n'y a rien d'impossible à cela. Adam avait-il de meilleurs yeux que sa postérité? la croix de la banane de ce temps-là était-elle mieux formée? Ce fruit, après tout, a peut-être, comme l'espèce humaine, dégénéré depuis la chute d'Adam et d'Ève? Il n'y a que la foi qui nous sauve, dit le proverbe. Les Espagnols ne sont pas tenus d'avoir une foi moins robuste que les conservateurs de la cathédrale de Cologne qui, depuis des siècles, montrent aux étrangers un cheveu de la Vierge, cheveu qu'ils n'ont jamais vu... que par les yeux de la foi.

Le bananier ne porte, comme je viens de le dire, qu'une seule fois des fruits sur la même tige. Le fruit tombé ou cueilli, la plante décline, sèche et meurt, mais de sa racine bulbeuse sortent des rejetons qui l'année suivante donnent à leur tour des fruits. De telle sorte que là où un bananier a été planté, une forêt de ces mêmes plantes peut, avec le temps, s'y former avec l'aide de Dieu, le respect des hommes et des singes. Crués ou cuites sous la cendre, les bananes sont un excellent manger qui serait supérieur aux dattes si elles pouvaient se conserver comme celles-ci.

« Le bananier, a dit Mohamet, est la seule chose « sur la terre qui ressemble à quelque chose du para- « dis, parce qu'il donne des fruits en toute saison.

« J'aurai toujours les yeux sur la postérité de celui
« qui plante des bananiers. »

C'est sans doute pour que Mohamet veille sur eux
que tous les paysans en plantent autour de leurs maisons.

« La pastèque est tombée du paradis, a dit le pro-
« phète. Elle sert de boisson aux enfants du désert
« aussi bien qu'à ceux des contrées fertiles; elle est le
« soutien de la vie. Dieu accorde mille bonnes actions,
« en efface mille mauvaises à celui qui donne aux
« pauvres une bouchée de pastèques. »

« Le palmier, a-t-il dit encore, est le roi des plantes
« utiles à l'homme, le père des oasis : sa tête est tou-
« jours dans le feu du ciel et son pied dans l'eau; ho-
« norez votre oncle paternel le palmier, car il fut créé
« de la même terre dont Adam fut formé. Celui qui
« plantera un palmier, occupera la meilleure place
« dans le paradis; car il est l'emblème de l'homme : si
« on lui coupe une branche, elle ne repousse plus; si
« on lui coupe la tête, il meurt.

« Que celui qui sera surpris détruisant un palmier,
« un bananier, un champ de pastèques, soit lapidé et
« mis à mort comme un chien enragé, car il détruit ce
« que Dieu a créé de plus utile à l'homme. »

Chaque matin on campait auprès d'un ruisseau ou
d'un puits. Les chameaux pliaient leurs jambes calleu-
ses de devant, puis celles de derrière et on les déchar-
geait. On allumait des feux avec des roseaux ramassés

dans le voisinage, on se groupait, les musulmans d'un
côté, face à l'Orient, les parsis, en sens contraire, les
chrétiens formaient un cercle à part. Chacun s'abritait
comme il pouvait. Les chameliers, noirs comme des
diables, allaient, venaient, juraient, vociféraient, pas-
saient leur rage et leur colère sur le dos, les épaules,
et les flancs écorchés des pauvres bêtes, dévorés par
les mouches et dont les cris formaient des points d'or-
gues au milieu de ce concert infernal. A la clarté fumeuse des brandons de canouches, les têtes immobiles des chameaux accroupis, dont la bosse et la tête se
détachaient en silhouettes rougeâtres, comme ces figures de granit des sables d'Égypte, émergeant du sol.
Bêtes et hommes apparaissaient à travers ces flammes
comme autant d'ombres sortant de l'enfer, et nous
songions à l'enfance du monde, à ces rois pasteurs,
à leurs tentes, à leurs troupeaux, à leurs stations dans les
déserts et les montagnes. A cette scène dantesque s'ajoutait une musique sauvage de tambours de basques, d'or-
gues de Barbarie puis les chants traînards et chevrotants
des musulmans. C'était un spectacle inouï, saisissant,
qui me donnait la chair de poule, mais que je ne regret-
terai jamais d'avoir vu. Bientôt la fatigue obligea tout
le monde à se reposer; on s'endormit tant bien que
mal. Couché sur le dos à côté de mon chameau, je re-
gardais sourire les étoiles, ces fleurs du firmament,
comme disent les poètes persans. Après un repos de
quelques heures, on se remettait en route à travers les

plus étranges accidents de terrain les plus singuliers aspects de paysage.

Les défilés, les ravins, les rampes étroites des collines, les plaines, les vallées, les rivières traversées à gué, les contours des rochers et des montagnes que nous profilions chameau par chameau, cheval par cheval, mule par mule, en un mot la caravane formait un loug ruban qui se déroulait en zigzags fantastiques, le long du chemin.

La nuit, à travers ces solitudes, et marchant l'un derrière l'autre, un à un, chacun n'a d'autre distraction que celle de contempler le ciel dont les constellations d'une limpidité d'escarboucles se détachaient comme une pluie d'étincelles, auxquelles se joignaient des myriades de lucioles voltigeant autour des buissons. La plus vive de ces étoiles, l'étoile polaire, la septième de la petite Ourse, brillait d'un éclat scintillant, verdâtre comme un glaçon des pôles, et semblait être la plus profondément enchâssée dans l'immensité céleste. Auprès de sa radieuse splendeur, toutes les autres constellations : la grande Ourse, le Dragon, la Lyre, Cassiopée, semblaient s'éteindre. Au lever du jour, lorsque les premières et indécises teintes de l'aurore commençaient à jasper l'horizon de ses lueurs roses et lilas, les sommets de l'Elbrouze, chargés de neige, se détachaient en violet velouté du ciel.

Insensiblement le disque du Roi d'or, *le père du*

pain, comme disent les Persans, apparaissait, le ciel
se faisait gris de plomb et versait sur nous une écrasante
chaleur. Le Roi d'or pompait vite le peu de fraîcheur
que la nuit avait laissé tomber, buvait la rosée, su-
çait l'humidité du sol, la sève des plantes et des arbres, brûlait les champs, calcinait les rochers, donnait à toute la végétation la couleur de l'amadou, ré-
duisait tout en poussière; à mesure qu'il se levait la
température devenait insupportable. Je ne puis mieux
la comparer qu'à la vapeur embrasée, sortant d'un
four de boulanger. La peau se séchait, les glandes
salivaires s'enflammaient et la soif se faisait sentir
avec une violence qui devenait insupportable. En attendant qu'on leur donnât à boire, les chameaux cachaient leur tête dans le sable, le long de leurs flancs
opposés aux rayons du soleil. Chevaux et mulets faisaient de même. Quelquefois on campait près d'un
village de pierres (en Persan Tack-end). Les cris des
chameliers, le hennissement des chevaux mettaient
tous les habitants sur pied. Tous accouraient, appor-
tant des provisions : lait de brebis, beurre, pistaches
raisins, chevreaux, agneaux, confitures sèches, miel
huile, tabac, qu'ils nous vendaient le plus cher possible.

Des mendiants, efflanqués comme des fuseaux, maigres, secs et parcheminés comme des momies, à peine
vêtus de sales chiffons, coiffés de bonnets de peaux de
moutons noirs, râpés, venaient s'accroupir près de

nous et demandaient l'aumône d'une voix lamentable.
Leur insistance me rappelait celle des pauvres, en
Italie, qui s'accrochent à vous comme des chardons,
et dont on a toutes les peines du monde à se défaire.

Les enfants dansaient et cabriolaient comme des Italiens, dont ils ont à peu près les mœurs et les aptitudes jointes à la plus crâne fainéantise. Beaucoup d'entre
eux portaient des traces profondes de la petite vérole.
La variole a fait de tout temps en Perse des ravages
horribles, jusqu'à dépeupler des cantons entiers. Des
terrasses de leurs huttes, à demi cachées dans les arbres, des femmes voilées jusqu'aux yeux, avec des loques, nous regardaient et riaient de nos coiffures et
de notre costume. Il en fut ainsi tout le long de la
route.

Aussitôt après que les bêtes de somme étaient dé-
chargées et qu'elles avaient eu à boire, tous les musulmans allaient se grouper autour d'un conteur. Comme
l'Arabe son congénère, le Persan est bateleur, poète et
musicien. Il fait des histoires interminables, qu'il enche-
vêtre les unes dans les autres, de façon à faire durer la
curiosité de son auditoire aussi longtemps que possible, des semaines, des mois. Mais chaque fois qu'il
lève la séance en remettant la suite au lendemain, on
lui jette quelques pièces de monnaie.

A mesure que le soleil s'élevait dans l'horizon, l'atmosphère, embrasée, se faisait opaque, se chargeait de
vapeurs, s'agitait de ce mouvement étrange qui semble

12

faire vaciller le sol et danser les plantes, les blocs de
rochers, qui, en certains endroits, encombrent les chemins et les sentiers, petite image de ce phénomène
connu sous le nom du mirage. Lorsque cette vibration
a lieu sur une surface plane de quelque étendue, elle
simule assez bien l'image d'un lac ridé par la brise, et
les voyageurs qui cheminent sur un sol un peu plus
élevé croient voir des nappes d'eau. Seuls les chameliers ne s'y trompent pas.

A ce moment la nature est muette. Les oiseaux,
cachés dans les aisselles des branches, se tiennent cois,
haletants et le bec ouvert. Les reptiles se réfugient sous
les pierres, qu'il serait dangereux de déplacer; leur
venin est d'autant plus redoutable que la chaleur est
plus intense. Mais quand le jour tire à sa fin, les poumons fonctionnent, les fleurs et les feuilles se déten-
dent, se redressent, les houppes des roseaux, tout à
l'heure infléchies comme des branches de saules pleureurs, se relèvent et s'ouvrent, les oiseaux commencent à causer. Des flottes de phalènes scintillent dans
l'air comme des étincelles sortant d'un sol embrasé.
Vers le milieu de la nuit la rosée tombe abondamment,
et la nature vivante, rôtie par cette température plu-
tonienne, semble renaître de ses cendres, comme le
phénix de la Fable.

De temps à autre nous rencontrions des carcasses de
chevaux et de chameaux, les unes blanchies par l'action
du temps et presque pulvérisées, les autres laissées la

veille ou l'avant-veille par les caravanes qui nous pré-
cédaient ou celles que nous avions croisées. Quelques-
unes en pleine putréfaction répandaient dans leur
rayon une infection pernicieuse et fétide qui nous arrivait par bouffées. Des oiseaux de proie s'acharnaient
à les trouer et à les dépecer. Si ces farouches fossoyeurs n'existaient pas en Perse la peste y durerait
toute l'année. Il est rare que pendant le cours d'une
traversée, une caravane ne perde pas une ou plusieurs
bêtes de somme, succombant à la fatigue ou à la suite
d'une morsure de céraste, petite vipère cornue, verdâtre en dessous, gris de sable en dessus, plate et lente.
Son venin est des plus subtils, elle n'est point har-
gneuse comme la vipère de Fontainebleau, et s'appri-
voise facilement. Je n'essaierais point ce dangereux
métier, à moins de lui arracher les crochets. Ces petites cérastes me rappelaient ces paroles du Dante
à propos des Furies : « Ces hydres verdâtres s'entor-
tillaient autour des tempes hideuses des féroces
Érinnyes. »

CHAPITRE III.

—

A notre caravane s'est incorporée, je l'ai dit plus haut, une famille anglaise que nous avions rencontrée à Astrakan et qui se composait de sir Willy-Oklem, de sa jeune femme, des deux sœurs de celle-ci, ravissantes jeunes filles de vingt à vingt-deux ans, et de deux jeunes Anglais amis de cette famille, de deux femmes de chambre et d'un groom de l'ampleur de l'Hercule de Baccio Bandinelli. Tous étaient armés de carabines de précision, de pistolets doubles. De telle sorte que maîtres et valets pouvaient au besoin envoyer aux brigands une centaine de balles avec une rapidité qu'on ignorait encore dans ces parages et qui les eussent asphyxiés d'étonnement, si on en eût fait usage contre eux. Comme armes défensives, nous n'avions chacun, Roux et moi, qu'un fusil double et une paire de pistolets.

Les Anglais, très formalistes chez eux, ne sont pas,

dit-on, plus amusants en voyage; c'est là une erreur.
J'ai longtemps vécu parmi eux à l'étranger, et tous
ceux que j'ai rencontrés ou près desquels j'ai vécu
dans le cours de mes voyages étaient des compagnons
fort agréables. Ils sont généralement instruits, obser-
vateurs, intelligents et curieux, spirituels, froidement
si l'on veut, mais gens pratiques et très serviables à
l'occasion.

Tout en voyageant ils se complaisent dans la recherche de tous les faits historiques ou autres capables de
jeter quelque jour nouveau sur les mœurs, les usages,
les monuments, la législation des peuples qu'ils visi-
tent. Ils cherchent, observent, scrutent, fouillent et
écrivent ce qu'ils ont vu et observé. De leur côté, les
Anglaises sont aimables et enjouées et pas aussi prudes
qu'on les fait. Elles sont aventureuses, s'amusent de la
vie errante, partent gaiement pour des pays loin-
tains; elles voyagent comme des hommes, sans songer
à la fatigue, ni si elles arriveront ou resteront en route;
elles ne sont ni embarrassées ni embarrassantes, s'ac-
commodent de tout, ne se plaignent jamais, et là où
une Française pousserait des cris de paon, elles trouvent à rire. Les accidents sont, disent-elles avec raison, des souvenirs pour le coin du feu, le soleil de
la vieillesse. Nous n'avions qu'à nous applaudir de les
avoir pour compagnons de route. Sir Willy et ses deux
amis nous offrirent cordialement de pratiquer un genre
de communisme assez fréquent dans le désert ou en

voyage par caravane : celui de mettre en commun toute
nos provisions; en un mot de faire ensemble la pot-
bouille. Tout le long de la route nous vécûmes comme
des sybarites, si je puis me servir de cette expression
dans les sables de l'Asie centrale.

Qu'allaient donc faire en Perse ces natifs du pays
des poils blonds? Ils allaient à Bagdad. La plus âgée
des deux jeunes filles, miss Hellen, devait y épouser
un de ses compatriotes, attaché au consulat britanni-
que. Le futur ne pouvait venir à Téhéran, ni à Ispahan, elle allait vers son fiancé. Lorsqu'il s'agit de mariage, de se donner ce que l'Anglais appelle le *home*,
c'est-à-dire entrer en ménage, une Anglaise traverserait
le monde entier, sans plus de soucis et d'inquiétudes
que s'il s'agissait d'aller de Paris à Versailles. Elles bra-
vent toutes les fatigues, tous les dangers.

Nous cheminions depuis dix jours tantôt à travers
des espaces stériles, des gazons brûlés, des broussailles rissolées, des cailloux et des roches bronzées, longeant des plaines, escaladant de hauts mamelons, en
descendant d'autres d'une élévation vertigineuse, par
des sentiers étroits, vrais casse-cous que les Persans
auraient pu rendre plus praticables; tantôt traversant
des villages, côtoyant des champs de cannes à sucre,
des caféières, des rizières que l'on prend tout d'abord
pour des champs d'orge, tant la ressemblance est frap-
pante, puis des enclos de pistachiers couverts de petits.

fruits rougeâtres, allongés comme des prunes de koët-
che.

Jusque-là rien n'était venu troubler notre quiétude.
Si parfois nous songions aux brigands, c'était pour
nous rappeler ceux de l'Opéra-Comique, habillés
comme des princes. Le matin du onzième jour, au lever du soleil, comme nous entrions dans les chaînes
du Zagros, tout à coup la caravane s'arrête, — ce n'é-
tait pas encore l'heure de la halte. — Nous entendons
que l'on se dispute en tête de la colonne. Nous sommes
engagés dans le fond d'une étroite vallée, une écluse
bordée de hauteurs boisées. Des hommes à cheval,
en khalat, déguenillés, vêtus de larges pantalons de
cuir rouge festonnés du haut en bas de fils de soie fa-
nés, — ils sont une quinzaine, — armés de grands sabres en croissant, de longs pistolets à crosse ronde
argentée, de canardières féeriques, richement ciselées
et incrustées. Chacun porte une lance sur le dos. Les
harnais des chevaux sont soutachés de plaques de
métal agrémentées de fausses pierreries. Tous coiffés
d'un singulier bonnet de peau de mouton noir (harakal-
pack). A leur ceinture pendent un briquet, des pierres
à fusil, un couteau dans sa gaîne, un sac à tabac, une
poudrière, des cartouches, une gourde d'eau, une pipe.
Leur figure noire comme des Abyssins, à demi-cou-
verte par leurs bonnets à longs poils, leur chevelure
tombant en nattes sur les épaules, rappelant les peintures dont les cercueils de momies sont décorés,

donnent un aspect étrange peu à leur avantage; ce sont des Kurdes descendus des montagnes du Zagros et de l'Haraoun, qui nous barrent le passage pour demander l'aumône, comme en Espagne, l'escopette à la main.

— Nous allons être dévalisés et pillés, disent les Anglais.

— Laissons-les s'expliquer avec Hadjy-Bekoun, leur dis-je. Attendons qu'ils soient descendus de cheval. Un Kurde à pied a perdu toute sa force et toute son insolence. Si nous devons faire usage de nos armes, tuons d'abord les chevaux et nous aurons facilement raison des hommes.

Tout à coup les cris cessent. Les sons lugubres de l'orgue se font entendre, puis une ritournelle nazillarde sort d'une mandoline à deux cordes, faite dans une calebasse à long goulot, puis un tambour de basque, enfin un concert à faire tomber les chiens en épilepsie. Tous les brigands mettent pied à terre, laissant leurs armes et leurs chevaux à la garde de leurs domestiques. Mon Dieu! oui, des domestiques! Les brigands du Zagros, tout aussi bien que les gens riches, ont des valets, ce qui prouve qu'il n'y a pas que dans les pays civilisés que l'on voit des aristocrates exploiter *les sueurs du peuple*. J'ajoute que, dans le désert, le valet qui manifesterait l'intention de s'élever au niveau de son maître, sous le prétexte que tous les hommes sont égaux devant le prophète, et de

propager cette doctrine ainsi que la diffusion du capital entre les communards, serait crucifié, lardé,
dépecé, massacré, désossé, et jeté à la voirie pour
apprendre aux autres à respecter les *droits acquis*. Les
Kurdes, les Turcomans et les Persans ne plaisantent
pas sur ce chapitre. Je ne dis pas qu'ils ont raison; je
ne fais que constater un fait.

Les brigands ont aperçu les bayadères tout enju-
ponnées de vieilles défroques d'étoffes de perse à ramages ébouriffants, pailletées d'or et d'argent, les bras
et les jambes ornés de bracelets de cuivre, d'os, de fer-
blanc, de verroterie, la coiffure agrémentée de rondelles de tôle. Ces dames sautent prestement des
cacolets et commencent une de ces danses indescriptibles. Les Kurdes se mettent aussitôt de la partie, sautent, dansent, gigottent, se remuent, se démènent, se
disloquent, chantent et crient. Leur joie est indicible.
Les chants vont crescendo, la musique se fait plus
bruyante, c'est un charivari inénarrable. Malgré leurs
jarrets de fer, ils sont bientôt hors d'haleine et tombent épuisés sur le sol. Les danseuses sont anéanties,
la sueur ruisselle sur leur peau safranée. Mais à un signal convenu entre eux, les Kurdes se relèvent, enlèvent dans leurs bras nerveux les bayadères et les emportent dans les profondeurs des roselières. Ils n'en
reviennent qu'au bout d'une heure, pantelants comme
le Satyre à la chèvre du musée Borbonico de Naples.

On se fait en Europe une idée étrange, fantastique

de ces artistes nomades. On les croit généralement jeunes, jolies, gracieuses, élégamment et richement vêtues de mousseline et de gaze pailletées d'or, d'argent, de perles et de pierres fines. Hélas! qu'un Parisien est désappointé! Au lieu de ces almées, de ces houris superlativement belles, que rêve l'imagination la moins inflammable, au lieu de ces sylphides aux yeux veloutés, à la danse voluptueuse, vous voyez des femmes laides, vieilles, fanées, ridées, rachitiques, mal peignées, ratatinées, cuivrées, souvent couturées de petite vérole, vêtues de guenilles, portant aux bras et aux jambes plusieurs étages d'anneaux de cuivre oxydé qui leur verdit la peau, de fer rouillé, de verroteries de toutes les couleurs; la plupart ont le nez infibulé d'anneaux d'or ou d'argent dont les filigranes sont emperlés; en un mot on a devant soi des créatures grotesques qui dansent, gesticulent, grimacent comme des guenons, au son d'instruments éraillés, ébréchés, fêlés, indescriptibles, un tableau carnavalesque qui serait désopilant s'il n'était dégoûtant. Elles n'ont pour elles le plus souvent que de fort beaux yeux, une chevelure admirable, mais aussi soyeuse que la crinière d'un cheval. Les brigands ne sont pas obligés d'avoir le goût délicat. Ceux que nous avons devant nous sont loin d'avoir la tenue pittoresque de Zampa ou de Fra Diavolo.

Bientôt les danses recommencèrent. Cette fois tout le monde s'en mêla. Les Anglais dansèrent avec leurs

Anglaises qui se pâmaient d'aise de voir de si beaux brigands. C'était à croire toute la caravane piquée de la tarentule. Les Kurdes firent des poses de quelques minutes pour absorber des tranches de pastèques que nous leur offrions. Peu à peu ils se familiarisèrent et oublièrent qu'ils étaient descendus de leurs montagnes pour nous piller. Était-ce des brigands pour rire? ils se firent aimables et proposèrent aux Anglaises de venir à leur tour se reposer avec eux dans les roselières, plus touffues que les taillis les plus sombres. Elles refusèrent, en rougissant, de jouer le rôle de modernes Sabines. Les Anglais n'étaient pas contents de cette proposition très *shoking*. Les brigands n'insistèrent pas, mais comme ils étaient, à part leurs guenilles, de fort beaux hommes, les Anglaises ne purent s'empêcher de regretter que ces brigands fussent si malpropres. S'ils avaient été pommadés, musqués, passés à l'eau de Cologne, que se serait-il passé? ô mon Dieu! Les Anglaises sont si excentriques! Les Anglais, visiblement contrariés de la réflexion de ces dames, prirent une teinte sombre. Ils eussent donné bien des choses pour être à Ispahan. Enfin comme rien n'est éternel en ce monde, et que l'on ne pouvait passer sa vie à sauter et à se cacher dans les roselières, les Kurdes firent une quête avec une politesse qui nous surprit; chacun de nous jeta dans leurs bonnets quelques pièces de monnaie; ces messieurs nous saluèrent assez gracieusement en nous serrant la main, et nous

remerciant avec beaucoup de salamalecks, du plaisir
que nous leur avions donné, puis, remontant prestement
à cheval, ils s'éloignèrent au galop, leurs lances sur le
dos. Quelques instants après ils disparaissaient derrière les collines s'étageant les unes sur les autres jusqu'aux versants au bas desquels est Bagdad. Les Anglaises sont tristes. Peut-être souhaitent-elles d'être
arrêtées demain pour danser auprès d'une roselière.
Qui sait?

En somme, le docteur Roux et moi n'étions point
mécontents de cette aventure. Sous ce ciel des tropiques, partout où l'eau manque, le sol est frappé de
stérilité absolue, c'est la steppe, un désert rougeâtre
ici, couleur d'amadou d'un autre côté, presque partout caillouteux, d'une tristesse navrante. Mais dans
le voisinage d'un cours d'eau, d'une mare, d'une
source, le tableau change, le pays est vivant, les habitations se groupent, des cordons de vigne ombragent
des céréales. Les paysans font du vin et le boivent.
C'est une erreur que de croire que le musulman a horreur du jus de la vigne. Partout où la vigne est cultivée
on fait aussi des raisins secs. D'ailleurs ne sommes-
nous pas ici sur les pentes des chaînons de l'Ararat et
sur la lisière de l'Arménie, là où la tradition rapporte
que Noé s'arrêta, planta sa vigne et... s'enivra?

Enfin le dix-neuvième jour le voisinage d'Ispahan
se fit sentir. Des mendiants, des industriels de grand
chemin, saltimbanques, bateleurs, conteurs, bor-

daient le chemin. Ces conteurs sont inépuisables; les histoires qu'ils débitent en plein vent, devant une assistance de badauds, — il y en a partout, — ne sont pas des romans, mais des traditions qui se répètent d'âge en âge, embellies, revues, augmentées par le génie du rapsode.

CHAPITRE IV.

—

Bientôt les coupoles et d'innombrables minarets aériens se montrèrent en silhouettes sombres dans le ciel. Vers quatre heures du matin, nous entrions dans un faubourg de l'ancienne capitale de la Perse. Les rues étaient déjà très animées. Les étudiants et les écoliers se rendaient aux médrescés (écoles), aux maktabes (écoles primaires); les artisans à leurs ateliers. Là, comme dans tout l'Orient, à Bagdad ou en Turquie, en Égypte, en Syrie, les affaires commencent de très bonne heure. Les Européens seuls affrontent les brutalités du soleil, au risque de prendre une insolation qui tue en quelques heures.

Schiraz, disent les Persans, est la capitale littéraire et scientifique, le siège des lumières de l'Iram. Ispahan en est le lupanar, Téhéran est la ville de la gloutonnerie et le siège du gouvernement.

Au grand jour ma déception eût été grande et amère

à l'aspect de la ville, si je n'en avais eu un avant-goût
depuis Lencoran. Il faut en rabattre beaucoup des merveilleuses et féeriques descriptions que les *Mille et
une Nuits* font des villes de l'Iram, au temps d'Ha-
rooun-al-Raschild, seigneur de Bagdad.

Aux portes d'Ispahan finissait la protection de Hadji-
Bekoun. Un grand nombre de montures, chevaux,
mulets, ânes, attendaient les voyageurs. Mon compagnon et moi nous enfourchâmes chacun un maître ali-
boron d'un roux splendide, nous nous méfiions des
chevaux persans d'une allure dangereuse.

Les Anglais et les Anglaises prirent congé de nous à
grands renforts de poignées de main, et continuèrent
leur course vers Badgad. Ils avaient encore quatre-
vingts et quelques lieues à faire.

Nos compagnons allaient traverser les montagnes
d'où sortent l'Euphrate et le Tigre, deux fleuves ju-
meaux qui coulent parallèlement à peu de distance
l'un de l'autre depuis leur source jusqu'à la mer. C'est
entre ces deux fleuves que la tradition arménienne
place l'Éden avec l'arbre de la science du bien et du
mal et la Mésopotamie !

Il nous fallut longer une foule de ruelles sinueuses
et étroites, une immense ceinture d'enclos, de vergers,
de jardins splendides, gris de poussière, assoiffés de
pluie, qui enveloppent la ville de toutes parts. Les grenadiers étaient en fleurs, leurs sanglants pétales se
mariaient aux fleurs des orangers, des jasmins, des

pistachiers, dont les parfums nous montaient à la tête.
Presque tous ces jardins sont clos de grands cactus
à feuilles d'agaves armées de dents et terminées par
une aiguille redoutable. Le cactus-figuier, qui donne
des fruits bons à manger, mais d'une fadeur insupportable, est aussi un rempart impénétrable contre les
maraudeurs. Ses feuilles plates, épaisses, sont couvertes de bouquets d'épines en forme de pinceaux d'une
finesse extrême dont il est difficile de se débarrasser
les doigts lorsqu'on mange les fruits. Chemin faisant,
nous passâmes devant des écoles, des bains, des mosquées, nous croisions un grand nombre de cavaliers
allant se promener hors la ville avant que le soleil ne
s'élevât dans l'horizon. Les chevaux persans pour la
plupart sont d'une beauté très remarquable. Le cheval
arabe est petit, nerveux, svelte, d'une grande finesse
de formes bien supérieures, bien que délicates, à celles de son congénère de l'Iram. Mais le cheval persan
est plus potelé, plus rond, plus développé dans ses
formes et d'une vivacité extraordinaire; cette vivacité
le rend peu maniable, aussi la plupart des Persans
portent-ils un petit casse-tête, formé d'un noyau de
racine assez fort et d'un manche de la longueur de
l'avant-bras. Dès que le cheval s'emballe, un coup
appliqué sur le front l'étourdit et l'arrête sur place.

Le Persan aime le potelé, la rotondité des formes
même chez la femme, qui n'est jugée digne d'entrer
dans un harem qu'autant qu'elle ressemble à un mas-

todonte. J'ajoute qu'ils ont un talent particulier pour donner à la robe de leurs chevaux une couleur uniforme. On croit acheter un cheval alezan parfaitement pur de couleur, un mois après il est gris pommelé ou pie, ou blanc et rouge.

Nous passâmes devant des cafés borgnes, espèces de sous-sols sombres, dallés; sur un banc circulaire, large de deux pieds, à un mètre au-dessus du sol, des consommateurs assis, les uns les jambes pendantes, les autres accroupis sur les talons, des gens du peuple fumaient le callioun, aspiraient la fumée du tabac qu'ils rendaient par les narines. La plupart absorbaient de temps à autre une tasse de café moka, ou des sorbets. D'autres, étendus sur le sol tapissé de vieilles nattes, semblaient dormir en mâchant de l'ezrar (haschichs). Le long de ces ruelles le docteur Roux me fit remarquer que d'un bout à l'autre de la Perse le ténia est endémique, qu'il atteint tout le monde, hommes, bêtes, chevaux, chiens, bœufs, chats, moutons. A quelle cause est due cette endémicité? Personne n'a pu nous l'expliquer.

Nous arrivâmes enfin à l'entrée de la ville, par la porte d'Abbas-Abbad, percée dans les anciennes murailles d'Ispahan, construction de briques séchées au soleil et constellées de proche en proche de tours carrées qui s'écroulent peu à peu et s'affaissent comme des tas de boue. Aux premiers rayons du soleil des flottes de lézards aux couleurs les plus vives, les plus diverses, bleue, vert émeraude, turquoises, jaune d'or, gris cendré à reflets brillants, tigrée, sortaient de leurs trous s'accrochaient aux briques, aux troncs d'arbres, s'épanouissaient comme des lazzaroni au soleil. Une foule de ruelles étroites s'ouvraient de tous côtés devant nous, ruelles sales, puantes, poudreuses, bordées de masures pourries, lézardées sur toutes les faces, puis un pont d'une trentaine d'arches d'une étrange construction. De chaque côté, au milieu d'une muraille épaisse, est une galerie qui domine la rivière; c'est le passage des piétons à l'abri du soleil; on s'imagine qu'un volume d'eau considérable doit s'engouffrer dessous? il n'en était rien pour le moment, le lit est à sec les trois quarts de l'année ce qui a fait dire à un Anglais, qu'on serait tenté de vendre le pont pour acheter de l'eau. Mais à la fonte des neiges et des pluies d'automne il est à peine suffisant pour donner passage aux avalanches d'eau qui viennent des montagnes.

Nous arrivâmes enfin après vingt minutes de course à la porte du couvent des capucins arméniens, que les Persans ont le bon esprit de respecter et de protéger. Les bons Pères tiennent une hôtellerie. Tous les étrangers qui se présentent, quelle que soit la religion qu'ils professent, y sont accueillis avec cette simplicité et cette bonhomie des anciens patriarches.

— Soyez les bienvenus, nous dit le supérieur, un vénérable vieillard à barbe blanche, mais dont la physio-

nomie reflétait une très grande intelligence. Une traversée à dos de chameau, ajouta-t-il en italien, n'est
pas des plus agréables. Il faut être doué d'une charpente osseuse des plus solides et d'un appareil musculaire des plus énergiques pour n'être pas disloqué,
rompu. Quinze jours de tangage, c'est dur, n'est-ce
pas, sans compter la poussière, les rosées glaciales,
l'incandescence du soleil...

On nous fit préparer un bain et une heure après nous
déjeunions avec les Pères capucins et nous causions
de Paris, de la France que nous avions quittée depuis
plusieurs années, de la Ruisse, du choléra qui y sé-
vissait alors avec une brutalité atroce, de l'état politique
de l'Europe, du Palais-Royal.

Le Palais-Royal, en quelque pays que l'on se trouve,
on vous en parle comme d'un palais enchanté, un lieu
de féeries perpétuelles, qui fait concurrence au Palais
merveilleux d'Aladin. C'est en quelque sorte comme
l'étoile polaire des habitants de notre planète. Il est
à la France ce que les jardins suspendus de la reine
Palmyre étaient à Babylone, ce que les pyramides sont
à l'Égypte, ce que la basilique de Saint-Pierre est à
Rome et à la chrétienté, ce que le Vésuve est à Naples, une curiosité attrayante. Les temps sont chan-
gés. Aujourd'hui le Palais-Royal n'est rien moins que
féerique, il est devenu bourgeois, on n'y respire plus
que la fumée des cuisines, l'arome équivoque des viandes rôties et des cafés.

Sur la table du réfectoire, une cinquantaine de bouteilles dressaient leurs longs goulots coiffés de cachets divers et enjuponnés de toiles d'araignées poudreuses. Je ne pus réprimer un mouvement de surprise à l'aspect de cette richesse inattendue, peu soupçonnée, et j'exprimai au Père Andréa, qui s'était gracieusement fait notre cicérone pour tout le temps de notre séjour à Ispahan, mon étonnement de voir le couvent si riche en vins divers.

— Vous oubliez que vous êtes ici dans le pays où Noé planta le premier cep et où il apprit d'un âne à tailler la vigne.

Vous allez goûter à tous nos crus, dont les plants ont été tirés des principaux vignobles de tous les pays, vous verrez ce que le climat, le sol et la culture en ont fait. Nous avons tous les crus les plus renommés, depuis le Chypre jusqu'aux vins de Prammia, de Thasos, de Chio, depuis le Falerne et le Meroë, boisson favorite de Cléopâtre, analogue au Falerne, jusqu'aux vins de Corinthe, de Capoue, d'Orvietto, de Fontefiascone, des Sabines, de Hongrie, etc.

Les Pères capucins connaissaient l'emploi du fumarium des Romains pour vieillir et bonifier leurs vins. Ils enterrent leurs bouteilles soit dans une couche de sable exposé au soleil, soit dans du fumier en fermentation et les y laissent six ou sept jours seulement : au sortir de ce genre de bain de vapeur le vin est vieilli de dix ans.

13.

Dès le lendemain le Père Andréa nous fit parcourir la ville en tous sens, les principaux quartiers, particulièrement celui des Parsis, adorateurs du feu, des Européens et des grandes familles persanes dont les demeures sont plus riches, plus monumentales. Les vieux quartiers d'Ispahan ne brillent pas par un excès de propreté et de régularité; les rues, ou plutôt les ruelles sont tortueuses, étroites, sales, humides, vermineuses, étranglées entre deux lignes de masures pourries. Ces masures sentent le moisi, et ce qui rend la monotonie encore plus grande, c'est pour ainsi dire l'absence de vie extérieure autre part que dans les bazars, dans le voisinage des bains. Une populace en guenille et les lamentations des pauvres sont ce qui frappent le plus les oreilles et les yeux. Ces demeures n'ont point de jours sur la rue, coutume que les Persans ont de commun avec la race arabe, qui a pour mobile la claustration sinon absolue, du moins presque complète des femmes, ce qui n'empêche pas les Persans d'éprouver, comme les Européens, des malheurs domestiques. La loi musulmane autorise la polygamie, et la polygamie légale convertit en quelque sorte l'intérieur du Persan en lupanar où germent, couvent, naissent et se développent tous les genres de dépravations.

Ispahan est bâtie au milieu d'une vaste plaine; le Zandaroun, un ruisseau une partie de l'année, un torrent redoutable en hiver, traverse la ville. Les maisons

sont en briques séchées au soleil, ayant la forme de
longs pains de savon, sans crépi, ce qui permet à la
pluie d'y creuser de profondes rigoles, de ronger peu
à peu les murailles et de les faire crouler en purée sur
la tête des habitants, mais elles sont en dedans pour
la plupart d'une élégance charmante. Y compris ses
faubourgs, Ispahan a, dit-on, une circonférence de
plus de cinquante kilomètres; c'est beaucoup dire,
mais il est vrai que les faubourgs renferment d'immenses jardins, et que chaque maison n'abrite qu'une
seule famille. Nulle part, pas même à Constantinople
et au Caire, les bains publics n'y sont aussi beaux,
aussi vastes et en si grand nombre; beaucoup tombent
en ruines. Mohamet a inspiré aux Persans et aux Asiatiques en général cette façon de bâtir pour exterminer
d'un seul coup la vermine qui y pullule.

Dans les quartiers autour des bazars, l'animation
était assez grande; des barbiers, des marchands de melons, de légumes, de gâteaux au miel, débités sur des
corbeilles de saule, encombraient les rues. Les chameaux ajoutaient à l'encombrement. Ils sont là, ils y
restent et prennent leurs aises. Sont-ils fatigués? ils
s'étalent en travers de la rue et obligent les passants à
sauter par-dessus ou à rebrousser chemin. On hurle,
on vocifère autour d'eux, ils ne bougent pas plus qu'un
cippe et semblent se moquer des injures qu'on leur
adresse.

Les toits sont plats, entourés seulement d'un mur

d'appui de la hauteur du genou, pour faciliter les re-
lations de voisinage et permettre d'aller chez son voisin, quand les femmes sont seules au logis. En été,
cette toiture sert de chambre à coucher, dit le Padre
Andréa. Tout le monde y couche et y dort pour ne
pas se laisser complètement déchiqueter, sucer, dévorer par les punaises. La punaise est ici endémique;
elle circule partout, passe d'une maison à une autre
et fait ainsi le tour de la ville. Cet insecte précieux
remplace le médecin et l'apothicaire, saigne tout doucement les habitants, chose nécessaire, paraît-il, sous
ce climat qui active et exaspère la circulation du sang.
Le Père Andréa m'affirma très sérieusement qu'en ce
pays, la rareté des insolations, des coups de sang, des
apoplexies est évidemment due à l'intervention de ce
petit parasite qui grouille partout.

L'habitation persane n'a d'ouverture que sur des
cours intérieures ou des jardins. Sur la rue une porte
basse, à un mètre du sol, permet au propriétaire de
grimper péniblement dans son immeuble, en rampant
comme s'il entrait dans un four. Les rues ne sont point
pavées pour faciliter aux habitants l'usage des bains
de pied dans la boue, quand il pleut, ou de s'enduire
les jambes d'une couche de poussière, comme une li-
mande dans la farine. On y jette toutes les immondices
des maisons: chiens, rats morts, carcasses, tripes d'a-
nimaux tués pour les besoins de la cuisine, et comme
l'air, en circulant librement dans ces cloaques, pour-

rait emporter les miasmes putrides qui engendrent la peste, les fièvres malignes, les habitants ont eu l'ingénieuse idée d'orner leurs maisons de larges auvents de manière à laisser passer le moins d'air et de lumière possible. Si le choléra a fait de tristes ravages dans les villes de l'Iram, il est évident que la propagation s'est faite avec une violence inouïe due aux déjections de toutes sortes, versées dans la rue pendant l'invasion de la maladie. Chaque année elle y arrive à la maturité des pastèques, dont les habitants usent et abusent, et personne ne songe à nettoyer les rues.

CHAPITRE V.

—

La vie, dans les villes persanes, se concentre à l'intérieur; cet intérieur, chez les riches et les gens aisés, possède le confort que commande le climat : galeries en arcades, retiros rafraîchis par des fontaines, des jets et des cours d'eau vive; jardins couverts d'arbustes et d'arbres fruitiers, si touffus que la vue n'y peut pénétrer de nulle part. L'ameublement se compose d'un amas de tapisseries, de coussins, de nattes fort riches chez les uns, déguenillées chez les autres, de coffres peints et badigeonnés de fleurs, fermés par des serrures ciselées à jour, de quelques miroirs dans des cadres de bois, peints et enluminés d'oiseaux, de papillons et aussi de guirlandes de fleurs. La propreté y est inconnue. Le ménage, la fortune d'un Persan tiennent dans un coffre ou deux. La cuisine est un égout, puant, où l'on remise quelques poteries, quelques

plats en faïence, des vases en cuivre. On mange comm
au temps des patriarches, tous au même plat, assis o
à demi couché par terre, appuyé sur les coudes. On s
sert très rarement de cuillères et de fourchettes, o
a plus tôt fait de se servir de ses doigts, c'est plus éco
nomique, moins propre, il est vrai, mais on n'y re
garde pas de si près. Le linge de poche est inconnu
on se pince le nez avec ses doigts.

Il serait difficile de juger du génie architectural e
artistique des Persans d'après leurs habitations, com
plètement ou à peu près dépourvues d'enjolivements
C'est dans leurs nombreuses mosquées, — comme au
trefois chez les Romains dans leurs bains, — qu'il fau
étudier leur esprit inventif, la finesse exquise de leu
goût, leur patience de bénédictins à exécuter un tra
vail d'art quelconque. On y voit des choses telles qu'o
ne peut en rêver que dans les palais des califes, semés
de perles, de diamants, de rubis, d'émeraudes, etc.
etc. L'extérieur de leurs monuments ne manque pa
non plus d'originalité. Cet assemblage de briques ver
nissées, de toutes les couleurs, formant des dessins
fantastiques et bizarres, a bien son mérite, sans doute
mais cela n'est que de la mosaïque de maçon collé
sur les murailles des minarets, les façades extérieures
les portes de la ville, et qui diffusent en mille facet
tes lumineuses les rayons du soleil et ceux de la pâle
reine des nuits (style persan), ça frappe les yeux désa
gréablement.

Mais l'intérieur des mosquées est indescriptible, elles sont remplies des merveilles du travail humain. Leurs richesses fabuleuses, leur ornementation répondent bien à l'idée qu'on se fait des richesses féeriques de l'Orient. Sous leurs coupoles ruisselantes de dorures, de peintures aux couleurs éclatantes, où les parfums brûlent nuit et jour, on est bien dans ces palais des *Mille et une nuits* des contes arabes. L'or, l'argent, les pierreries les plus précieuses, les ivoires, les coraux, les albâtres, les marbres transparents les plus rares, les porphyres, les jades les plus étranges, vous étourdissent, vous enivrent. Ces lampes d'or, d'une richesse de ciselures exquises, ces grilles d'argent massif, ornées, creusées, fouillées de réseaux inextricables ; ces peintures dans le goût du pays, mauvaises, absurdes, inouïes si l'on veut, mais d'une naïveté charmante et d'un coloris, d'une vivacité de tons étranges ; ces guirlandes, ces spirales, ces losanges, en un mot, ces arabesques qui ornent de la base au sommet les colonnes, les arceaux, les coupoles, vous brisent la vue. C'est abrutissant et pourtant on s'obstine à les contempler ; on y revient deux fois, dix fois, on ne se lasse pas d'admirer le génie merveilleusement poétique de ce peuple. Il est impossible de rencontrer ailleurs qu'en Perse de tels ornements, de telles dentelures, creusées avec plus de délicatesse, de fantaisie et de détails ravissants. Il faut renoncer à dépeindre ces merveilles éblouissantes, à dire tout ce que les artistes ont enfanté de pro-

diges que la photographie ne rendrait qu'imparfaitement.

Le peuple qui a créé par les seules ressources de son
génie national ces incomparables, ces adorables merveilles, a évidemment des aptitudes à la civilisation.
Le Persan est extrêmement vif, intelligent, spirituel.
Dès qu'il sera entré dans le mouvement de la civilisation moderne, il tiendra peut-être mieux que le Russe
la corde du progrès. Il n'a pas, comme le Turc et les
autres musulmans, l'orgueil farouche. Sans cesser de
croire très vivement au Coran, il ne se montre pas ennemi des autres croyances; s'il a une haine au cœur
ce n'est pas pour le chrétien, mais pour le russe orthodoxe. La fanatisme religieux est ici moins ombrageux,
moins brutal qu'en Turquie.

Depuis près de trente ans les gouvernements qui se
sont succédé, confiés à des hommes fort intelligents,
la plupart élevés dans nos écoles, ont su préparer leur
pays à entrer dans le mouvement européen. Le peuple s'y façonne volontiers et y trouve son intérêt. Les
mœurs se sont adoucies. Les préjugés et le fanatisme
religieux ont fait place à un sentiment de tolérance
qu'on ne rencontre pas en Turquie. Les étrangers peuvent entrer dans les temples et le Persan est glorieux
d'entendre exprimer leur admiration de si grandes
merveilles, uniques dans le monde.

Là, comme dans l'Europe occidentale, à la renaissance des arts, la foi a enfanté des prodiges, mais plus

heureux que les Européens, les Persans ont conservé
leur foi. Leur sentiment religieux n'est point émoussé
par une presse malsaine, et ne s'émoussera pas de longs
siècles encore. Les encyclopédistes n'ont point passé
par la Perse et leurs œuvres ne seront jamais traduites
en cette langue. Les inventeurs de nouvelles théories
sociales qui tenteraient d'introduire dans ce pays une
nouvelle croyance seraient conspués, jetés à la fron-
tière et peut-être même mis à mort. Nous ne conseil-
lons pas à l'Internationale d'y envoyer ses apôtres prê-
cher la diffusion du capital, le nivellement des classes
et la république universelle. La mode qui règne en autocrate en Europe, n'a encore pu mordre sur ce peuple très attaché aux coutumes de ses pères; hommes
et femmes portent un costume qui n'a pas varié depuis
des siècles et qui restera tel pendant des siècles encore.

Les bazars occupent des rues entières, et là comme
en France, au temps des maîtrises et des jurandes,
qui avaient du bon, quoi qu'on en dise, telle est mon
opinion, — j'en demande pardon à Dieu, aux hommes et
aux radicaux, — chaque genre d'industrie a un quartier
spécial. Quand le Persan sort pour ses provisions il lui
faut parcourir les quatre coins de la ville, et Ispahan
est peut-être dix fois plus grande que ne le comporte
le nombre de ses habitants. En Perse à l'encontre du
Time is money, on compte le temps pour rien. Le Persan n'est jamais pressé. Ce sont les hommes qui font

la cuisine, les femmes restent à la maison; si le dîner n'est pas prêt ce soir il le sera demain, elles n'ont rien à dire, si elles ont faim elles boiront des sorbets, si elles ont soif elles mangeront des marrons, des amandes de pistaches, et des pépins de melons pour amuser leur estomac. Les femmes, toujours voilées, vont se promener dans ces bazars en allant au bain, et ce ne sont pas les moins bruyantes. Les Persans ont un très grand respect pour elles. Voici un dicton populaire qui prouve jusqu'à quel point peut aller leur sentiment d'admiration pour la plus belle moitié du genre humain... quand elle est bonne :

« Si tu as une bonne femme, lave-lui les pieds et bois-en l'eau. » Mais il est probable qu'ils s'en tiennent à la métaphore.

Toutes les mosquées sont flanquées de minarets plus ou moins élevés, de formes plus ou moins gracieuses. Ces clochetons sans cloches, élancés et aigus comme des pals, sont aux temples musulmans ce que les campaniles sont aux églises d'Italie, ce que les clochers sont à nos églises, avec cette différence que les cloches sont remplacées par un moutzlim et son crieur. Le moutzlim est chargé d'annoncer cinq ou six fois par jour aux croyants les heures de la prière. Pour remplir cette fonction, il faut être aveugle. Comme ce singulier personnage, canonisé par les papes, sous le nom de saint Pierre Stylite, qui passa sa vie, perché sur la colonne Trajane, à Rome, le moutzlim, une fois monté sur son minaret, y vit et y meurt beaucoup plus décemment que la monstrueuse ordure de la colonne de Trajan.

Les minarets dominent toutes les habitations d'alentour. Les femmes passent une partie de la journée sur leurs terrasses ou dans leurs jardins : dehors elles sont voilées, chez elles la figure reste libre. Si un homme voyait le visage de ces beautés leur réputation en souffrirait. Le Persan est aussi jaloux de la figure de ses femmes qu'un Européen l'est de la chose qui constitue matériellement l'adultère. Or, pour sauvegarder leur vertu de ce danger le moutzlim est aveugle.

Être aveugle, en Perse, est une position sociale. L'homme privé de la vue est un être *taboué*, c'est-à-dire sacré. Il n'est point responsable de ce qu'il peut faire, ni de ce qui se fait en son nom. Ici la pauvre humanité est un sujet de spéculation, le trafic quelque odieux qu'il soit n'en est pas moins actif et passionné. La famille n'est point enrayée par l'avarice ni par l'intérêt, ni par le sentiment d'un bien-être plus grand. Paysan, noble ou bourgeois laissent un libre cours à la nature et se donnent le luxe d'autant d'enfants que le ciel leur en envoie, que leurs femmes peuvent leur en donner. On ne s'inquiète ni de leur éducation, ni des moyens de pourvoir à leur entretien. On se repose sur l'intervention de la Providence et du prophète. Il est heureux que la femme persane soit peu féconde, sans quoi le pays grouillerait de mendiants et de brigands. La fécondité de l'espèce humaine n'est pas toujours en raison de la fécondité du sol où elle vit.

Un paysan a-t-il, par hasard, plusieurs enfants; peu lui importe qu'ils soient laids, beaux ou estropiés, ou contrefaits, idiots ou crétins, sourds-muets, aveugles ou borgnes. Un spéculateur passant par son village vient lui dire : Tu sues la misère, vends-moi tes filles! j'en ai le placement dans le sérail d'un riche khan; vends-moi tes fils s'ils sont borgnes, j'en ferai des aveugles qui deviendront moutzlim dans une mosquée, s'ils sont laids comme une guenon, j'en ferai des eunuques et tous les aghas, les khans, les mirzas se les disputeront pour en faire le portier d'un sérail; s'ils sont valides et bien faits j'en ferai des icoglans, des porte-pipes, je les mettrai en bon chemin. Bénis le ciel de m'envoyer vers toi, c'est une fortune que je viens t'offrir. Veux-tu vingt tomans pour toute ta nichée? en veux-tu trente, quarante? C'est deux fois plus que la marchandise ne vaut... Parle!

Et le père accroupi sur le sol nu de sa hutte, hutte, où tout est misérable, roule dans ses doigts son chapelet de graines de rhoudrakhas ou de larmes de Job en fumant son kallioun. Sa figure ne trahit aucune émotion. Il écoute, muet impassible comme une statue de bronze, les offres qui lui sont faites, puis sans lever les yeux sur son interlocuteur, il murmure entre ses dents : *Allah! illi allah! Mahomet ras allah!* « Dieu est Dieu et Mohamet est la tête de Dieu ! » ce qui revient à dire : Que la volonté du prophète soit faite ! et il livre sa progéniture contre quarante tomans. *Bismitlah!* s'écrie le négociant, et le père voit partir sans chagrin ses enfants. Il est riche ! La hutte devient une maison à laquelle il ajoute un jardin, un champ dont le produit le fera vivre dans l'aisance... Mais ses enfants! il n'en entendra plus parler jamais. Il n'existent plus pour lui.

Comme le Père Andréa finissait ses explications sur les mœurs des Persans, nous traversions le Maïdan, vaste place enveloppée d'une fossé aux trois quarts comblé, et laissions derrière nous le Sophi, palais du shah, — monument d'une singulière architecture, — où est la sépulture d'Ali, à côté de la tour de cornes, nous débouchions sur une rue un peu plus large qu'une ruelle, où il me montra du doigt une grande maison en me disant : C'est là, dans les appartements, les cours et les jardins, qu'eut lieu le massacre de toute l'ambassade russe, en 1828, à la suite d'une révolution populaire qui éclata comme la foudre sans que rien, pas le moindre indice, pût en faire prévoir les conséquences funestes.

A ce moment j'aperçus, traversant la rue, bras dessus, bras dessous, et paraissant être liés par la plus étroite amitié, deux individus, dont la couleur de la peau était de nature à les croire de nation différente. L'un avait la peau d'un bleu pâle assez accentué, l'autre d'un vert pomme superbe.

— Connaissez-vous, mon Père Andréa, ces deux hommes?

— Parfaitement, répondit-il, ce sont deux Français qui sont ici depuis deux mois; ah! leur histoire est bien étrange, allez, et si vous la voulez connaître, je vous la raconterai un soir sous les ombrages des grands platanes que vous avez vus sur la terrasse de notre jardin.

— Dont l'ampleur des troncs permet de supposer qu'ils sont au moins centenaires.

— Ils ont été plantés le même jour en 1734.

— Permettez-moi, Messieurs, de faire une pose. J'ai besoin de reprendre du vent!

— Accordé! fit l'assistance.

CHAPITRE VI.

—

Après un repos de quinze jours chez les bons capucins d'Ispahan, nous nous demandâmes, Marius Roux et moi, quelle route nous allions prendre pour rentrer en Europe. Était-ce celle de Constantinople par Bagdad, Mossoul, Trébizonde, Damas et Jérusalem?

— Réfléchissons, dit mon ami Roux. Nous ne sommes pas absolument pressés de revoir le clocher natal, n'est-ce pas, puisque nous avons pris le chemin des écoliers. Ton rêve est d'assister à la pêche des perles à Ceylan; c'est aussi le mien. Nous sommes sur le chemin. D'ici à Bushéïr, quinze jours de marche; de Bushéïr à Bombay à peu près autant, si le vent nous est favorable; et de là à Ceylan il n'y a qu'un pas.

— Il est long, ton pas, mon cher ami.

— Plains-toi donc : un service régulier et journa

lier de bateaux à vapeur, avec escale à Goa, le pays
où l'on mange les plus excellentes langoustes! Un pè-
lerinage à faire au tombeau de saint François-Xavier...

— Si tu me promets des langoustes, va pourBombay.

Nous reprîmes une autre caravane qui allait à Bus-
heïr en faisant escale à Shiraz, la plus vieille ville de la
Perse, bâtie au milieu d'une plaine, et à cheval sur
une douzaine de ruisseaux d'eau vive, fraîche et d'une
limpidité de cristal, le long desquels sont des cafés
où, en même temps que l'on goûte le plus pur et plus
délicat moka, on peut se donner la fantaisie de prendre un bain de pieds sans se déranger.

Je n'ai pas l'intention de décrire la route que
nous avons suivie ni l'aspect de la ville, connue dans
le monde entier par ses délicieux et incomparables
vins blancs, l'ambroisie des dieux! ni ses ruelles étroites et sombres, bordées de masures pourries. A part
quelques mosquées qui toutes sont fort loin d'égaler
celles d'Ispahan, il n'y a absolument rien à voir. Là,
comme dans cette dernière ville, les Persans sont so-
ciables et serviables, recherchent les étrangers. Beaucoup d'habitants parlent l'anglais, quelques-uns le
français et se montrent heureux comme des enfants de
causer avec nous. Toutes les villes de la Perse se ressemblent, qui en a vu une en a vu cinq cents. Mais
Schiraz est enveloppée d'une épaisse ceinture de jardins, les plus délicieux de la Perse. Nulle part on ne
rencontre un si joli paradis.

La caravane s'y arrêta pour déposer deux cents colis et en prendre autant pour Buscheïr, où nous arrivons quelques jours après en traversant d'énormes pâtés de collines pleines de vignobles et des vallées boisées de caféiers, de cannes à sucre, puis d'innombrables rizières, des champs de millet, et le plus souvent par des sentiers bordés d'orangers et de pistachiers.

Plusieurs navires anglais s'y trouvaient à l'ancre. L'un devait quitter le port la nuit suivante pour Bombay; nous n'eûmes que le temps de vendre nos montures à un Parsiste, banquier de son état et voleur de profession, et nous fîmes aussitôt porter notre bagage à bord de la *Betty*.

Trois semaines après nous entrions dans le port de Bombay, en pleine fête des cocos, une foire hindoue, qui n'a pas sa pareille dans le monde.

La pêche des perles était notre objectif. Mais le docteur Roux se ravisa. Il renonça à Ceylan, préférant se rendre par terre à Calcutta. Nous nous séparâmes, en nous donnant rendez-vous à Pointe-de-Galles pour une époque déterminée, limitée à trois mois. J'avais donc à exécuter seul le projet que je méditais depuis longtemps : voir la pêche des perles sur les bancs de Manar, les plus riches du monde entier en coquillages perliers; c'est à Manar que l'on a trouvé les splendides perles qui ornent les couronnes royales. Cette pêche allait

bientôt s'ouvrir. Je quittai Bombay pour me rendre à
Colombo, en compagnie de mon fidèle El-Hamar que
le colonel Stevenson, gouverneur de Bombay, un vieil
ami de pension, — Stevenson avait été élevé à Paris,
— avait mis à ma disposition depuis mon arrivée dans
l'Inde. Je pouvais compter sur lui comme sur moi-
même. Ce dévouement à toute épreuve, si rare en Europe, ne prenait sa source dans aucune arrière-pensée
d'intérêt. Dans l'Inde, plus que partout ailleurs, on
rencontre de ces fidélités et de ces dévouements que
beaucoup de voyageurs ne s'expliquent pas et qui ne
sont dus qu'à un fait bien simple : la bienveillance af-
fectueuse avec laquelle on les traite. En tous pays de
ce monde, les bons maîtres, à de rares exceptions
près, font les bons domestiques : *Like master, like man,*
disent les Anglais. El-Hamar ajoutait à ses qualités
morales une adresse déplorable à jouer du chakharam,
petit instrument de fer, en forme de fer à cheval
mince, tranchant comme un rasoir sur sa courbe extérieure, et de plus, d'une habileté extraordinaire à se
servir heureusement d'une carabine. Le chakharam est
dans les mains de l'Hindou ce que le lasso est entre les
mains du Boutikoudos des pampas, avec cette différence que le premier peut à vingt pas couper un homme
en deux, décapiter un tigre, etc., et que l'autre étrangle un cheval, un bœuf et au besoin un homme.

PÊCHE DES PERLES A CEYLAN.

En quelques jours l'aviso à vapeur, faisant le service postal entre Bombay et Ceylan, nous déposa en rade de Colombo, où, aussitôt à terre, El-Hamar se mit à la recherche d'une monture pour nous porter à Kankamunde. Cette monture fut un éléphant, misérablement harnaché. Mais parmi les bêtes, comme parmi les hommes, l'habit ne fait pas le moine. Tous deux perchés sur ce pachiderme, conduit par son propriétaire, un Ceylandais cuivré, nous prîmes la route de Potalam en suivant la côte de Karritowo bordée de cocotiers et de cannelliers. En trois heures notre éléphant franchit les sept lieues qui séparent Colombo de Potalam où nous couchâmes dans une chaultry (auberge hindoue). Le deuxième jour, à la chute du jour, nous entrions dans Kankamunde.

L'éléphant est un animal d'une intelligence des plus extraordinaires. On ferait des volumes rien qu'avec des histoires touchant ces colosses. J'en citerai quelques traits dans le cours de ce récit.

J'allai frapper à la demeure de l'abbé Oliveira, curé de l'endroit, pour qui le gouverneur de Colombo m'avait donné des lettres de recommandation.

14.

A peine avions-nous mis pied à terre qu'un singe, qui se promenait devant la porte du presbytère, se permit la familiarité de sauter sur la tête du colosse en se servant de l'appendice nasal comme d'un tremplin, et s'établit sur son cou. Cette gymnastique ne fut pas du goût de l'éléphant, qui, du bout de sa trompe, aspira l'incivil et l'envoya de l'autre côté de la rue, à travers la fenêtre d'un tailleur, dont il creva le châssis de tissus qui tamisait la lumière et empêchait les moustiques de pénétrer dans sa boutique. Le tailleur, loin de sa fâcher de cette escapade du pachyderme, lui offrit une mangue dont il avait à côté de lui une corbeille pleine. Jozor, c'était le nom de notre monture, s'imaginant que cette récompense cachait un remerciement, reprit le singe estropié, étendu demi-mort près de la boutique, et le fit voltiger de nouveau par-dessus la maison, comme il eût fait d'un volant.

Le Padre Oliveira, d'origine portugaise, était né dans le pays. Le teint de sa figure répondait assez à son nom. Depuis vingt-neuf ans qu'il administrait la cure de Kankamunde il s'y trouvait bien, ses paroissiens l'aimaient et ne souhaitaient point son changement.

Cet excellent homme jouissait d'une grande aisance. Il occupait une grande maison, un palais de rajah, et y vivait en compagnie de deux jeunes Hindoues de seize à dix-huit ans, ses nièces, toutes deux orphelines, et d'une ménagère qui portait le nom peu poétique de Ca-

mona, sobriquet très familier qu'en Espagne et en
Portugal, où on l'applique à toutes les filles qui ont dé-
passé la trentaine et qui signifie, — j'en demande pardon à mes lectrices, — qui signifie « vieux jambon ».

Or, la signora Camona était physiquement une créature hideuse, mais elle avait pour l'abbé des qualités
bien précieuses, inappréciables : elle avait élevé les
deux nièces et les aimait avec toutes les tendresses
ineffables d'une mère, un dévouement sans borne. Sa
chevelure d'un noir d'ébène s'ébouriffait de tous les côtés, un vrai nid de cigogne. Ses yeux noirs et ronds
de lapin s'abritaient sous des sourcils composés de
quelques poils raides comme la fourrure d'un hérisson;
ses lèvres bleuâtres recouvraient à demi des dents
noires, images des clous de girofle. Sa peau, outra-
geusement et profondément râpée par la petite vérole, ressemblait à l'écorce d'un cantaloup trop mûr.
L'habitude qu'ont les Cingulais de mâcher du bétel ou
du bajon, préparé à la chaux, leur noircit les dents;
et quand on leur demande pourquoi ils pratiquent cet
usage, ils vous répondent avec une naïveté baptismale,
dont on ne peut s'offenser, que « c'est pour ne pas
ressembler aux chiens qui les ont blanches ». Elle
portait pour tout vêtement une chemise maculée
comme une peau de jaguar, nouée à la ceinture avec
une ficelle de filaments de palmiers.

Quand j'entrai dans la maison, il commençait à faire

nuit. La pièce où je m'introduisis moi-même, faute d'un introducteur domestique, était assez sombre; on en avait d'ailleurs soigneusement fermé les fenêtres avec des nattes épaisses, pour empêcher la chaleur et les moustiques d'y pénétrer.

— Ave Maria! dis-je en mettant le pied sur le seuil d'un long couloir obscur, manière portugaise de saluer et de s'annoncer.

— Ave Maria purissima, répondit une voix pleine, sonore, vibrante :

— Que demandez-vous? qui êtes-vous? entrez.

J'avançai vers l'endroit d'où partait la voix, une grande pièce carrée.

— Le segnor Oliveira, s'il vous plaît.

— C'est moi, répondit un gros homme à face rubiconde, mais bienveillante, sans bouger de la chaise berceuse où il était assis et en continuant de se balancer.

— J'ai à vous remettre, mi Padre, une lettre du colonel Stevenson, de Colombo.

— Karamba! holà! Margarita, Mimma, Camona, Camonetta, une lumière! s'écria mon hôte en se levant et arpentant la pièce en tous sens avec la vivacité et l'impatience d'un homme qui a les jambes dévorées par des fourmis. Mais personne ne s'empressant de répondre, il lança du plat de sa main un vigoureux coup sur une petite table à sa portée, qui la fit craquer de toutes parts. Enfin une lumière fut apportée par une jeune et jolie Cingulaise de seize ans à peine, au teint bistré, à la figure mutine et espiègle. L'abbé Oliveira posa sur son nez, arqué en forme d'hameçon, ses lunettes à larges lentilles, rappelant les lunettes des médecins chinois, et commença la lecture de la missive sur le diapason d'un oremus. Après l'avoir examinée dans tous les sens avec la même attention que si c'eût été une bulle de notre saint père le pape, il se moucha, toussa fortement.

Pendant ce temps j'examinai mon hôte, et mon examen, je dois l'avouer, malgré tout le respect que je devais à son âge et à sa position sociale, ne fut pas tout d'abord à son avantage. Sa face un peu enluminée attestait des goûts d'un disciple de Lucullus; ses gros et grands yeux, un peu saillants, ajoutaient à sa figure les caractères de la sensualité. Sa bouche, encadrée de deux lèvres puissantes, d'un rouge bleu, appuyait assez fortement cette opinion.

Après la lecture de ma missive il toussa fortement, me regarda avec la scrupuleuse attention d'un gendarme lisant le signalement d'un voyageur.

J'attendis qu'il m'adressât la parole et tout au moins m'invitât à m'asseoir.

— Asseyez-vous donc, signor cavalier; quelle affaire vous amène ici? où comptez-vous aller?

— Je suis venu à Ceylan pour voir la pêche des perles et monter sur le pic d'Adam.

— La pêche des perles, ça se peut. Je ne dis pas

non. Mais escalader le pic d'Adam, ça, c'est autre
chose. Il faut avoir de solides jarrets, le cœur sain, la
cervelle bien encaissée dans ses lobes, sinon il ne faut
pas y songer... c'est que quand on y grimpe il ne faut
pas avoir le vertige...

— J'ai le pied marin.

— C'est bien, nous tenterons l'ascension. Puis, après
un moment de silence, il ajouta : Êtes-vous catholique, ou hérétique, ou païen?

— Je suis catholique romain.

— Hum! hum! fit-il d'une voix grave qui semblait
dire : mauvais catholique!

— Aimeriez-vous mieux que je fusse mormon? lui
demandai-je en riant.

— Les mormons! les mormons sont entretenus par
le démon pour alimenter son brasier et ses chaudières,
sangré del Christo!

La conversation fut très à propos interrompue par la
segnorita Mimma qui, suivie de sa sœur et de Camona, apportait une collation composée de thé, de
gâteaux, de pâtes sucrées, de fruits et de confitures
qu'elle posa sur une table de bois de tuk d'une dureté
de fer, le seul bois que les fourmis blanches ne puissent pas ronger. La fourmi blanche est une calamité à
Ceylan. Quand elle s'introduit dans une maison elle
ronge l'intérieur des charpentes, et un jour, au moment où l'on s'y attend le moins, la maison vous tombe
en poussière sur la tête.

Après cette collation, qui dura assez longtemps, mon hôte se montra charmant causeur, me parla du pays où il vivait depuis plus de trente ans, un désert peuplé de reptiles, de scorpions venimeux, de bêtes féroces. Ces dernières, particulièrement les tigres, mangeaient de temps en temps des hommes, mais il n'y a pas, disait-il, grand mal à cela, vu que ceux qu'ils enlevaient étaient fortement soupçonnés d'être mal dans l'opinion du gardien du paradis. Je lui présentai un paquet de véritables puros havanais. La conversation devint familière, facétieuse même.

L'abbé Oliveira était assez verbeux. Il fallait peu de chose pour exciter sa verve. Il parla de Ceylan, dont une partie était l'antithèse de l'autre : ici un paradis en miniature, là-bas un cloaque grouillant de bêtes immondes, principalement de crocodiles, très nombreux autrefois, dans les marais des environs; mais ils se sont peu à peu retirés au loin ou se sont mangés les uns les autres depuis que j'ai fait dire des neuvaines à saint Georges, le grand exterminateur du dragon.

Très fatigué d'une course assez longue, par un soleil à cuire la peau d'un Mozambique, j'exprimai à mon hôte le désir de me retirer. Il appela Camona, la vieille gorgone aux dents de taupe, et lui donna l'ordre de nous conduire, moi et mon serviteur, à la chambre rose préparée à mon intention.

Les murs de cette chambre, blanchis à la chaux,

d'une teinte beurre frais, que l'abbé Oliveira prenai
pour du rose, montraient du haut en bas une constellation de clous de diverses formes auxquels étaient ac-
crochés mille objets divers, depuis des calebasses jus
qu'à des serpents empaillés. Sur une des façades, ui
vaste casier servant de bibliothèque renfermait de
monceaux de livres en désordre, des journaux, quelques éditions dont la reliure accusait un âge contemporain d'Henri IV. Dans un coin reposaient des vieille
piques, des hallebardes et des armes antiques, don
le suisse de la paroisse se servait dans les grandes oc-
casions, les grandes cérémonies religieuses de Kankamunde; une demi-douzaine de sabres de toutes le
formes, de toutes les époques, et trois vieux fusil:
hindous, longs de six à huit pieds, dont les bois portaient des restes d'anciennes incrustations, d'anciennes ciselures.

Entre les deux fenêtres une glace mouchetée de dé-
polis, reflétait de travers les solives biscornues du pla-
fond. Puis venait le lit, ou plutôt une caisse en bois
posée sur quatre pieds contenant deux matelas de
bourre de cheval, recouverts de peau; une couverture
qui pouvait avoir été jadis jaune ou blanche, mais
ayant en ce moment l'apparence d'une peau de panthère.
Un vaste rideau de mousseline enveloppait le lit et
garantissait celui qui devait y reposer des atteintes des
moustiques.

Trois fauteuils sculptés et ciselés d'une façon naïve,

ouvrage d'un artiste du pays, atténuaient la nudité de la muraille où ils s'adossaient, en compagnie d'une table en bois de citronnier. De très belles nattes de joncs couvraient tout le parquet. Des châssis de toile de canevas fermaient les fenêtres.

CHAPITRE VII.

—

Le lendemain matin, mon hôte vint m'éveiller. N'ayant rien à faire en ce moment, il se proposait de me servir de guide et mettait son écurie à ma disposition. Et son écurie se composait d'un éléphant du nom de Madock et d'un cheval, qui paraissaient faire ensemble le plus excellent ménage. Quand ces deux amis sortaient de compagnie ils s'étudiaient à marcher du même pas, et pour rien au monde on n'eût entraîné Madock à marcher plus vite que son ami le bidet. Celui-ci restait-il en arrière, le colosse l'appelait de sa voix de chaudron fêlé, ou s'arrêtait pour l'attendre, quelquefois il le tirait par la bride ou le poussait avec sa trompe.

— Je craindrais, lui dis-je, d'abuser de votre obligeance, et d'ailleurs votre église et vos paroissiens peuvent réclamer vos soins et vos prières. Ils ne peuvent entrer en ce monde ni en sortir sans vous.

— Mon vicaire est un jeune homme fort instruit, fort capable et plein de zèle. Il sait marier, baptiser et enterrer aussi bien que moi, et d'ailleurs mon église ne s'en ira pas sans me prévenir.

— Puisque votre adjoint sait baptiser les vivants et enterrer les morts j'accepte l'offre que vous me faites si obligeamment de m'accompagner.

El-Ahmar monté sur le bidet amena Madock, la monture ordinaire du Padre, sous le péristyle ombragé des deux côtés par des groupes de cocotiers à la houppe étoilée, et au haut desquels grimaçaient des singes et des guenons. Sur le bord du toit de talipot qui le couvrait, une trentaine de qudrumanes rangés comme des hirondelles, montraient leurs dents ou s'épluchaient le dos et le ventre de la vermine qui les chatouillait; d'autres encore plongeaient leurs têtes dans une pastèque volée dans un champ voisin, pour se désaltérer avec la pulpe dont ils sont très friands.

— Pourquoi endurez-vous cette vermine criarde chez vous?

— Il faut vivre avec ses ennemis. On finit par s'y habituer. Quand parfois j'en surprends un dans la cuisine, je lui attache à chacune des quatre pattes et à la queue des noix de coco et la nuit je le chasse, à coups de fouet. C'est une comédie que je paie à mes nièces, qui se tordent de rire. Rien au monde n'est plus désopilant. Je vous laisse à penser les grimaces, les

cris, les sauts, les bonds, les gambades, les culbutes
que fait l'animal.

A la voix de son maître, Madock accourut gaiement, enfonça son long nez dans les poches du Padre,
d'où il sortit quelques gâteaux qu'il fit disparaître en
un clin d'œil dans sa vaste bouche. Puis il partit, nous
dessus, abrités du soleil sous le hodah à rideaux. Madock marchait assez rapidement en se fouettant les
épaules de ses vastes et puissantes oreilles, joyeux de
courir les grands chemins avec son camarade le bidet.

— Pendant que nous cheminons vers Kondatchaï,
voudriez-vous, mio Padre, me faire un petit cours
élémentaire de conchyliologie, puisque nous allons à
la pêche des perles.

— J'allais vous le proposer.

Voici en résumé comment s'exprima mon hôte :

Dès la plus haute antiquité, les perles étaient connues dans l'Inde. Je ne puis rien vous dire de bien
précis à ce sujet, sinon que douze ou quinze siècles,
peut-être plus, avant l'ère chrétienne, on exploitait
déjà les bancs de Mannar, les plus riches du monde en
huîtres perlières. Quels sont les premiers peuples qui
se sont servis de la perle comme bijou? on l'ignore.
Il est probable que les habitants des archipels malais
qui, pour la plupart, cherchaient dans la mer leur prin-
cipale subsistance, ont dû recueillir celles qu'ils trouvaient dans les coquillages et s'en sont servis comme

moyens d'échange. Leur rareté leur a donné une valeur qu'elles ont conservée jusqu'à nos jours.

Les Égyptiens, et avant eux les Assyriens et les Babyloniens, plaçaient la perle au premier rang des pierres précieuses. Les Grecs ne connurent ce joyau qu'après la bataille d'Arbelles. Les Macédoniens rapportèrent d'immenses quantités de perles pillées dans les bagages de Darius.

Les Romains n'estimaient pas moins le produit de ce mollusque perlier, et le transmettaient comme un immeuble à leurs héritiers. Pompée rapporta d'une campagne en Asie, trente couronnes de perles, dont il enrichit le temple de Vénus, qui en possédait déjà un certain nombre. Les perles devinrent assez communes à Rome. Les riches patriciens en ornaient leurs vêtements et leurs chaussures. L'histoire dit aussi qu'Alexandre Sévère ayant reçu d'un prince asiatique deux perles d'une grande richesse, en fit présent à sa femme. La mère de Brutus, Servilie, reçut de Jules César une perle d'une valeur de plusieurs millions de sesterces, somme énorme en ce temps-là.

L'histoire dit encore que cet empereur entreprit la conquête de la Grande-Bretagne sur les conseils des savants de son temps, qui lui avaient affirmé que les rivières de ce pays nourrissaient des huîtres où se trouvaient des perles d'une grosseur fabuleuse. Jules César dut être bien désappointé et garder rancune aux savants lorsque, arrivé sur les bords de ces cours d'eau, il put se convaincre que les moules anglaises ne valaient pas mieux que les moules romaines.

A l'époque de la décadence de l'empire, les Romaines faisaient ruisseler dans leur chevelure, sur leurs bras, autour de leurs jambes, des colliers et des chapelets de perles, comme les courtisanes de nos jours font étinceler leurs toilettes de diamants, de rubis, d'émeraudes, de turquoises, etc., etc.

La reine Cléopâtre possédait, paraît-il, une riche collection de perles et s'en ornait les épaules, les bras, la gorge, la poitrine, les cheveux et même les chevilles, coutume qui existe encore dans ce pays-là. Tout le monde connaît l'histoire de cette princesse et de ses deux perles qui valaient chacune un royaume. La tradition rapporte qu'elle en fit fondre une dans un verre de vinaigre qu'elle avala ensuite; c'est un conte absurde, le vinaigre n'a point une telle propriété. Si l'on veut que la maîtresse d'Antoine ait avalé quelque chose il est plus raisonnable de supposer qu'elle a pu, dans une orgie, parier qu'elle ingurgiterait une perle dans un verre de vin de Chypre ou de vin d'or du Liban. L'autre perle, tombée entre les mains des Romains, fut partagée en deux pour faire des pendants d'oreilles à la statue de Vénus du Capitole.

Un des Paléologues de Constantinople en possédait une grande collection; on ne sait ce qu'elle est devenue.

L'empereur Soliman fit présent à la république de

Venise d'une perle estimée deux cent mille ducats.
On suppose que c'est la même que le pape Léon X avait
achetée d'un joaillier de Venise un prix considérable.
La couronne des empereurs d'Autriche est ornée d'une
perle du poids de trois cents karats.

Les Maures de Grenade qui développaient à leur
cour tout le luxe asiatique, portaient aussi des colliers de perles d'une grande valeur et des chapelets
qu'ils égrenaient sous leurs doigts en récitant les ver-
sets du Coran. Tous les Orientaux, Arabes, Persans,
Hindous, aiment à orner leurs armes, leurs ceintures,
leurs bonnets et jusqu'aux harnais de leurs chevaux,
de toutes espèces de pierreries.

Lorsque les Espagnols découvrirent l'Amérique, la
plupart des peuplades du golfe du Mexique portaient
des colliers de perles noires qui avaient parmi elles la
même valeur qu'on y attachait en Europe. Elles ont
encore aujourd'hui une valeur considérable, malgré
leur couleur; vers la fin du dix-septième siècle, les
Espagnols avaient déjà ruiné les bancs de Panama.

La plus grande perle connue en Europe ornait jadis
le chapeau du roi d'Espagne. J'ignore ce qu'elle est
devenue. Elle était d'une fort belle eau, mais d'une
forme défectueuse. Elle avait été rapportée des Indes
et offerte en 1620 au roi d'Espagne par François Gogi-
bus, natif de Calais, lequel a laissé un livre des plus
curieux sur ses voyages à travers la Malaisie, la Chine,
le Japon, la Corée, le Bengale et la Perse.

Les perles n'apparurent en France que sous Henri II, avec Catherine de Médicis, mais on ne trouve nulle part mention de celles que possédait ce monarque. Le trésor des rois de Saxe renferme une collection de saphirs, les plus beaux du monde, et aussi une collection de perles d'autant plus précieuse pour les princes du pays qu'elles proviennent toutes de coquillages perliers pêchés dans un petit affluent de l'Elbe.

On voyait, il y a une quarantaine d'années, au musée Zozima à Moscou, une perle parfaitement sphérique, achetée d'un négociant de Laghorn ; son éclat est si vif qu'au premier abord on la croirait transparente.

La Suède possède aussi quelques cours d'eau où l'on rencontre des moules perlières, dont les produits sont d'une très mince valeur. Dans quelques rivières d'Angleterre, on trouve l'unio-margarifera. L'une des prinpales perles de la couronne de la reine fut trouvée dans la Convay par un chambellan de Catherine, femme de Henri VIII. Ce fut un effet du hasard. Ce courtisan occupait ses loisirs à pêcher à la ligne : manquant d'appâts et ne sachant qu'accrocher à son hameçon, l'idée lui vint d'ouvrir un coquillage qui se trouvait à ses pieds, dans le sable : en l'ouvrant une perle tomba, celle dont je viens de parler et qui n'a d'autre mérite que d'être un produit du pays.

L'Écriture sainte parle de la perle, mais ne dit pas d'où provenaient celles que l'on connaissait en ce temps-là, où la plupart des patriarches préféraient un

15.

habit de peau de mouton à ce précieux produit des mers. Il est probable qu'elles venaient de la mer Rouge, dont les bancs sont depuis des siècles complètement abandonnés : les habitants du littoral, de Suez à Aden, ne sauraient dire où étaient les pêcheries. La reine de Saba, visitant le grand roi de la Bible, est représentée toute couverte de pierreries et de perles; le règne de Salomon se place entre 1016 et 976 ans avant Jésus-Christ.

Le shah de Perse, Feth-Ali, au rapport de Tavernier, possédait une perle qu'il avait achetée en 1633, trente-deux mille tomans (320,000 francs). Cette perle, une des plus renommées de l'Asie, avait appartenu à Ben-Acepheh, sultan d'Aden, qui la tenait d'un musulman de Bénarès, en échange de trois cents cavales du plus pur sang arabe.

Les trésors d'Angleterre et de France renferment des perles très précieuses, disent les joailliers de Paris et de Londres; si ces messieurs se donnaient la peine de venir dans l'Inde ou chez les rajahs de Bornéo et des Célèbes, ils seraient peut-être moins affirmatifs ; mais je ne leur conseille pas de demander aux princes malais à visiter leurs trésors de crainte d'y rencontrer un lacet de soie qui leur couperait la respiration. Les Orientaux n'aiment pas plus qu'on s'occupe de leurs joyaux que de leurs femmes. A tort ou à raison, ils s'imaginent que la curiosité à l'endroit de leurs richesses et de leur harem cache un sentiment de convoitise.

Les perles, quelle que soit leur provenance, sont réputées commerciales quand elles sont lisses, sans ruban, d'une belle eau et d'un bel orient. On appelle ruban ces petites lignes fines comme un cheveu, qui font, en ondulant, le tour de la perle. L'eau d'une perle est sa couleur d'une pureté irréprochable; son orient est cette teinte chaude et nacrée, ou plutôt son irisation.

Chez les anciens un collier de perles était le symbole du lien conjugal. Malgré l'invasion despotique de la mode qui dépolit les mœurs, modifie profondément l'orginalité des peuples, cette coutume se retrouve encore de nos jours chez les peuples d'origine étrusque : les Toscans sont restés fidèles aux croyances de leurs aïeux. Un fiancé se garderait bien d'omettre dans la corbeille destinée à sa future le collier traditionnel. Plus les rangs du collier sont nombreux, plus les perles sont serrées, plus le Toscan croit son honneur conjugal à l'abri de tout danger.

Les plus beaux diamants et les plus belles perles connus ont chacun leur histoire, histoire sanglante, tragique, sauvage.

Si les princes de ce monde, les élus de la fortune, les protégés du hasard, les têtes couronnées, savaient par quelles mains ont passé les perles qu'ils portent, les crimes qu'elles ont fait commettre, ce qu'elles ont coûté de peines, de souffrances, de fatigues, de sang, de larmes, de misère, d'hommes tués par la faim, par la fièvre, les épidémies, ces joyaux qu'ils laissent porter à leurs femmes en riches colliers, en bracelets, ils repousseraient avec horreur, avec dégoût, ces bijoux qui suintent la mort, le sang et le crime.

Les perles ne se rencontrent que dans un très petit nombre de mollusques bivalves, très différentes d'espèces et de formes. L'huître perlière proprement dite, celle de Ceylan et celle du golfe Persique acquièrent des proportions inouïes; les mulets ou les moules, les patelles, les oreilles de mer, les avicules et le marteau de mer, dont la conformation est si singulière; les perles que donnent ces derniers sont de la couleur de la nacre qui est un bronzé charmant.

Comment se forme la perle? pourquoi cette espèce de mollusque se donne-t-il la fantaisie de vivre avec des petits cailloux qui atteignent quelquefois la grosseur d'une prune de mirabelle?

Les savants disent qu'elle est due à la secrétion morbide de la salive calcaire que distille l'animal par ses lèvres foliacées, pour agrandir ses coquilles et s'abriter. Cela n'explique pas la cause qui détermine cet animal à passer son temps à se fabriquer ces sortes de joujoux. Il est inutile que je vous rapporte tout ce que les savants ont écrit et dit là-dessus. Je ne veux pas ébranler votre respect à l'endroit de cette classe d'hommes qui amusent le public comme les polichinelles amusent les enfants.

— Vous avez une dent contre les savants?...

— Le savant est un être qui ne voyage pas, qui a, comme l'huître, horreur du mouvement. Je ne blâme pas absolument les gouvernements qui entretiennent ces infusoires inutiles, il faut que tout le monde vive d'une chose ou d'une autre. Comment voulez-vous que les savants éclaircissent à Londres, à Paris et ailleurs, dans leur cabinet, un phénomène qui se produit à l'extrémité de l'Orient, dans la baie de Manar, à six ou sept brasses et quelquefois plus, sous l'eau, entre deux coquilles d'une dureté égale aux cailloux, quand ces messieurs ne peuvent pas expliquer la végétation de la truffe qui se fait pour ainsi dire sous leurs yeux?

Est-ce un savant qui a découvert la pourpre? non, c'est un berger et son chien.

Est-ce un savant qui a inventé l'art de faire du verre? non, ce sont deux voleurs de grands chemins qui, pour faire cuire un lapin volé, brûlent sans le savoir des morceaux de nitre.

Sont-ce des savants qui ont inventé les lunettes? non; ce sont des gamins qui s'amusent à regarder à travers deux morceaux de verre informes, qu'ils avaient inconsciemment rapprochés l'un contre l'autre, et qui voient les objets prodigieusement grossis ou raccourcis, selon qu'ils superposent les morceaux de verre, ou qu'ils les éloignent et les rapprochent.

Les anciens ne sachant expliquer la formation de la perle disaient : « La perle est le produit d'une goutte de rosée et d'un rayon de lune. » Les savants de nos

jours n'eussent point trouvé cette charmante métaphore à l'aide de laquelle les anciens cachaient leur
ignorance.

Est-il rien de plus suave, de plus doux et de plus
chaste à l'œil qu'une perle d'un bel orient !

Chaque archipel a son genre de produit, qui se ré-
pète toujours le même quant à la couleur, la forme
étant due à un accident. Les perles roses viennent du
Japon et des Célèbes; les bronzées des îles Gambier;
les noires du golfe du Mexique; très rares, les vertes, des archipels polynésiens et aussi des îles Ma-
riannes; les blanches, les plus recherchées, sont pê-
chées sur les bancs de Manar et aussi sur ceux d'Ormus
dans le golfe Persique.

La perle blanche seule s'estime comme le diamant
par le carré de son poids. Les autres n'ont qu'une valeur d'affection, de caprice. Quant aux rouges rubis, le
prix peut être supérieur à celui du diamant pour les
rajahs malais. On n'en connaît que deux qui sont entre
les mains du rajah de Sooloo. Elles ont été trouvées
sur les bancs de Manar il y a plus d'un siècle. Depuis
lors on n'en a pas rencontré d'autres, ce qui fait supposer qu'elles ne proviennent pas d'une espèce particulière de mollusque. Le reflet rutilant du rubis est,
paraît-il, d'une limpidité et d'un éclat irréprochables.

A quoi est due cette teinte si remarquablement singulière ? allez-vous demander. Les conchyliologues pré-

tendent que c'est à une maladie de la bête. Cette coloration est attribuée à une perturbation accidentelle apportée dans les organes sécréteurs du mollusque, par une nourriture exceptionnelle que l'animal a dû accepter n'en ayant point d'autre à sa portée. N'y a-t-il pas des végétaux colorant la chair des animaux qui s'en nourrissent temporairement? pourquoi n'en serait-il pas de même au fond de la mer? Il y a dans le fond des océans des milliers d'êtres et de végétaux échappant à notre examen, parmi lesquels il en est qui peuvent posséder des propriétés tinctoriales, comme la garance, l'indigo, la cochenille. Les mollusques ayant vécu dans ce voisinage ou sur le passage de ces matières, poussées par les courants sous-marins, ont pu s'en nourrir. De là cette teinte rouge accidentelle non seulement de la perle, mais aussi de la nacre intérieure de la coquille. La cause qui a produit cette coloration cessant d'exister, les effets disparaissent. J'ai fait à ce sujet des essais; ils sont en voie de réussir et, si je ne me suis point trompé, je serai dans quelques années plus riche que les anciens sultans de Bagdad.

— Dites-moi, mi Padre, il y a quelques années on a proposé un prix de cent mille francs, qui serait acquis, avec les intérêts accumulés, à l'auteur de la rose bleue.

— La rose bleue ne me paraît pas absolument impossible à obtenir. De même qu'un blanc greffé

sur une négresse, ou un nègre sur une blanche produit des êtres participant plus ou moins de l'un
et de l'autre. De même en mariant deux plantes de
la même famille, mais de couleur différente, on peut
obtenir des variétés.

— Oui, mais le bleu?

— Le bleu ne signifie rien. Depuis une quarantaine d'années on s'est livré de tous côtés aux mariages
des plantes et on a créé de nouvelles variétés, même
parmi les arbres à fruits, à pépin et à noyau, voire
même les pommes de terre et les carottes que l'on peut
obtenir panachées. Il s'agit simplement d'introduire
le pollen d'une rosacée bleue dans l'ovaire d'une rosacée blanche ou jaune. Mais il faut pour cela rencontrer une rosacée bleue. Cette rosacée doit exister
quelque part. Tous les jours les horticulteurs font de
ces sortes de mariages, pour enrichir leurs parterres
de sujets nouveaux. Mais retenez bien ceci : que les
essais de ce genre ne peuvent être tentés efficacement
que sous une zone tempérée, où la montée de la sève
est plus lente qu'ici et presque interrompue la nuit.
La partie centrale de l'Europe est, je crois, la seule
où l'on puisse s'y livrer. Donc si je vivais en France
ou en Suisse, ou en Bavière, j'arriverais à produire
la rose bleue, — on a bien trouvé le moyen de gref-
fer et de faire prospérer des lilas sur des frênes;
— mais pour le moment je préfère poursuivre la perle
rouge.

— Ce serait bien plus phénoménal, si vous trouviez le moyen de forcer l'huître à faire malgré elle des perles de diverses grosseurs, autrement que ne font les Chinois et que ne fit Linnée.

— Cela n'est pas plus difficile que de faire couver une poule.

— Mon cher Padre, vous abusez de ma crédulité depuis une demi-heure, avec vos perles, vos mariages de fleurs, vos carottes panachées et vos lilas poussant sur des frênes.

— Tout ce que je viens de vous dire est fort sérieux. La formation de la perle a été le sujet de beaucoup de mémoires. Les uns ont affirmé qu'elle se produisait comme le bézoard, cette concrétion calcaire à laquelle on attribuait autrefois les plus merveilleuses propriétés. Les autres ont imaginé et soutenu des théories qui ne méritent aucune attention. Les Chinois, que nous nous représentons comme des polichinelles et des bouffons, en savent depuis des siècles plus long que tous les conchyliologues de l'Europe. Linnée, le savant naturaliste suédois, a dû ses titres de noblesse et une récompense pécuniaire du gouvernement de son pays à la pratique (comme d'une découverte qui lui était personnelle) des procédés artificiels des Chinois. C'est encore à ces derniers que l'on doit l'éclosion artificielle du frai de poisson et bien d'autres découvertes dont les Européens, des savants même, s'attribuent effrontément l'invention.

Le procédé de Linnée consistait tout simplement à percer délicatement la coquille supérieure du mollusque et de façon à ne pas le blesser. L'huître n'aime pas les courants d'air et pour parer à cet accident, elle bouche le trou avec la même concrétion calcaire dont elle fabrique sa coquille, elle ne cesse son travail que quand le trou est fermé. En un mot elle fabrique une cheville à la mesure du trou. Au bout d'un an ou deux, plus ou moins, la réparation est faite; on repêche la bête, on casse la coquille, la cheville s'en détache, et vous avez une perle qui a nécessairement les aspérités et les dimensions de l'ouverture qu'elle bouchait. J'ajoute que quelque soin que l'on prenne à percer la coquille, les parois de ce trou n'étant jamais bien nets, la perle est toujours défectueuse.

La forme plus ou moins régulière et les difformités bizarres des perles s'expliquent facilement : quand ce mollusque ouvre ses valves pour se nourrir et respirer, il s'y introduit souvent avec l'eau des corps durs, des graviers, par exemple des grains de sable, des parcelles de madrépore ou de corail. Si l'eau qui a amené cette poussière ne la rentraîne pas, si l'huître ne peut se débarrasser de ces petits graviers qui produisent sur ses organes la même impression irritante qu'un tesson de bouteille ou de faïence dans vos bottes, ou un grain de tabac dans votre œil, elle les enduit d'une couche de ce mucus calcaire dont je viens de vous parler, à la-

quelle elle ajoute sans cesse d'autres couches concen-
triques. Ce gravier, par la suite des temps, devient
pour ainsi dire le noyau d'une perle, dont la forme est
aussi variable que celle des galets que la mer roule
sur le rivage; en un mot la perle prendra la figure
très exacte du gravier. Il y en a de sphériques, d'o-
voïdes, de pyriformes, de biscornues. On en a pêché qui représentaient très imparfaitement une tête de
caniche, une sirène, terminée par une queue de poisson, la gorge plantureuse d'une matrone romaine, une
tête de Chinois, un lion couché la tête dans ses pattes,
un œil de poisson, etc., etc. J'ai modifié le procédé
des Chinois; il est trop long; il faut six à huit ans pour
obtenir une perle mal faite, granuleuse et presque
toujours de la même forme. Moi, j'en obtiens en moins
de trois ans d'aussi parfaites que possible, à ma volonté, jusqu'à la grosseur d'une cerise. Je pourrais en
faire produire de plus grosses, mais je risquerais de
les perdre. Lorsque la perle a acquis un volume rem-
plissant la concavité des deux valves, elle empêche
l'huître de fermer ses coquilles, l'animal devient la
proie des crabes ou meurt, la perle tombe et disparaît. Si vous me promettez de ne rien révéler aux
savants de votre pays et de garder pour vous mon secret, je vous le communiquerai. Il est simple jusqu'à
la naïveté, c'est pour cela que les savants ne l'ont
point deviné. Je vous montrerai, chez moi, à notre retour, des perles qu'un joaillier estimerait deux mille

roupies et même dix mille (15,000 fr.) et qui, en bonne conscience, ne valent pas cent sous ; pourtant ce sont des perles, de vraies perles, ayant tous les caractères, la beauté qui distinguent celles de Ceylan et d'Ormus.

CHAPITRE VIII.

—

L'abbé Oliveira m'expliqua dans un langage animé, pittoresque, imagé, les intéressants essais qu'il faisait depuis plusieurs années et qu'il poursuivait sans relâche; comment il avait fini par arriver à ce résultat prodigieux, inespéré, dont il me donnait le secret dans ses plus minutieux détails, joignant la démonstration à la théorie. Il me fit voir un petit étang d'environ cent mètres de superficie, creusé et bâti par ses ordres sur le bord de la mer, dans une propriété à lui, dans lequel quatre ou cinq cents coquillages, perdus au milieu des algues capsuleuses, travaillaient à fabriquer des perles par son procédé (1).

(1) A notre retour à Kankamunde, je pus constater que le procédé du Padre Oliveira était appelé un jour à apporter une perturbation épouvantable dans le commerce des perles. Les joailliers les plus experts ne reconnaîtraient pas une perle obtenue par le procédé de mon hôte, d'une perle vraie, péchée à Manar, ou à Ormus. Mais je dois taire un secret qui n'est pas le mien.

— Vous n'avez jamais communiqué votre découverte aux Anglais?

— Jamais! Ils ne soupçonnent même pas ce que je fais dans mon étang où j'ai mis quelques tortues, quelques poissons inoffensifs.

Il m'expliqua également la formation du diamant; et ce qu'il m'en dit renverse de fond en comble toutes les théories admises de nos jours.

Cet homme qu'à ses allures un peu lourdes, à la bonhomie de ses manières, de son langage, j'avais pris tout d'abord pour une de ces bonnes natures de campagnard, d'une intelligence limitée, m'apparaissait tout à coup sous un aspect singulier. Sa tête qui, dans son ensemble, paraissait plutôt refléter des appétits sensuels, se montrait d'une beauté, d'une finesse de lignes et d'expression remarquables. L'homme venait tout à coup de se dépouiller de son enveloppe ordinaire et je compris aux sarcasmes qu'il décochait contre les savants, qu'il était lui-même un savant du premier ordre, mais un savant modeste.

J'arrive à la pêche des huîtres perlières, continuat-il. L'île de Ceylan n'est point sous la dépendance de la Compagnie des Indes; elle est sous la domination, ou plutôt sous la protection spéciale de la reine d'Angleterre, aux mêmes titres que le duché de Lancastre. Depuis des siècles les anciens souverains de cette île, dont la résidence était à Candy, au centre du pays, au

pied du pic d'Adam, affermaient la pêche, divisée en
sept bancs. Cette division leur paraissait être la plus
favorable. Ils supposaient que les huîtres étaient bonnes à pêcher au bout de sept années. On exploitait ces
bancs l'un après l'autre vers l'équinoxe du printemps.
Le gouvernement de la Reine n'a rien changé à cet
état de choses séculaire.

Cette manière de procéder est mauvaise. Il est certain qu'à sept ans un coquillage peut contenir une ou
plusieurs perles, mais il est aussi de la plus grande
évidence qu'une perle augmente de volume tous les
jours. Donc, plus l'huître est âgée plus on a de chances d'y trouver des perles d'une certaine importance.
Toutefois l'animal n'ayant qu'une quantité limitée par
la nature de sécrétions calcaires à distiller, pour les
besoins de sa demeure, il tombe sous le sens que le
volume des perles est en raison de la quantité renfer-
mée dans les valves. Plus il y en a, plus elles sont petites.

Le fermier loue à la fois la pêche des sept bancs.
Son bail dure donc sept années consécutives. Le plus
souvent c'est un négociant Parsis (adorateur du feu,
guèbre) ou un Tamoul, très rarement un Européen.
Ces disciples de Zoroastre, et ces Tamouls, sont des
gens fort riches pour la plupart, économes, industrieux.
Les plus grandes industries de l'Inde et de Ceylan sont
entre leurs mains. Ce fermier paye comptant les sept
annuités et il sous-loue à divers autres, le plus souvent

à de riches rajahs malais, tout ou partie des bateaux
que les règlements l'autorisent à mettre à la pêche et
dont le nombre est limité à vingt-deux, de telle sorte
qu'il n'a d'autres soucis que de faire surveiller ses sous-
prenants. Chaque embarcation ne peut contenir que
vingt et un hommes d'équipage : dix rameurs, dix
plongeurs, un pilote, plus cinq pierres à plonger, d'un
poids d'une vingtaine de kilos. Les collecteurs de la
reine assistent à la pêche et retiennent les perles d'un
certain volume. Mais il arrive presque toujours qu'elles
disparaissent, on ne sait comment, et vont enrichir les
trésors des rajahs et des sultans de la Malaisie qui sont
passionnés pour ce genre de joyau.

Les bancs de roches sur lesquels s'attachent les coquillages sont à une douzaine de milles de la côte ouest
de l'île et s'étendent parallèlement au rivage sur une
longueur assez considérable, une trentaine de lieues,
c'est une chaîne de roches sous-marines, calcaires ou
madréporiques. Les plongeurs sont divisés en deux
bordées : l'une se repose pendant que l'autre cherche
des huîtres sous l'eau à trois ou quatre brasses de profondeur. Et je vous affirme que c'est un rude métier.
Les plus habiles sont les pêcheurs de Kholang, puis
les Maravas de Tutukoryn, les kanaks des Sandwichs
et des îles malaisiennes. De ces derniers il en vient peu.
Si habiles que soient ces pêcheurs, tous se servent de

la pierre à plonger qui tient à la chaloupe par l'extrémité de la corde, elle leur est impérieusement nécessaire pour se maintenir au fond de l'eau. L'homme
passe le pouce du pied dans un nœud et se laisse filer
au fond de la mer. Lorsqu'il ne peut résister à la pression de l'eau, qui le comprime et l'étouffe, il se fait
remonter, lui, ses coquillages et sa pierre. Ce n'est
pas la privation de l'air qui est le plus pénible; la pression qu'exerce cet effroyable volume d'eau qui enveloppe l'homme de tous les côtés est des plus doulou-
reuses. Quand un pêcheur habile est servi par des
circonstances favorables, par exemple, peu de profondeur et un groupe nombreux de mollusques, il peut
remonter chaque fois avec une vingtaine de coquillages dans le filet suspendu à sa ceinture ou à son cou.
Le salaire d'un plongeur est variable, selon le nombre
qui se présente.

Quand les requins se montrent, ce qui n'est pas
absolument rare, ou que l'on a constaté la présence
d'un grand nombre de raies, les hommes augmentent
leurs prétentions. Il est arrivé même que la pêche n'a
pas eu lieu, parce que dès les premiers jours plusieurs
plongeurs avaient été estropiés par des requins ou
étouffés et sucés par des raies. Il y a de ces raies qui
ont jusqu'à un mètre de diamètre et une mâchoire à
couper le trident de Neptune. Elles nagent avec une
vitesse extraordinaire. Il y a cinq ou six ans on parvint
à harponner un de ces monstres et à l'amener à terre.

16

Il mesurait près d'une brasse de diamètre. Jamais je n'avais vu pareil monstre.

Depuis quelques années les fermiers et sous-fermiers font venir de Kondatchaï des Pillals-Tarvas et des brahmines, espèces d'empiriques qui filoutent les plongeurs en leur promettant d'exorciser tous les monstres aquatiques. Et ces stupides Hindous ont une foi si robuste en ces sorciers qu'ils vont à la pêche, bien convaincus que les requins sont exterminés et les raies arrangées au beurre noir.

Je ferme ici la parenthèse et reviens à mes moutons.

Les coquillages mis à terre sont étalés dans des parcs clos de palissades et très soigneusement gardés. On fait des lots accessibles à toutes les bourses, depuis vingt jusqu'à cinquante et cent huîtres. Chaque lot est adjugé au plus offrant. Mais comme les belles perles sont aussi rares que les beaux diamants, il arrive que sur cent individus qui achètent des lots il y en a quatre-vingts qui se ruinent. La pêche devient en quelque sorte une loterie. Mais rien n'empêchera un Hindou de jouer sur les lots d'huîtres perlières, dont il ne recueillera que des semences de perles ou des baroques sans valeur. Si les fermiers exploitaient eux-mêmes et comptaient sur la valeur des perles pour se tirer d'affaire, ils risqueraient neuf fois sur dix de se ruiner. Au reste vous verrez comment les choses se passent.

La force d'aspiration du mollusque est telle qu'il serait impossible de l'ouvrir si on ne l'étouffait en l'enterrant dans le sable ou en l'exposant au soleil. L'animal détaché avec précaution de ses coquilles, est frotté, fouillé en tout sens, soit au-dessus d'un baquet plein a'eau de mer, soit sur un vieux morceau d'étoffe, puis jeté au fumier. L'énorme accumulation de cadavres jetés à la mer, et que la vague ramène au rivage, produit une infection insupportable. On procède ensuite à l'extraction des excroissances de perles, adhérant à la nacre, et qui, par leurs formes, leur limpidité, leur orient, peuvent avoir une certaine valeur de fantaisie. Les coquilles mises à part sont vendues à des marchands spéciaux. Les nacres de Ceylan et du golfe Persique sont les plus estimées. Leur forme est orbiculaire, le plus souvent; l'extérieur est grisâtre ou verdâtre, quelquefois lie-de-vin, d'une très grande dureté et toujours couvertes de parasites de mer, d'arbustes madréporiques, d'embrions d'éponges et quelquefois d'autres huîtres très petites. La grandeur et l'épaisseur des valves varient selon l'âge de l'animal. L'intérieur est légèrement concave et d'un poli de glace, d'une blancheur éclatante ou bleutée chez les unes, d'un jaune d'or pâle chez les autres, souvent irisée. Ces nacres s'exportent en Chine, en Europe, où elles sont employées à des ouvrages de marqueterie, de tabletterie, d'ébénisterie, etc. Les Chinois en font des cuillers, des soucoupes, des jetons et des petits ouvrages de sculpture de fantaisie. La nacre bâtarde qui se pêche un peu partout ne s'emploie que pour des ouvrages de pacotille.

Si grandes que soient les précautions et la surveillance pour éloigner les voleurs, ceux-ci ne quittent jamais Koudatchaï les mains vides. Les Hindous et les Chinois, les plus habiles filous de la terre, rampent la nuit sous les tentes, enlèvent des coquillages, les ouvrent et avalent les perles qu'ils y trouvent.

— Et quand on surprend le voleur?

— On commence par lui frotter les épaules avec un bambou, puis on lui fait avaler une forte pilule d'aloès.

— On tue le malheureux.

— Ça ne le tue pas, ça le purge énergiquement; une heure après il a rendu...

— Le dernier soupir?

— Non, les perles qu'il avait avalées; puis on le porte dans les djungles voisines.

— On l'abandonne là, mourant...

— Voudriez-vous qu'on lui fît des rentes viagères?

— Non! mais je trouve que le rotin est de trop.

— Je vous reconnais bien là, vous autres Français. Vous faites de la philanthropie à propos de tout. Vous demandez à cor et à cri l'abolition de la peine de mort... pour encourager le vol et l'assassinat. Qu'avez-vous recueilli, je vous le demande, avec vos circonstances atténuantes? Une armée de gredins qui n'attendent que le moment de se jeter sur la société. Vous encouragez les mauvaises natures à persévérer dans le crime. Aussi avez-vous, bon an, mal an, une armée de cent mille récidivistes qui tôt ou tard égorgeront leurs semblables et finiront comme des bêtes féroces, à la guillotine. Ici les voleurs et les filous sont si bien rapés une fois, à poils nus, par le *cat o'nine tails* (martin et à neuf lanières de cuir fort dur) qu'ils n'y reviennent plus. S'ils meurent de cette exécution sommaire, c'est leur affaire et non celle de la société qui a bien le droit de se défendre ; on les enterre, quand les bêtes féroces, les corbeaux et les vautours n'ont pas fait déjà l'office de fossoyeurs. Quel intérêt peut inspirer un voleur ? Aucun. Un voleur devient assassin à l'occasion. Le vol est le plus odieux des vices.

— Il serait plus humain de le juger, de l'emprisonner...

— Un jugement ! de la prison ! Les Anglais, gens éminemment pratiques, bâtonnent, fusillent ou pendent sans miséricorde. Un bâton, une corde, une charge de poudre coûtent moins cher que la nourriture, la garde et le logement d'un gredin. C'est un peu sauvage, j'en conviens.

Pendant que l'abbé Oliveira m'expliquait la pêche et la formation de la perle, nous cheminions à travers un pays très pittoresque, des vallées arrosées de cours d'eau, le long desquels la culture me parut être assez

riche. Des bouquets d'arbres d'une prodigieuse grosseur, au feuillage étrange, aux fruits et aux fleurs bizarres, justifiaient bien le nom de Lencaw (Paradis)
que les habitants ont donné à leur île; véritable paradis, en effet, mais dans sa partie sud seulement, de
Colombo, à Pointe de Galles et Trincomali.

Plus nous avancions vers le nord, plus le sol s'abais-
sait. Les villages, les champs de cannelliers, de
cotonniers, les rizières, les caféiers, la canne à sucre,
les tamarins, devenaient plus rares; les djungles s'é-
tendaient de plus en plus; en un mot le sol se montrait
plus stérile, les enclos formés de cactus devenaient
plus rares. De loin en loin nous rencontrions des familles entières de parias demi nus, établis temporairement au milieu de massifs d'arbres.

— Ceylan serait dans sa partie, — le Sud, — un paradis
charmant, si le Créateur, en faisant sortir des ondes
cette île ravissante, avait été plus sobre de reptiles et
d'insectes venimeux, dis-je à mon compagnon en
voyant un hideux serpent noirâtre, long de plus de
cinq pieds, se vautrer dans la fange d'un marais qui
bordait le chemin. Puisque vous m'expliquiez si bien
tout à l'heure l'histoire des perles, ne pourriez-vous me
dire à quoi servent ces reptiles hideux, dont la vue
vous donne froid dans le dos.

— Dieu a semé tant de bêtes venimeuses et de bêtes
féroces dans cette partie de l'Asie, pays d'idolâtres,
pour enrayer la propagation des païens.

— C'est peu chrétien, ce que vous dites-là.

— Puis des petits reptiles, des escargots, des larves de toutes espèces qui encombrent le sol.

Lorsque la brise de mer nous apportera une odeur de charnier nous approcherons de Kondatchay. Tous les mollusques, aussi bien que les poissons de mer, laissés au soleil, se décomposent et se corrompent en quelques instants et répandent au loin une odeur infecte capable de tuer le choléra. La piqûre d'une mouche qui a butiné sur ces pourritures saturées de phosphores est dangereuse et souvent mortelle. Il faut y prendre garde. Durant la saison de pêche on compte en moyenne une centaine de personnes qui meurent des suites de ces piqûres.

— Votre Kondatchay est un véritable charnier, on doit y enterrer autant d'hommes que d'huîtres

— Le diable ne prend que ce qui est mûr pour l'enfer.

Peu à peu une odeur infecte nous montait au nez; elle augmentait d'intensité à chaque pas. Pour en atténuer la violence nous nous frottions la figure et la barbe avec du rhum.

Le soleil commençait à se plonger dans les profondeurs de l'extrême horizon. Les matampadians (cultivateurs) allaient aux champs en poussant leurs buffles devant eux. Les sanars se mettaient en route vers leurs palmiers-choux, préférant une marche de nuit, par une brise fraîche de mer, aux rayons d'un soleil vertical.

L'animation du chemin accusait le voisinage des pêcheries, cachées par un double rideau de falaises à pic, dont les crêtes, crayeuses ici, en poudings plus loin, se montraient d'une aridité attristante.

En Europe on se fait une idée singulière de l'Inde. Les Européens qui abordent pour la première fois, soit à Colombo, soit à Pointe de Galles ou à Trincomali, se figurent arriver dans un paradis plein de fleurs et de verdure, où les rubis, les émeraudes, les opales, les diamants, poussent et se ramassent comme des fraises, où l'or coule dans les ruisseaux. Les choses trop vantées perdent à être vues de trop près. Si Ceylan, dans sa partie sud, que domine le pic d'Adam, est presque un bocage, tout le reste de l'île n'est qu'une fournaise peuplée de bêtes féroces, de reptiles dangereux. Impossible de voir rien de plus monotone, de plus sec, de plus désolé, partout où il n'y a pas d'eau.

Bientôt nous débouchâmes sur la plage. La grève était couverte de milliers d'individus grouillant comme des sauterelles sur un champ de millet, tous accourus pour tenter la fortune.

Je n'oublierai jamais les cris, les hurlements, les exclamations de cette foule bariolée à l'infini, et le spectacle étrange qui s'offrit tout à coup à mes yeux. Des bazars ambulants, des boutiques de joailliers, des changeurs, des marchands de gâteaux et de confitures, de fruits, de pâtes sucrées, de riz, de dattes, de litchi, de mangoustan, de bananes, de pastèques, de beurre, etc., etc., des ménageries ambulantes, des saltimbanques exerçant leur métier en plein vent, des tours de force, gymnastique inimaginable, effrayante jusqu'à vous donner la chair de poule; des dompteurs de bêtes féroces, faisant à cheval sur des tigres dociles, assouplis par l'opium, le tour des spectateurs; des psylles s'enroulant autour du cou et de la tête des serpents de dix pieds de long; des hercules se promenant avec cinq ou six hommes montés l'un au-dessus de l'autre sur les épaules, etc., etc. Une multitude de bateaux échoués sur la grève servaient de demeures à leurs propriétaires. Des chaloupes, des navires de faible dimension, mais de toutes les variétés, depuis la cingulaise et la bengalaise, souples comme du caoutchouc, jusqu'à la lorche chinoise, etc., étaient à l'ancre se balançant sous la plus adorable des brises, mais sous le plus rude des ressacs. Ces milliers d'hommes de tous les pays, de toutes les castes, de toutes les couleurs, de langues et de positions sociales si diverses, se distinguaient les uns des autres par l'originalité de leurs costumes et de leurs coiffures hétéroclites, les uns criant leurs marchandises; les autres perçant, pesant, enchâssant des perles, chacun dans sa langue vantant ses talents, sa bonne foi; la plupart accroupis sur des nattes ou de vieux tapis. Cette confusion bouffonne, grotesque d'idiomes, de mœurs, de costumes, rappelait les premiers temps de la tour de Babel.

Des centaines de tentes de toutes formes, de toutes couleurs et grandeurs, s'élevaient çà et là sur la plage, sans suite ni ordre, au hasard ; les unes d'étoffe rayée fort riche, les autres bleues ou vertes, ou blanches ; celles-ci d'une couleur invisible, couvertes de toutes les maculations humaines, celles-là faites de lambeaux de toile ou de nattes de jonc, toutes donnant asile à des artisans, à des brahmines, à des saltimbanques, à des voleurs, à des légions de singes, d'autres à des Anglais missionnaires, distribuant des bibles en toutes les langues. En un mot j'avais devant les yeux le spectacle d'une foire hindoue, où tous les types de l'espèce humaine du vieux monde se heurtaient, se coudoyaient ; et au milieu de ce tohu-bohu inénarrable, la police anglaise sous la forme de cipayes, pieds et jambes nus, vêtus d'un caleçon de bain, d'un habit rouge, d'une casquette, arrêtant et frappant les filous, les volés et les curieux.

— Ce serait, dis-je à l'abbé Oliveira, une nouveauté féerique pour un Européen que le monde hindou s'il n'était si déguenillé et si sale. C'est aujourd'hui dimanche et les trois quarts n'ont ni souliers, ni chemises, ni bas, rien qu'un morceau de toile pourrie autour du torse. Le coton n'est pourtant pas cher et l'eau n'est pas rare, je me demande pourquoi ces gens-là ne lavent pas leur linge, ils en ont si peu.

— Ça leur est défendu.

— Vous plaisantez, cher abbé.

— Dieu m'en garde !

— La raison, s'il vous plaît ?

— Si les brahmines autorisaient les Hindous à laver la toile qui leur sert tout à la fois de caleçon et de chemise, ils empoisonneraient les fontaines et les sources; ils ne peuvent faire leurs lessives que dans les rivières. Voilà pourquoi d'un bout à l'autre de l'Inde personne ne boit l'eau de rivière, excepté celle du Gange et de quelques autres fleuves sacrés. Il n'est permis aux Hindous de puiser de l'eau aux sources et aux puits que pour les besoins de leur cuisine et pour boire.

En débouchant dans le village nomade par un sentier rocailleux et assez rapide taillé en couloir dans la falaise, je fus saisi d'une si forte odeur de poisson pourri que je dus bassiner de nouveau ma barbe avec du rhum, et je fus en même temps comme enveloppé de nuages de moustiques et de flottes d'insectes attirés par les matières animales en putréfaction; pour un Européen de passage, le séjour de Koudatchaï est intolérable. Que l'on joigne à cette torture des nuages de poussière soulevés par le va-et-vient continuel de plus de trente mille individus de toute nationalité, l'odeur nauséabonde des cuisines ambulantes, et l'on ne connaîtra encore qu'une faible partie des fléaux insupportables qu'un Européen doit se résigner à souffrir.

Sous les tropiques le crépuscule arrive avec une vitesse extrême, à ce point qu'entre le jour et la nuit, il n'y a pour ainsi dire pas de transition : plus on se rapproche de l'équateur, plus les jours et les nuits tendent à devenir égaux.

Nous dûmes songer tout d'abord à choisir une place sur le vent pour dresser notre tente et nous abriter des rosées de la nuit. El-Hamar s'occupa de ce soin. Une heure après, nous étions installés, et le thé, servi sur un tapis étendu par terre, les pâtes, les gâteaux dont il était flanqué nous invitaient à nous mettre à table, à la manière des musulmans et des tailleurs.

— Dès demain, fit l'abbé, vous pourrez plonger sur les bancs. Le spectacle que vous offrira le fond de la mer en vaut bien la peine. Vous observerez la position des huîtres, vous verrez de tous les côtés une végétation bizarre, curieuse, splendide, inouïe, qui vaut bien celle de la terre. Il y a là des plantes de toutes les couleurs, des champignons dentelés, des coraux, des éponges, des madrépores, des polypes monstrueux qui vivent dans ces roches et ne les quittent jamais ; en un mot une vie sous-marine dont on ne se doute pas, des merveilles sublimes qu'on ne voit que là, dans ces profondeurs.

— Il est difficile de se faire une idée des splendeurs qu'offre le fond des mers tropicales, d'une transparence d'émeraude. Indépendamment de la vie animale qui grouille sous mille formes diverses, il y a une faune marine merveilleuse, un parterre de végétations de mille formes diverses, ahurissantes, de mille couleurs étranges. Vous observerez cela par vos propres yeux. C'est un souvenir qui vous restera éternellement dans l'esprit.

— Les récits que vous me faites des merveilles de l'Océan sont si vifs, si animés, si colorés, que je n'hésite pas à entreprendre cette promenade sous l'eau, mais à la condition que vous m'accompagnerez.

— C'est convenu, nous descendrons ensemble. Vous avez peur de vous faire sucer par une raie ou par un requin. Je vous montrerai comment on se débarrasse de l'un et de l'autre. Mais nos lits sont faits, je suis rompu, je vous dis bonsoir.

Ce que l'abbé appelait nos lits, se composait de deux fortes nattes étendues sur le sable, d'un sac de toile dans lequel nous entrions et dont nous fermions l'issue au-dessus de la tête, n'ayant pour respirer que des accrocs faits à la hauteur de la figure. De cette façon nous étions garantis des moustiques et de la fraîcheur.

CHAPITRE IX.

—

Comme le Padre se disposait à commencer une histoire des perles les plus fameuses de l'Orient, un coup de canon retentit : c'était le premier signal du départ; au second, la flottille quittait le mouillage, vers dix heures.

— Vous êtes bon nageur, m'avez-vous dit?

— Je nage comme un requin. Mais si habile que je sois, il me paraît aussi difficile de plonger à une si grande profondeur que d'escalader un éléphant sans le secours d'une échelle.

— Vous essayerez et vous me remercierez de vous avoir encouragé; d'ailleurs je vous donnerai une leçon de plonge et au besoin nous emprunterons une pierre. Je vais aller demander pour vous l'autorisation de monter sur une des barques.

Le Padre Oliveira jouissait dans le pays d'une très grande considération, méritée du reste par le bien qu'il faisait autour de lui. A l'autorisation qu'il demandait on joignit celle de plonger avec les appareils de l'équipage autant de fois que cela nous ferait plaisir.

Ahmar nous suivit, portant une corbeille à épaisses torsades de jonc, pleine de provisions. La traversée entre la côte et les bancs perliers se fait en quatre heures à peu près, selon la brise. Nous nous couchâmes dans nos manteaux pour nous garantir de la fraîcheur de la nuit, infiniment moins dangereuse en mer qu'à terre, et je m'endormis bercé par les molles et longues vagues de l'océan Indien.

Le pilote jette l'ancre là où il lui plaît, pourvu qu'il reste dans les limites réglementaires. Lorsque l'on est tombé sur un bon banc on fixe une petite bouée portant le numéro de la barque qui l'a filée et l'on y pêche tant que le coquillage abonde.

Au point du jour les plongeurs se mirent à l'œuvre. J'observai montre en mains combien de temps le plus habile et le plus robuste de notre barque resterait sous l'eau. Il remonta son filet plein d'huîtres à la quarante-troisième seconde; il était haletant, il eût pu, nous dit-il, résister à la pression de l'eau quatre ou cinq secondes de plus.

— Essayez de plonger, me dit le Padre.

Je me jetai à l'eau. Mais quelque effort que je fisse je ne pus descendre à plus de trois brasses, et chaque fois que je remontais pour reprendre haleine et des forces nouvelles pour recommencer, l'abbé me répétait :

Essayez, essayez, la pratique conduit à tout, même à la vertu!!

— Je crois que je réussirais plutôt à devenir vertueux qu'à plonger jusqu'aux coquillages.

— Persistez, ne perdez pas courage et vous arriverez. Je vais vous donner l'exemple.

Ce disant, le Padre joignant l'action à la parole, s'élança dans les ondes amères. Il reparut au bout d'une demi-minute tenant cinq coquillages dont les valves portaient à leur charnière un bissus énorme.

Le bissus est un faisceau de filaments très forts, longs de quinze à vingt centimètres soudés très solidement au rocher. L'huître se trouve donc, pour ainsi dire ancrée; elle peut se mouvoir au gré du courant de l'eau seulement de la longueur du bissus. C'est un appareil utile, une ancre de salut que lui a donnée le Créateur pour qu'elle ne soit pas entraînée par la violence et le mouvement des vagues, dans les temps de mousson.

Extérieurement les coquilles étaient couvertes de parasites de toutes les formes, de polypes, de petites éponges et autres végétaux de mer.

— Que rapportez-vous donc là, mon cher Padre? des échantillons de botanique?

— Ne vous pressez pas de juger les choses et les gens sur les apparences. Vous voyez ces huîtres qui ressemblent assez à des platras incrustés de toutes sortes de dessins, elles ont l'air de dater du temps des Mammouths; eh bien, elles contiennent peut-être une fortune. Je n'ai pas cherché la quantité, mais la qualité. Quand vous arriverez aux rochers où s'accrochent ces bêtes sans pattes, ne vous attaquez qu'aux plus vieilles qui, comme celles-ci, portent des incrustations de parasites et ont tout l'aspect d'un caillou biscornu. Il y a cent à parier contre un que les perles qu'elles renferment seront plus volumineuses et plus belles que dans les jeunes coquilles. Les perles ne se produisent pas comme les œufs, elles se forment et croissent lentement comme les valves, par les mêmes procédés. Je vous l'ai déjà dit, ce me semble.

Le Padre Oliveira reprit ses habits, exposa au soleil ses huîtres enveloppées dans son mouchoir et attendit avec une patience de bénédictin que, privées d'eau et par conséquent de leur élément vital, elles ouvrissent leurs larges et épaisses écailles, d'une nacre brillante et rosée intérieurement. Lorsqu'elles furent assez béantes il introduisit entre les bords un morceau de bois pour empêcher l'animal de refermer sa demeure.

— Attendez, lui dis-je, je vais les ouvrir avec mes doigts.

— Ne vous amusez pas à ce jeu-là. Vous ne connaissez pas la force d'aspiration de ces testacés, surtout ceux qui ont acquis un certain volume. Voyez cette espèce de muraille et jugez de la force de la bête. Si

elle se refermait sur vos doigts elle vous les écraserait.
Elle ne peut repousser le bâillon que je lui ai mis, elle
va plus vite mourir asphyxiée. Dans quelques instants,
les perles tomberont d'elles-mêmes (1).

Lorsque le Padre Oliveira secoua ses coquilles, il en
tomba cinq petites perles du volume d'un petit pois,
mais d'inégales grosseurs, et une de la taille et de la
forme d'un gland d'une blancheur d'argent.

— Jésus! Maria! s'écria-t-il, ivre de joie, voilà un bijou qui vaut trois cents roupies (675 fr.) et il continua
à fouiller les testacées avec son couteau et de palper
ces gros corps gélatineux et charnus, mais sans y rien
trouver de plus.

— Peu importe, dit-il, pour un plongeon d'une minute, ma peine est bien payée. A votre tour à plonger
et que saint Georges éloigne de vous les requins.

Le succès de mon compagnon m'enhardit, non que
j'espérasse trouver une fortune dans un plongeon, mais
je rêvais d'enrichir mon musée de quelques perles pê-
chées de mes mains à cinq ou six brasses de profondeur, dans le royaume des requins. Je me lançai la
tête la première, les mains croisées au-dessus, les
pieds menaçant le ciel. Mais à trois brasses j'eus beau

(1) Les adhérentes sont moins estimées parce qu'elles ont un côté
défectueux. Cependant selon leur forme elles servent en joaillerie.
Les plus recherchées sont celles qui tombent du manteau de l'huître; elles sont toujours plus limpides, d'un bel orient, et d'une
forme plus nette.

jouer des pieds et des mains pour descendre encore,
vains efforts ; malgré mon habileté, la force musculaire
prodigieuse que je dépensais pour arriver jusqu'aux
bancs, que mes yeux, grands ouverts, apercevaient va-
guement, je n'avançais pas. Je me trouvais dans la position d'un homme qui veut remonter le courant rapide
d'un torrent, l'eau me repoussait. La pression, que la
masse d'eau dont j'étais enveloppé exerce sur le corps
est si considérable, que l'on ne peut la comparer qu'à
un corset de fer sur l'estomac et le ventre, qu'à un
bandeau de fer fortement serré sur les oreilles et les
yeux. A cette douleur multiple, irritante, anxieuse, il
faut ajouter le changement de température qui ne laisse
pas que de produire sur tout le corps une sensation
désagréable et pénible. Puis à chaque brasse que l'on
descend, l'imagination devient fiévreuse. La cause en
est-elle due au renversement du cerveau ? Je l'ignore,
mais comme les gens faisant usage du haschisch, l'esprit est tout à coup frappé de mille images incohérentes
des dangers qui vous menacent ; vous voyez mille têtes
de monstres, contorsionnées, grimaçantes, hideuses,
déformées, inouïes de laideur fantastique, rappelant les figures de *la Tentation* de Callot. Tous ces
monstres, la gueule béante, les yeux mobiles et allongés comme ceux d'un caméléon, vous enveloppent,
dansent autour de vous et ont l'air de vous demander
de quel droit vous venez troubler le silence de leurs
domaines. Puis par un de ces effets d'optique bizarres,

que je ne saurais définir, mais que les savants expliqueraient à leur manière, la perception des objets à cette profondeur est vingtuplée. Un petit polype de la grosseur d'un marron vous paraît de la taille d'un melon et ainsi de tous les objets qui passent sous vos yeux. Toutes ces impressions, augmentées de la douleur infernale qu'on éprouve dans les oreilles, surtout aux yeux qui semblent vouloir s'enfoncer dans le crâne, paralysèrent mes membres et je repris involontairement ma position naturelle pour remonter à la surface de l'eau.

— Allons ! du courage, mon jeune ami. Je vais vous tamponner les oreilles avec du coton huilé.

— Est-ce que vous douteriez de moi ? lui répondis-je un peu piqué du soupçon que je lui supposais à l'endroit de mes dispositions à braver le péril.

— Dieu m'en garde, mais ces effets-là, tout le monde les éprouve.

Cette fois je m'emparai d'une pierre à plonger et je glissai debout comme dans une épaisse gelée. A mesure que je descendais le changement de température me donnait le frisson, les mêmes douleurs se firent sentir. Il me semblait que ma poitrine se soudait à la colonne vertébrale. J'allais peut-être renoncer encore une fois à mon entreprise lorsque enfin je parvins au fond de l'eau, cherchant mon chemin et des huîtres comme un aveugle perdu dans les champs.

Néanmoins comme je n'avais pas de temps à perdre en réflexions inutiles, je m'escrimais de mon mieux à arracher des coquillages. Les huîtres perlières ne se rencontrent pas accumulées par lits ainsi qu'on le croit. Elles se cachent isolément ou par groupes dans les fissures, les cavités des roches, sous les branches des végétaux madréporiques et à l'abri des courants, puis elles sont attachées si fortement par leurs bissus ou barbes qu'il faut une grande habitude du métier et une certaine force de poignet pour en détacher plus de six ou huit en moins d'une minute. Joignez à cette difficulté mille espèces de polypiers, véritables végétaux arborescents, biscornus, pointus, rameux, anguleux et quelquefois tranchants dont les roches et les coquillages sont hérissés, qui vous trouent et déchirent les mains, les membres, la poitrine, et l'on comprendra ce qu'est le métier de plongeur de perles. La persévérance est, dit-on, la mère du succès, soit; mais le succès à Kondatchay ne s'obtient pas sans d'énormes fatigues ni sans danger. L'espérance est un si puissant stimulant que la plupart des plongeurs restent indifférents à tout, même à la perspective d'être mangés par les requins.

Je remontai cette fois avec une charge de sept coquillages dont deux portaient sur leur coquille supérieure, un individu de la même espèce à peine âgé de deux ou trois ans. C'était assez pour une première expérience. Dès que je fus rentré dans la barque, je m'occupai d'asphyxier mes huîtres en les exposant au soleil. Que l'on se peigne ma joie lorsque je vis tomber à mes pieds une perle de la grosseur d'une cerise, et suivie d'une vingtaine de petites, à peine du volume d'une tête d'épingle, un peu plus, un peu moins.

Je ne dois pas oublier de dire qu'en sortant de l'eau, je rendais le sang par le nez, c'est ce que le Padre appelait probablement avoir les oreilles brisées (1).

— Vous deviendrez un habile pêcheur, exclama le Padre en jetant sur mes perles des yeux pleins de convoitise. Mais quand vous replongerez il faudra prendre des précautions contre les requins; ce sont des grandes bêtes voraces qui ne craignent ni Dieu ni diable, et qui mangeraient aussi bien un Parisien qu'un Canaque.

— Et quelles précautions prendre contre eux?

— Je vous taillerai deux ou trois épieux dont je vous indiquerai l'usage. Mais il me vient une idée, si vous faisiez dire une messe à saint Georges, le grand exterminateur du dragon...

— Diable! diable! il n'y a pas d'église dans les environs.

A cette exclamation involontaire sortie de mes lè-

---

(1) Tout autre moyen que celui en usage depuis deux ou trois mille ans serait impraticable. La cloche à plongeur dont on a fait maintes fois l'essai n'a servi de rien. On y a renoncé puisqu'elle ne dispensait pas l'homme de s'accrocher aux roches d'une main pour travailler de l'autre.

vres, la Padre Oliveira se signa trois fois en me disant :

— Mon fils, je vous en prie, perdez cette désagréable habitude que vous avez de prononcer à tout propos
le nom de l'esprit des ténèbres, ça porte malheur !

— Accordé, mi Padre.

Le surlendemain, au même signal, nous nous ren-
dîmes à bord de la même barque, et un quart d'heure
après cette flottille, composée de vingt et un bâtiments
de très bas bords, s'ébranlait et gagnait le large.

— Cette fois, mon jeune ami, avant de descendre dans le domaine de la gent écaillée, prenez ces
épieux que vous passerez dans votre caleçon, sinon
dans une ceinture faite d'un bout de corde qui vous
rendra le même service, me dit l'abbé de Konkamunde,
en me présentant deux bouts de bois de fer parfaitement épointés comme une lardoire, épais d'un pouce.
Quand vous verrez un requin rôder autour de vous,
gueule béante, vous tiendrez un de ces épieux verticalement à la mâchoire de l'animal. Mais rappelez-vous
que le requin, pour saisir sa proie, s'incline fortement
sur le côté. En refermant la mâchoire les deux bouts
de bois lui entreront dans les chairs comme un hameçon à double crochet; il se bridera de lui-même.

Muni de ces deux engins, je posai un pied sur la
pierre, je pris la corde d'une main et me laissai glis-
ser. En descendant, j'aperçus dans le fond de la
mer les reflets des écailles de quelques poissons que

je pris pour des requins, et que le mouvement des plongeurs tenaient éloignés des barques. Je ne me sentais pas à l'aise, et aujourd'hui, en y réfléchissant, je n'affronterais pas plus le danger d'une pareille pêche que je n'entrerais dans la loge d'un tigre ou le bassin retenant captif un crocodile.

Je détachai en hâte les perlières à ma portée, ne prenant que celles qui me paraissaient les plus renflées, les plus ébréchées, et je me disposais à remonter, mais au premier coup d'œil jeté autour et au-dessus de moi j'aperçus un requin magnifique, que mes yeux, déroutés de leur action ordinaire, me montraient gros comme une baleine. Le moment était critique. Je me voyais dans la situation d'un chasseur sans armes acculé dans un impasse par un tigre affamé. Le brigand avait pris position à une brasse au-dessus de moi. Il ne bougeait pas plus qu'un garde-champêtre guettant un maraudeur. Je songeai aussitôt à mes épieux, mais à la première inspection que je fis de la mâchoire du monstre, je crus qu'elle avait une dimension à avaler un âne d'une seule bouchée et je doutais fort que ces bâtons pussent le brider. La pensée me vint que le Padre Oliveira s'était moqué de moi et j'appelais sur lui toutes les malédictions, toutes les foudres du ciel. J'avoue que mes nerfs furent sensiblement émus en me voyant la retraite coupée. Cependant quand on est à trente pieds sous l'eau le temps presse, les secondes sont des heures, et l'on n'a pas plus

celui de se livrer à ses réflexions qu'à chercher sa
route.

Je nageai horizontalement au plus loin de l'animal,
espérant échapper à sa vue. Mais l'obstiné brigand
me suivait. Sa queue et ses nageoires frétillaient de
contentement. Ses petits yeux ronds, enflammés par la
convoitise, semblaient sortir de sa tête, sa gueule
béante, et quelle gueule! un grand avaloir rond,
dont les lèvres s'allongeaient, s'ouvraient et se re-
fermaient comme s'il me mâchait déjà en idée. Il me
semblait entendre claquer sa double ou plutôt sa triple rangée de dents, fines, aiguës, renversées en forme
de crochets vers le fond du gosier et ressemblant assez
en raccourci à une carde de matelassier. J'étais dans
l'eau depuis près d'une minute. Impossible de contenir
plus longtemps ma respiration. Une minute c'est long :
il y a peu de nageurs qui puissent rester si longtemps
sous l'eau. Je sentais les veines du cou et des tempes
se gonfler, les mouvements du cœur se ralentir, je n'a-
vais plus à choisir. Deux alternatives se présentaient :
être noyé ou mangé et dévoré par ce monstre. Je pi-
quai une tête avec une énergie désespérée vers les roches, à une brasse plus bas, je labourai la vase avec
mes épieux et avec la rage d'un *digger* lavant du sable pour en extraire l'or. Je parvins à force d'efforts à
troubler l'eau au point d'aveugler le requin, puis pro-
fitant du nuage que je venais de faire, je me lançai

vers la surface, que j'atteignis au moment où mes forces m'abandonnaient.

Les plongeurs et l'abbé, restés dans la barque,
commençaient à s'inquiéter. Me voyant en si piteux
état, respirant par de puissantes et profondes halei-
nées, ils comprirent ce qui m'était arrivé au fond de
l'onde, et le Padre Oliveira me fit avaler un cordial
qui me fit grand bien et qui n'était autre que l'ambroisie de Fécamp.

— Ça ne sera rien que ça, fit-il quand je lui eus ra-
conté mon aventure. Mais pourquoi n'avez-vous pas
essayé de lui nettoyer les dents avec vos épieux?

— J'aurais bien voulu vous y voir, querido Padre;
le diable d'animal avait un avaloir à engloutir une
barque.

— Ça vous a paru comme cela. Vos yeux vous ont
trompé, un effet de la réfraction. Selon la position
où l'on est vis-à-vis d'un poisson, il vous apparaît
d'un raccourci étrange ou d'une grosseur prodigieuse.
Il n'avait pas la gueule plus grande que ses semblables,
et puisqu'il ne venait pas à vous, il fallait aller à lui,
comme Moïse alla à la montagne.

— Si je ne professais pour vous une sincère et
très sérieuse estime, je vous chercherais querelle.

— Vous croyez que je plaisante, vous vous trom-
pez. Si la persévérance est la mère du succès, le
sang-froid en est le frère. Le requin est vorace, mais
il est poltron. Il vous voyait remuer au-dessous de

lui et il entendait du bruit au-dessus, il ne bougeait pas et vous attendait au passage. Il y avait moins de danger d'aller à lui votre bâton à la main. Essayez.

— Si vous descendez avec moi...

— Si cela peut vous être agréable.

Et le Padre Oliveira s'arma d'un épieu et nous descendîmes tous deux, les pieds sur la même pierre. A peine avions-nous détaché quelques perlières que l'abbé me saisit le bras pour porter mon attention à quelques pas de nous. Cette fois le squale m'apparut d'un raccourci si étrange, si grotesque que j'en eus ri, si l'on eût pu rire dans l'eau, à trois brasses au-dessous du niveau de la mer. Ce requin ouvrait sa gueule et la fermait, ses lèvres s'arrondissaient et formaient un entonnoir diabolique : au repos elles ont l'apparence d'un énorme suçoir. Le Padre Oliveira remonta peu à peu et arrivé au niveau de la tête du monstre, il lui présenta son bras tendu, le squale se jeta dessus et s'enferra les deux mâchoires. La douleur fut si vive que la bête fit un bond énorme, se renversa sur le dos entraînant l'abbé avec une vitesse de vingt lieues à l'heure. J'avais suivi des yeux avec une anxiété terrible le mouvement de mon compagnon. Mais en moins de temps qu'il n'en faut au cœur pour accomplir la moitié de son mouvement de systole et de diastole, le squale et l'homme avaient disparu. Je croyais que le Padre cherchait son chemin dans le ventre de ce monstre, comme Jonas dans l'estomac de la baleine légendaire, moins la chance d'en sortir vivant. Remonté dans la barque, j'interrogeai du regard la mer autour de moi et j'aperçus dans le lointain mon compagnon qui tirait de vigoureuses brassées vers nous.

— Vous me croyiez englouti, me dit-il, quand il fut remonté dans le bateau.

— Je m'imaginais que vous lui comptiez les dents.

— Le mécréant aurait bien voulu se les aiguiser sur mes os. Si je n'avais lâché prise, il me faisait faire le tour du monde en moins de quatre-vingts jours. Dans une demi-heure vous le verrez au loin flotter le ventre en l'air comme un chien mort. Nous irons à sa recherche pour prendre ses nagoires. Cette partie du requin est très demandée en Chine où on lui croit des vertus aphrodisiaques et prolifiques. Deux jours après le flot jetait sur le rivage le cadavre de ce monstre que nous laissâmes à dévorer aux fourmis. Il mesurait un mètre vingt de longueur.

Les bateliers remontèrent leurs filets, les pierres, les hommes. On appareilla pour retourner à terre où nous arrivâmes à nuit close.

J'avais assez de la pêche et des pêcheurs de Kondatchay, dont l'atmosphère empestée pouvait amener le choléra; d'autre part ces matières phosphorées, altérées par la fermentation putride, activées par une chaleur de fournaise, sont autant de foyers d'infection redoutables.

J'exprimai au Padre Oliveira mon désir d'abréger autant que possible mon séjour sur cette plage infecte, si toutefois rien ne l'y retenait.

— Bien volontiers, mon jeune ami. La pêche ne vous amuse plus, elle ne me sourit guère. D'ailleurs mon sac est plein de perles. Je les revendrai à Colombo, ou bien je les expédierai à Bombay, où le cours en est plus élevé et le produit apaisera bien des misères.

CHAPITRE X.

———

Nous reprîmes cinq jours après la route de Kankamunde, l'un et l'autre assis sur le dos de Madoc et mon
arabe El-Hamar sur le bidet. Chemin faisant la poussière chassée par un vent assez violent de sud-est nous
desséchait la gorge, je passai à mon cher compagnon
ma gourde dans laquelle restait une vingtaine de gorgées de rhum édulcoré par une égale quantité de la
liqueur de Fécamp.

— Boisson délectable, fit-il, elle n'ouvre pas seulement les portes du paradis, elle ouvre aussi celle de
l'esprit... à ceux qui en ont, ajouta-t-il d'un air malicieux, car on ne donne pas d'esprit à ceux qui n'en
ont pas. Les savants en Europe en font-ils usage?

— Les savants pour la plupart ne boivent que de
l'eau.

— Alors tout s'explique.

A cette nouvelle irrévérence du Padre à l'endroit des savants, irrévérence chronique, je lui demandai pourquoi il en voulait tant à ces pauvres savants qui suent toute leur vie sang et eau pour arriver à se faire rubaniser la boutonnière.

— Mon irrévérence pour ces messieurs date de loin. J'avais vingt ans. Un jour un livre d'histoire me tombe sous la main, je l'ouvre à l'article *diamant* et j'y lis que cette pierre précieuse est un morceau de charbon cristallisé par un réfrigérant d'une puissance vingt et trente fois plus énergique que le froid du pôle. Quand je vins de Kankamunde, à Goa quelques années après, j'eus l'occasion d'aller visiter les mines de Sumbhulpoor, causant avec quelques brahmines hindous, j'avançai ce fait, que je croyais vrai, — tant j'avais de vénération pour les savants, — que le diamant était un morceau de charbon cristallisé. Le brahmine se mit à rire. Je fus blessé de l'hilarité de ce païen et lui en demandai la cause. Il me répondit que je venais de dire une sottise et il m'expliqua la formation de cette gemme. Depuis lors j'ai conservé une véritable rancune aux savants. J'ai étudié depuis beaucoup de choses et j'ai pu me convaincre que la plupart de ces messieurs ont écrit des contes absurdes.

— Puisque vous m'amenez sur le chapitre des diamants, vous devriez bien me raconter l'histoire des diamants célèbres.

— *Bone Deus!* pourquoi ne me demandez-vous pas

tout de suite de vous apporter une baleine sur mes
épaules.

— Faites-m'en un abrégé.

— J'ai besoin de recueillir mes souvenirs. Quand nous
serons rentrés chez moi, je vous dirai tout ce que je
sais, vous n'avez rien qui vous presse, nous irons ensemble faire une excursion jusqu'aux terres à diamant.

Le jour baissait vite et arrivait l'heure de reprendre
notre marche vers Kankamunde. El-Hamar replia les
tentes, chargea notre cantine et nous nous mîmes en
route un peu avant que le soleil ne fût au plus bas de
l'horizon. Ceux qui ont traversé les jungles arides et
brûlantes de l'Inde, savent, seuls, combien il est doux,
après la chaleur accablante du jour, de jouir des charmes de ces nuits ravissantes dont la beauté explique
assez, à elles seules, le culte que les Arabes rendaient
jadis aux fleurs du firmament.

— Voyez-vous dans le fond de l'horizon ce petit point
noir ? fit le Padre en allongeant le bras vers la mer.

— Il a, ce me semble, une forme conique; c'est une
montagne, un rocher qui sort des ondes.

— Comme vous dites. C'est le pic de l'île de Ramas-
seram, où Adam et Ève ont passé une bonne partie des
neuf cents ans de leur existence après leur expulsion
du paradis.

— Ils se sont arrêtés là pour s'éloigner le moins
possible du lieu de leur naissance et du logement dont
Dieu leur avait donné congé.

— Vous avez l'air de douter de la tradition?

— Querido Padre, je crois à votre tradition pour ne pas vous chagriner.

— Ce que je viens de vous dire n'a rien d'absolument improbable. Les croyances populaires de tous les peuples de l'Inde placent le paradis terrestre ici.

— Cette tradition va chagriner les Arméniens, qui prétendent que c'est dans la vallée de l'Euphrate que ce paradis existait, puis celle des gens du Caboul.

Nous fîmes halte devant un petit temple dont l'architecture rappelle la forme d'une cloche à melons. A quelques pas au delà, quatre ou cinq grandes cases servaient de demeure à un brahmine, chargé de l'entretien des idoles. De chaque côté de la façade s'élevaient des tapons de bananiers dont les fruits sont aux peuples de l'Orient ce que les pommes de terre sont aux Irlandais, ce que l'igname et la patate sucrée sont aux Chinois, aux Siamois, aux Annamites et aux nègres.

— Nous allons frapper à la porte du saint homme, dit Padre Oliveira; nous lui demanderons à déjeuner.

— Vous le connaissez?

— Point du tout, je ne l'ai jamais vu.

— Eh, s'il nous refuse l'hospitalité?

— Nous pénétrerons de vive force dans son temple, mais à une condition.

— Laquelle?

— Que vous ne rirez pas. J'ai pour habitude de respecter les mômeries de ces gens-là ; bien qu'à part moi je m'en moque et n'en fasse pas plus de cas que des arlequinades des saltimbanques.

Nous entrâmes. Le brahmine nous reçut convenablement. A la vue de ces idoles contorsionnées, baroques, monstrueuses, inouïes de laideur, grossièrement sculptées sur des bûches, représentant quelques-unes des innombrables divinités de l'Olympe hindou, je ne pus refréner une envie rire.

— Pourquoi riez-vous? Vous allez vous attirer une vilaine affaire ; Dieu, disent les brahmines, a fait le rire pour la honte de l'humanité. Il ne l'a donné qu'aux Européens et aux singes.

— Vous ne riez donc jamais?

— Dans un temple, quel qu'il soit, non.

L'une de ces idoles me frappa surtout par la bizarrerie des accoutrements.

— Quel est donc ce monstre?

— Comment, vous ne reconnaissez pas Menmaden, le dieu de l'amour, il est monté sur un perroquet aux plumes multicolores, symbole des gens bavards; et l'amour n'est-il pas le plus bavard des dieux? Son arc fait d'une tige de canne à sucre, est encore un symbole; toutes les paroles de ce dieu ne sont-elles pas tout sucre et tout miel pour le cœur qui les écoute? et ce carquois rempli de tiges de fleurs? encore un symbole...

— Et cet autre dieu à califourchon sur un bouc, avec un bonnet enflammé?

— C'est *Agni*, le dieu du feu éternel, autre symbole.

— Et ce troisième à cheval sur une gazelle, et qui tient une girouette à la main?

— C'est le dieu du vent. Vous n'êtes pas mythologue. Vous voyez que l'amour est bien accompagné — si *Agni* brûle les cœurs, le dieu du vent emporte les promesses d'amour. Les Hindous ont autant de dieux que les humains ont de passions, de vices et de vertus.

Le brahmine nous conduisit sous le Vata sacré, un de ces étranges figuiers banians, qui, dans quelques parties de l'Inde, abritent les pagodes de leurs superbes dômes de feuillages, et nous offrit du lait, du riz, du beurre, des fruits, des gâteaux, du kallou, — vin de palmier, — des bananes, des mangoustans et des outres pleines d'eau fraîche. Pendant notre collation, des mendiants, des aveugles vinrent nous étourdir de leur musique sauvage pour obtenir quelques couries. En aucun pays, la misère n'est plus hideuse que dans l'Inde. L'Hindou, quel qu'il soit, cultivateur, artisan, pêcheur, ne fait, malgré un travail incessant, que pour payer les taxes du gouvernement.

— Ce pays que nous traversons, fit l'abbé Oliveira, lorsque nous reprîmes la route de Kankamunde, vous paraît affreux, n'est-ce pas? cette longue colline que nous descendons en écharpe par ce sentier étroit, est couverte de broussailles, eh bien! c'est ici même et au delà de ces accidents de terrain, qu'autrefois on cultivait, du temps des Hollandais, et que l'on recueillait toute la cannelle qui se consommait dans le monde entier. Aujourd'hui on cultive cet arbre dans toutes les îles de la Malaisie.

— Je vois que la cannelle a fait place en partie aux bambous !

— La Providence pourvoit à tout, répliqua malicieusement mon hôte ; partout où s'implantent les Anglais et la race saxonne, le bambou croît spontanément pour les besoins de l'armée.

— Vous êtes méchant.

— Tous les peuples hérétiques sont bâtonnés. Les Russes sont gouvernés à coup de fouet (le knout) et de bâtons. Les Prussiens, tous les Allemands et les Anglais vivent sous le régime de la schlague. Montrez-moi un peuple catholique où le bâton serve d'*ultima ratio*. Un savant en statistique, membre d'une académie des sciences morales et politiques, s'est amusé à calculer qu'un Russe, qui a passé vingt-cinq ans sous les armes, a reçu en moyenne trente mille neuf cent quatre-vingt-trois coups de knout ou de bâton ; que le Prussien, au bout de ses trente ans de service, a bien reçu six cents coups de canne, vingt mille coups de bottes au bas des reins, sans compter les gifles sur la figure, qui sont incalculables ; en un mot que chez les hérétiques le soldat passe sa vie à être rossé, giflé, botté... etc.

Chemin faisant, je fis remarquer à mon cicérone que la route poudreuse portait çà et là des traces de nom-

breuses coulées dont je ne m'expliquais pas la cause
ni la nature.

— Ce sont des coulées de reptiles. Dans les cantons
habités par les catholiques, on voit peu de bêtes ram-
pantes, saint Georges y a mis bon ordre. Mais ici, pays
de païens, on ne peut faire cent cinquante pas sans rencontrer le carouba qui se chauffe au soleil, sur les toi-
tures de talipot : au premier coup de vent la toiture
et le carouba vous tombent sur la tête ou sur les genoux. Le hicamellah, la naya, le manillah, trois reptiles redoutables que, dans sa colère, Dieu a jetés sur la
terre de Ceylan, après en avoir chassé Adam et Ève
et leur famille. Le kobberah-guipu, grand crocodile,
véritable bête de l'enfer, dont la langue fourchue et
bleuâtre brise un bœuf, dit-on. Le scorpion noir long
d'un doigt, le devocullo, araignée chevelue, très véné-
neuse. La couvatch, grande fourmi qui fouille le sol
et y fait des labyrinthes souterrains comme les lapins
et les taupes, où hommes et bestiaux se cassent les
jambes.

En un mot, les reptiles sont si nombreux que la
partie basse de Celyan en est presque dépeuplée d'oiseaux et de petits animaux. Mais de toutes les bêtes
malfaisantes qui peuplent le Lancave (paradis de l'Inde),
dont vous trouvez l'atmosphère embaumée, le tic-polonga au nez obtus, aux yeux ardents comme deux ti-
sons, est le serpent le plus dangereux et le plus féroce
de la création. Les Ceylandais le redoutent plus que

dix crocodiles. Heureusement que ce tic-polonga a deux ennemis acharnés, le mangus, espèce de hérisson, et le rogerah, qui lui font une guerre à mort; et ce qu'il y a de plus curieux, c'est que ce rogerah n'est point venimeux.

— J'imagine que le succès de la lutte doit neuf fois sur dix tourner à l'avantage du polonga.

— Vous croyez?

— Je ne dis pas « je crois » je dis « je m'imagine », ce qui n'est pas tout à fait la même chose.

— Eh bien votre imagination est en défaut, car c'est le contraire qui arrive.

Le Padre me faisait remarquer, le long du chemin, les diverses espèces de canneliers dont la plupart sont aussi communs en certains endroits de Ceylan que les noisetiers dans nos forêts, mais impropres à la pharmacie. Le bois de cannelier est blanc et tendre comme celui du peuplier. On s'en sert pour faire sa cuisine. L'écorce des jeunes branches est aromatique. Les feuilles, très lancéolées et à fortes nervures, donnent à l'ébullition une huile que les perruquiers convertissent en pommade de Macassar.

Nous traversions une jungle, à travers un pays presque sans reliefs et sur des chemins ou plutôt des sentiers raboteux. Les jungles, qui couvrent une notable partie du sol de Ceylan, sont de vastes étendues de terrains où la végétation est pauvre, faute d'eau, et ne se compose que de touffes de buissons de mimosa

épineux, séparés les uns des autres par des milliers de
sentiers formant des labyrinthes où circulent des bêtes
fauves. Ceux qui ont, une fois en leur vie, traversé
une jungle, conservent toujours le souvenir de la majesté sublime de ces nuits éclairées par les innombrables constellations du firmament et les myriades de
mouches lumineuses qui scintillent comme une pluie
d'étincelles au-dessus des buissons. On comprend alors
le culte que les peuples pasteurs rendaient jadis aux
étoiles dont la charté douce et vaporeuse repose la vue
fatiguée par la chaleur énervante du jour.

Nous descendions en ce moment un sentier assez
rapide au bas duquel se groupaient quelques amblames
(chaumières) emmanchées (c'est le mot) dans les troncs
d'un bouquet de bibassiers, autour desquels s'enroulaient les longues lianes cordiformes de convolvulus
arborescents particuliers au pays ; un peu plus loin un
viharé (village) nous offrait un abri et de l'eau pour nos
montures. Le Padre demanda au dissavé (chef du village) de nous céder quelques-uns des superbes cocos
que je voyais suspendus à quelques palmiers. Le dissavé refusa net, disant que ces fruits servaient à plan-
ter (1). Ce bonhomme nous fit entrer dans sa demeure
qui se composait d'une seule pièce assez spacieuse,
meublée aussi simplement que la maison, cela va sans
dire : un ou deux vases de cuivre, autant en terre cuite,

(1). Tout Hindou qui plante un arbre entre dans le paradis.

voilà le plus gros de la vaisselle. Le Cingulais a-t-il
besoin d'une cuiller, il emmanche une moitié de coco
dans un bâton; pour passoire, il prend une natte de
paille de riz. Sa cheminée est aussi simple que le reste :
cinq ou six grosses pierres dans un coin de la case, voilà
un âtre. La fumée noircira les murailles, les meubles,
et asphyxiera les habitants, qu'importe! Dieu n'a rien
créé d'inutile en ce monde; la fumée chasse les moustiques, étouffe la vermine, éloigne les reptiles. Une
liane fixée à un bambou posé horizontalement dans
l'angle de l'âtre, à un mètre au-dessus du feu, sert de
crémaillère, la liane brûle et laisse tomber le vase brûlant sur les jambes de ceux qui sont auprès. Les fenêtres sont superflues; elles laisseraient pénétrer l'air et
la lumière dans la maison; on n'y tient pas absolument.
La porte est aussi basse, aussi étroite que possible,
toujours en vertu de ce principe que l'air et la lumière
ne sont bons que pour les reptiles et les chiens, et non
pour les hommes. Mais pour voir lever l'aurore, entendre chanter les oiseaux, on laisse une ouverture
dans la muraille ou dans le toit, selon que l'on veut
observer les étoiles ou admirer la belle nature. La Cingulaise manque-t-elle de balai, elle ne s'embarrasse pas
pour si peu : avec ses mains elle ramasse le gros des
ordures, mouche la lampe, lustre les murailles avec de
la bouse de vache (animal sacré) pour éloigner les insectes et s'essuie les doigts à n'importe quoi. La cuisine est
réglementée par la loi religieuse depuis cinq ou six

18.

mille ans. Le riz, depuis la même époque, est assaisonné
avec une sauce faite de tamarin, de poivre, de piment,
etc., etc., cela est infect, vous emporte le palais, mais
il paraît que c'est très sain. Ustensiles et outils n'ont
point de places fixes dans la maison, on les pose au
hasard, n'importe où, pour se donner le plaisir de bou-
leverser le ménage vingt fois par jour pour mettre la
main sur l'objet dont on a besoin.

L'habitant ne connaît pas l'usage du linge. Il n'a ni
lit, ni commode, ni table. Avec trois mètres d'indienne
il s'habille lui et sa femme et se croit vêtu. L'étable
abrite deux ou trois paires de buffles, quelques chè-
vres; l'enclos produit des fruits, des légumes du
pays : corovelles, jaquiers, papayers, pastèques, ana-
nas. Veut-il se reposer et dormir, il s'étend sur le sol
là où la fatigue et le sommeil le prennent. Il n'a besoin
ni de montre ni de pendule. Il partage les heures à sa
manière avec le cours du soleil et de la lune : le sin-
driamel, espèce de volubilis, lui tient lieu de cadran
solaire. Cette fleur s'ouvre très régulièrement tous les
matins à huit heures, se ferme à midi pour ne se rou-
vrir qu'à quatre heures du soir. Demandez-lui un rendez-vous pour le lendemain à une heure quelconque,
il vous répondra en vous montrant de la main un
point de l'horizon en vous disant : demain, comme ça,
ce qui voudra dire quand le soleil sera là; et pour lui,
quand le soleil sera là, ce sera une heure quelconque.

Il y avait ce soir-là et pendant que nous soupions des conteurs qui, comme en Perse, vivent aux dépens des Ceylandais avec des histoires cousues d'assassinats, d'empoisonnements, pour lesquelles ils se passionnent si vivement, que l'on voit, en les observant attentivement, durant ces narrations, les poils de leurs barbes se hérisser comme la fourrure d'un chat en colère.

Le Cingulais est sincèrement attaché à sa religion, mais il tolère volontiers celle des autres cultes à côté du sien, à la condition toutefois qu'on ne dira pas plus de mal de ses divinités qu'il n'en dit lui-même de celles des autres. Il reçoit les étrangers avec urbanité et ne lave pas, comme fait l'Hindou, la place où ils se sont assis. Son éducation se borne à apprendre l'alphabet cingulais, et si sa mémoire n'est point trop rebelle, les douze ou quinze mille noms de son dieu Brahmah. Quand il sait tout cela il passe pour un savant. Quelques-uns ont quelques notions médicales. A ce sujet les études ne sont ni longues ni difficiles; il suffit d'apprendre un peu d'astrologie, savoir faire une infusion de feuilles quelconque. Vous cassez-vous une jambe ou un bras, le premier sorcier venu est appelé, il vous coupe la jambe ou le bras avec un fer rougi à blanc, cautérise les artères, et vous voilà guéri. Le Cingulais trouve qu'il vaut mieux aller avec une jambe de bambou qu'avec une jambe cassée. Avez-vous le choléra, vite un sudorifique ou un sternutatoire.

Quand le malade n'éternue pas trois ou quatre heures
durant, à se casser le nez cent fois sur ses genoux, il
se croit un homme perdu. Avez-vous été mordu par un
serpent venimeux, la naja, le manillah, dont le venin
est des plus redoutables, l'Esculape vous étend sur une
natte, vous frotte les pieds, les jambes, la poitrine,
les tempes, la tête, le dos avec de l'opium délayé dans
du miel, et quatre heures après, vous êtes porté au...
cimetière. Si vous êtes mort, ce n'est pas la faute du
médecin, mais celle du mauvais génie et pour le chasser on vous enterre avec un bâton, un vieux chaudron
et quelques corbeilles de fruits, de beurre, de riz, de
miel et d'épices. Bien que ces docteurs n'aient point
pris de grades dans les doctes facultés de notre Europe, ils n'en expédient pas moins leur monde *secun-
dum artem*. Mais ils ne sont point inviolables; il arrive quelquefois que les parents du mort assomment
l'empirique à la grande satisfaction du peuple.

Le Cingulais se marie de bonne heure, moins pour
se donner un intérieur, se créer une famille que pour
avoir une bête de somme à son service. Il est d'usage
que l'homme achète sa femme. L'homme donne tant
pour la noce, tant pour les bijoux, tant pour le père
qui l'a engendrée, tant pour la mère qui l'a mise au
monde, tant pour l'avoir allaitée... On badigeonne le
mari de beurre rance, on couvre la femme de bijoux
de vieux cuivre et d'anneaux jusque dans les chevilles
et les doigts des pieds. Le mari lui passe un anneau

dans la cloison du nez, c'est son alliance, et le mariage est fait. Les deux époux sont placés face à face dans une boîte, la femme à reculons et on les promène ainsi jusqu'à leur demeure, après quoi les invités se retirent et vont chez le père et la mère manger et boire au bonheur des époux, pendant que ceux-ci commencent leur lune de miel dans le silence et la solitude. Ce n'est que le troisième jour que les père et mère viennent les visiter pour leur demander à l'un et à l'autre si le mariage est une bonne chose et s'ils sont satisfaits, puis ils se retirent en semant dans la chambre nuptiale une poignée de riz, symbole de la fécondité.

La manière du Cingulais de faire du pain ne lui demande pas un effort prodigieux d'intelligence, il délaie avec ses doigts de la farine de millet dans une moitié de calebasse ou de coco, prend un morceau de pâte entre les deux mains, la roule et la pétrit sur les épaules nues du premier voisin venu. Cela fait, il jette sa galette sur un caillou brûlant. En moins de cinq minutes la chose est cuite.

La culture de la mouche à miel ne demande pas davantage de soins. Fabriquer des ruches lui réclamerait trop de temps : il creuse un trou en terre, comme une rigole, le fait communiquer avec d'autres tranchées, y introduit des branches d'arbres, recouvre le tout de branchages et de terre, voilà une ruche superbe qui lui permet de prendre sans danger du miel quand il en a besoin.

Disons tout de suite que, à Ceylan comme dans l'Inde, la population est divisée en castes nombreuses d'où aucune ne peut sortir. Les hautes classes peuvent seules bâtir en briques ou en pierre et couvrir leurs maisons en tuiles. Le gouvernement a trouvé ces usages établis et les respecte.

Voici une histoire que me racontait l'abbé Oliveira et qui donne une idée du despotisme de cette réglementation. Un jour le commandant de Colombo, très satisfait d'un rodian (paria de Ceylan) qu'il avait à son service depuis dix ou douze ans, lui donna toutes ses défroques, parmi lesquelles se trouvait une paire de bottes assez présentables et lui remit en même temps l'autorisation par écrit de les porter. Or, un rodian doit, tel temps qu'il fasse, marcher pieds nus : la loi le veut ainsi ; cela peut être désagréable, mais chacun doit se conformer à la loi. Le malheureux rodian, un jour de fête, mit ses bottes et alla se pavaner dans la ville. Le ciel fût tombé sur la tête des Cingulais qu'ils n'eussent pas été plus abasourdis. Ils crièrent au sacrilège, s'ameutèrent, poursuivirent l'imprudent et le rouèrent de coups ; sans l'intervention de la police locale, sous la forme d'une dizaine de cipayes, en habit rouge, en caleçon de toile, les jambes et les pieds nus, il eût été lapidé sur l'heure. Le commandant de Colombo dut reprendre son autorisation et le paria quitter ses bottes et continuer d'aller, comme devant, les pieds nus.

CHAPITRE XI.

—

Après les salines de Pottalam le pays devenait plus montueux. Nous entrions dans ces entassements de rochers, de mamelons, s'enchevêtrant les uns dans les autres, labyrinthes d'étroites vallées enveloppées de forêts impénétrables, refuges de tous les fauves du pays, dangereux à traverser et au milieu desquels la tradition musulmane place le paradis terrestre. Cette tradition s'étend jusqu'au détroit qui sépare Ceylan du continent hindou. Ce détroit, peu profond, découvre à marée basse une série de rochers auxquels les Cingulais ont donné le nom de pont d'Adam. Dans ces heures de marées, les tigres et autres fauves, voire même des éléphants, passent du continent dans l'île, ou de celles-ci dans l'Inde.

La route, moins monotone, était égayée par de nombreuses rizières enveloppées de mango et de mariva qui en brisaient l'uniformité. Plus loin des manguiers couvraient de leurs feuilles des hangars qui abritaient des idoles. La feuille du manguier a, disent les Cingulais, la vertu de préserver de la petite vérole et d'éloigner le démon des femmes en couches; puis d'autres essences telles que le pipal et le boboul, grands arbres à feuillages épais et charnus, de majestueux panaï (palmiers) que les Européens ne cessent d'admirer. Le contraste des diverses espèces de palmiers, les uns aux têtes étoilées, les autres aux vastes branches en parasol est étrange et presque féerique. Le panaï est le roi de cette famille gigantesque dans laquelle on rencontre le cocotier qui ne pousse et mûrit ses fruits que dans le voisinage de la mer, et le chou palmiste dont la tige balance sa tête élégante à cinq ou six hauteurs d'hommes.

L'atmosphère se faisait lourde, la respiration pénible.

— Hâtons-nous, fit le Padre, voilà un toufanne qui s'annonce.

Or un toufanne est quelque chose comme un cyclone dont il est bon de se garantir. Nous dûmes nous arrêter au premier viharé et aller frapper à la porte d'un autre brahmine de la connaissance du Padre Oliveira, dont plusieurs rangées de havaz (gommiers rouges), de magary et d'autres merveilleuses floraisons aux parfums délicieux, que l'on ne rencontre que dans les climats aux températures d'étuves, enveloppaient la case. Nous étions haletants comme des fiévreux.

Ces habitations de brahmines sont de véritables arches de Noé, auxquelles on peut appliquer ces mots de la Bible : *omne genus muscarum.*

Peu à peu le pays se fit plus accidenté, le sol plus tourmenté, et nous pouvions suivre des yeux ces innombrables et si étranges dentelures des montagnes de Kandy, ancienne capitale du pays, qui vont s'étageant jusqu'à la base du pic d'Adam pointu comme une flèche gothique, au pied duquel sont des bocages où notre premier père, toujours selon la tradition, aurait passé sa lune de miel. Les fakirs entretiennent dévotement les tombes de Caïn et d'Abel, gros cônes de verdure tapissés de fleurs et de rhododendrons.

Depuis notre départ de la pêche, la lune répandait chaque soir les reliefs de son disque argenté sur la jungle et les crêtes des montagnes, pour se jouer sans doute de la lumière blafarde et vacillante de nos misérables torches, juchées au sommet des bambous, que portaient nos gens pour traverser les mauvais endroits et en éloigner les bêtes fauves. Sans cette précaution les voyageurs courraient grand risque d'être insultés par des éléphants sauvages aussi bien que par des tigres, des panthères, les plus dangereux sujets de la race féline, qui heureusement redoutent de se roussir le poil.

— Le tigre est-il aussi commun ici que dans l'Inde?

— Ceylan, je crois vous l'avoir dit, est la terre pro-

mise des grands carnassiers, mais il n'y a pas grand
mal à cela vu que les voyageurs qu'ils enlèvent de temps
à autre sont soupçonnés d'être mal dans les papiers du
custode du paradis.

Le quatrième jour nous rentrions dans la matinée à
Kankamunde, chez mon aimable hôte.

Lorsque Madoc aperçut sa demeure il tira de sa
trompe des sons charivariques que reconnut la dona
Camona qui accourut aussitôt, en compagnie des
deux jeunes filles, féliciter le Padre de son heureux
retour : ses nièces l'embrassèrent avec effusion et le
bonhomme se prêta avec une complaisance grotesque
à cette marque d'affection de ces deux enfants, puis
tirant de sa poche un large foulard, s'en essuya le
front, enveloppa les deux ailes de son énorme nez
dans les plis du fin tissu, tira de ses fosses nasales
des sons d'une sonorité de chaudron fêlé que l'on eût
pu confondre avec la voix de Madoc.

Nous entrâmes dans le salon meublé simplement de
nattes en jonc, d'une grande table de marbre au milieu, et de deux étagères en bois de citronnier de chaque côté, lesquelles portaient des statuettes de saints
et de saintes. Une dizaine de chaises en bambous
cannées, rangées çà et là, supportaient les unes des
livres, les autres des journaux, des brochures, des
manuscrits, des objets curieux. Le Padre passa un autre
habit, accrocha à un clou sa coiffure galonnée et
d'une voix homérique appela Camona.

— Câaamooona!! sangre del Christo, apportez-nous deux verres de limonade, des oranges et des pastèques.

— Caramba! répondit la servante aux dents d'ébène, du fond de son office.

Pendant que la signora Camona fabriquait la limonade et préparait les fruits demandés, je pus à mon aise examiner les nièces du curé, tendres et aimables fleurs, un peu safranées, commençant à s'épanouir à la vie, les yeux vifs et pleins de malice, bonnes et douces figures exprimant la bonté et la naïveté. Elles avaient la tête ovale, la figure un peu allongée, le nez romain, des sourcils arqués d'une finesse de duvet, des dents fines et transparentes, admirablement rangées comme un collier de perles, une splendide chevelure soyeuse, noire, tombant en nattes autour des oreilles d'une petitesse adorable. Pas de lys et de rose comme les Persanes et les Arméniennes, mais une saine carnation mordorée un peu foncée, si rare chez les femmes européennes, et qui accusent chez celles qui sont dotées de cette teinte quasi-mauresque un sang vigoureux et des passions énergiques.

Pepita, Theresina, étaient de charmantes jeunes filles qui égayaient la vaste maison de leur oncle. La signora Camona, duègne d'un âge très mûr, mais très alerte et très attentive, veillait avec une tendresse toute maternelle sur ces deux trésors comme elle eût veillé sur ses propres enfants. Le Padre Oliveira, reconnaissant de cette vigilante sollicitude pour les enfants de

sa sœur, morte quelques années en arrière, portait à
cette femme, précieuse servante d'un dévouement à
toute épreuve, le plus vif intérêt et la laissait maîtresse
à peu près absolue au logis.

Le Padre songeait à marier ses deux nièces; et
comme on le savait très riche, les épouseurs ne man-
quaient pas. Plusieurs officiers de Colombo les avaient
demandées, mais le brave homme voulait pour elles
des établissements moins brillants, mais plus solides.
La femme d'un militaire, disait-il, devient un pilier
d'auberge comme son mari, et vit perpétuellement son
ménage dans une malle. Je poursuis le mariage de ces
deux enfants avec deux négociants de Colombo et j'espère que les mariages se feront prochainement. Restez
avec nous jusque-là, si rien ne vous rappelle ailleurs;
vous signerez au contrat, vous assisterez à la noce et
vous accompagnerez les mariées jusqu'à leur demeure.
Cette dernière phase se fait ici en grande pompe. Puis
de là je vous conduirai jusqu'au pic d'Adam, sinon
jusqu'aux mines de diamants.

— C'est convenu, s'écrièrent joyeusement en chœur
les jeunes filles et la signora Camona qui avaient entendu notre conversation.

— Caramba! fit le Padre, de l'air le plus sévère qu'il
put donner à sa figure, vous écoutiez à la porte? Caramba!

La signora Camona avait les oreilles percées de grands
trous, comme les femmes Bouticoudos, dans lesquels

elle plaçait du papier à cigarette. Peu effrayée de la
voix de basse-taille de son suzerain maître, elle tira
de l'une d'elles un papier, y mit une pincée de tabac
haché, qu'elle sortit du fond de sa poche, le roula et
l'ayant humecté de sa lèvre, en la passant le long de
son râtelier de clous de girofle, elle me l'offrit. Je dus,
pour être poli, surmontant quelques instants de répugnance, prendre cette cigarette et la fumer au plus
vite; en trois aspirations il n'en restait plus que des
cendres.

— Dans combien de semaines les mariages? demandai-je.

— Fin juillet?

— Alors j'ai le temps d'aller à Kandy visiter les palais des anciens rois de Ceylan, et grimper jusqu'au
faîte du pic d'Adam!!!

— Vous nous promettez d'être de retour ici...

— Ne m'avez-vous pas promis l'histoire des diamants?

— Je vais vous donner pour guide mon sacristain;
il est né en ce pays. C'est un garçon de confiance.

Et comme je grimpais sur Madoc pour gagner la
première station, le Padre me dit :

— Je vais faire dire une messe pour vous à Saint-
Georges, et, tout hérétique que vous êtes, vous verrez
que ça vous portera bonheur.

Est-ce à l'intervention de saint Georges que je fis le
plus heureux voyage et la plus magnifique ascension

au pic d'Adam, à travers un pays qui, bien que n'étant
point hostile en apparence, ne laisse pas que d'être
assez dangereux pour un Européen?

Ainsi que je l'avais promis au Padre Oliveira, je fus,
non sans peine, de retour à Kankamunde pour le
mariage de ses deux charmantes nièces.

La double cérémonie eut lieu dans l'église de la paroisse, au milieu d'un énorme concours d'invités et de
curieux. La signora Camona m'embrassa avec effusion
et me refit une cigarette que je dus brûler immédiate-
ment pour ne pas la blesser. La brave et digne femme
était tout habillée de rose, couleur qui faisait ressortir
davantage sa chevelure d'ébène, toujours réfractaire
au peigne et à la pommade du coiffeur, et toujours
ébouriffée comme un nid de cigogne.

La pauvre vieille ne pensant tout d'abord qu'au bonheur des chères enfants qu'elle avait élevées, qu'elle
aimait d'une tendresse farouche, exultait de joie. Mais
bientôt, l'idée lui vint qu'elles allaient s'éloigner pour
toujours du presbystère : elle fut tout à coup prise d'un
désespoir si violent, si bruyant, que le Padre dut donner l'ordre au sacristain et au bedeau de la porter à la
maison, et, en cas de résistance, de l'enfermer dans la
cave. Le Padre n'y allait pas de main morte. Au retour
de la noce au presbytère, il ne fallut rien moins que
les chaudes caresses des deux jeunes filles pour la calmer et la ramener à elle-même.

Les fêtes durèrent plusieurs jours, puis les jeunes mariées se rendirent à Colombo où elles devaient l'une et l'autre passer leur lune de miel. Le Padre m'offrit une place à côté de lui, sur le dos de Madoc, pour les accompagner.

En quittant Colombo je me rendis en suivant la côte, à Pointe-de-Galle, où je devais rencontrer mon ami et mon vieux compagnon le docteur Roux, revenant de Calcutta, où il faillit se faire tuer par une naja, — cobra di capello, — vipère hideuse, de deux mètres de long, ronde comme un boudin, très agressive et féroce, dont le venin est d'une subtilité presque foudroyante, et qui, dans les possessions anglaises de la péninsule hindoue, tue, bon an mal an, sept à huit mille personnes et plus.

Pour rentrer en Europe nous prîmes passage sur *le Cambodge*, un des plus beaux transatlantiques, faisant rapidement le trajet de Marseille dans l'Inde, la Chine, le Japon, etc., par l'isthme de Suez et la mer Rouge.

YEGOR,

LE PISTEUR D'OURS.

YEGOR,

LE PISTEUR D'OURS.

Une ourse et deux oursons pris au miel. — Combat entre l'homme et la bête. — Yegor y perd un morceau de sa cuisse. — Intervention de Petroucha. — Un cauchemar.

Depuis longtemps, j'avais de désir de connaître la Russie, où résidaient quelques membres de ma famille. A cette époque, on connaissait peu ce pays. Sur la foi de rares voyageurs sans vergogne, les journaux en faisaient de temps à autre des récits contradictoires, embrouillant plutôt qu'ils n'éclairaient l'état politique et social de ce peuple qui naissait à peine à la civilisation moderne. Selon les uns, c'était un pays barbare, vivant dans la plus abjecte sauvagerie. Selon les autres, il renfermait, au contraire, tous les éléments d'un avenir fabuleux de richesses, de forces matérielles dont l'Europe devait se préoccuper comme d'un danger pour l'avenir. Une mission me fut proposée par son gouverne-

ment, et, bien qu'elle dût me retenir loin de la France
pendant de longues années, j'acceptai immédiate-
ment.

Quand je partis de Paris pour me rendre au delà de
l'Oural, il n'y avait que deux modes de transport à la
disposition des voyageurs, à savoir : les bateaux à voile
partant du Havre pour Cronstadt, et les pataches al-
lemandes ou post-wagen. Je m'arrêtai à ce dernier.
Si j'avais eu deux ou trois compagnons de voyage solides et curieux, ayant à peu près mes goûts, j'eusse
volontiers fait la route à pied comme cet Anglais, lord
Cochrane, qui alla de Londres au fond de Sibérie, un
bout de chemin de trois mille huit cents lieues!

Le trente-quatrième jour après mon départ, le post-
wagen me déposait dans la capitale des tzars, sur la
Perspective Newsky, le seul boulevard de Saint-Pétersbourg. J'étais brisé, moulu, mais j'avais traversé d'un
bout à l'autre l'Allemagne, un pays bien curieux. Un
matin, je m'acheminais donc par cette voie, la seule
promenade du beau monde, lorsque je me sentis prendre le bras avec un sans-façon auquel je ne m'attendais guère; car ceux que j'allais voir en Russie habi-
aient Moscou et Kazan, et, à Saint-Pétersbourg, je
croyais n'être connu de personne.

— Bonjour, mon cher Frédé! dit une voix, dont le
timbre me fit tressaillir.

— Ivan Petrovitch! m'écriai-je.

— Lui-même... Que venez-vous faire ici?

— Vous voyez, j'admire votre cathédrale, Notre-Dame de Kazan, et les deux héros moscovites en costume romain, placés en avant sur des piédestaux, sous un ciel chargé de neige huit mois de l'année.

— Vous avez trop bon goût, répondit Ivan, pour que je croie sans réserve à la sincérité de votre enthousiasme. Je vous abandonne l'architecture de ce monument, une affreuse caricature qui a la prétention de ressembler, en raccourci, à Saint-Pierre de Rome. C'est affreux, grotesque. C'est à une fantaisie de grand seigneur que nous devons ce *bâtiment*, qui n'a pas de raison d'être et qui pèse de se trouve sous notre ciel presque toujours blafard ; mais, pour peu que vous teniez à admirer quelque chose de national, je vous ferai voir du mosco-perso-byzantin, le seul style qui convienne à notre climat.

Et nous descendîmes la Perspective.

— Venez-vous pour affaire en notre pays ou en simple curieux ? me demanda Ivan.

— En simple curieux, ici seulement ; mais, dans huit jours, je quitte Saint-Pétersbourg pour aller remplir une mission assez délicate bien au delà des bords du Volga et de l'Oural.

Et j'expliquai à mon ancien condisciple la nature des fonctions qui m'avaient été proposées par son gouvernement et que j'avais acceptées avec enthousiasme, même par ces temps de peste noire et de choléra.

— Tout d'abord, me dit-il, je me fais votre cicerone.

Et, au moment d'aller là-bas, je vous donnerai quelques lettres de recommandation et des instructions qui vous seront utiles dans un pays que vous ne connaissez pas et au milieu d'un peuple assez dangereux. Mais, à propos, où êtes vous descendu ?

— *Hôtel Desmoutles.*

— Vous allez venir chez moi. Je ferai prendre vos bagages par mon valet de chambre, et, quel que soit le temps que vous me réserviez ici, vous n'aurez pas d'autre demeure que la mienne. Je suis marié : je vis en famille avec mon beau-père et ma belle-mère, de très excellentes gens, des Finlandais, c'est assez dire, qui seront très heureux de vous offrir l'hospitalité.

J'eus beau m'excuser, il fallut accepter l'invitation. Nous nous dirigeâmes vers une très longue et large rue, la Litennaïa, et nous entrâmes dans une fort belle maison, entourée d'un grand jardin, où je fus reçu par M. et Mme de X... avec la charmante urbanité des peuples du Nord. Ivan me présenta à sa femme, une gracieuse personne toute blonde, à peine âgée de vingt ans.

Le soir, après dîner, M. de X... me demanda :

— Aimez-vous la chasse ?

Et, sans attendre ma réponse, s'adressant à son gendre :

— Mon cher Ivan Petrovitch, reprit-il, tu devrais

songer à faire faire une partie de chasse à M. Frédé. Fœdor (l'intendant de la famille), m'écrivait hier que Yegor, un paysan braconnier (1), a rencontré dans les clairières de Melnitza les traces d'une ourse et de ses deux petits allant ravager nos orges et nos avoines. Si rien ne t'empêche de nous donner quelques jours, nous partirons après-demain.

— C'est convenu, répondit Ivan; je prierai un de mes confrères de me remplacer dans mon service.

Ivan Petrovitch avait fait à Paris ses humanités et ses études médicales. Sa thèse de docteur, une des plus brillantes de l'époque, lui avait valu à Pétersbourg le poste de docteur en chef d'un des hôpitaux les plus importants de la ville, où il exerçait son art avec un très grand succès.

Le surlendemain soir, vers onze heures, après une course en poste d'une quinzaine d'heures, nous arrivions avec les dames au château de Melnitza, fort belle terre dans le gouvernement de Nowogorod la Sainte et

(1) Le mot de braconnier, dont je viens de me servir, n'existe pas dans la langue russe. Il n'y a pas de braconnage dans ce pays, vrai pays de cocagne pour les chasseurs, par la raison que l'on ignore le port d'armes, le permis de chasse, l'impôt sur les chiens, les gendarmes, les gardes champêtres, les procès-verbaux, etc. On chasse où l'on veut, comme on veut et où l'on peut. Tous les paysans chassent selon leur caprice, les boyards les encouragent; car sans eux, on ne mangerait jamais de gibier, personne ne se souciant de s'égarer dans les forêts, dont la vastitude s'étend à l'infini, où il n'y a ni chemin ni sentiers.

de l'étendue de la moitié d'un département français. Il est vrai que les neuf dixièmes et plus étaient couverts de lacs, de forêts et de broussailles. Le château, vaste construction de briques, demi-circulaire et badigeonné à la chaux, représentait plutôt une très grande maison bourgeoise que toute autre chose. Il se composait d'un rez-de-chaussée et de deux étages, avec pavillon au milieu, le tout renfermant une douzaine d'appartements, pouvant recevoir une trentaine d'invités et leurs domestiques.

Dans le corps principal : grands salons, salle à manger, salle de billard, et un vaste salon de jeux, où se trouvaient réunis tous les engins de récréation qui peuvent charmer les longues soirées d'hiver.

Partout d'énormes poêles en faïence blanche, à motifs mythologiques, s'élevant jusqu'au plancher, chauffaient les appartements. L'élégante décoration de toutes ces pièces ne nuisait en rien au confortable le plus complet.

N'eussent été les paysans, — circulant librement dans les jardins, le parc, les cours et les pelouses qui entouraient une vaste nappe d'eau, — habillés de ce costume primitif et bizarre, presque sauvage, coiffés de bonnets indescriptibles, qu'on ne voit qu'en Russie, les cheveux taillés en oreille de chien; n'eussent été les femmes avec leurs jupes à fond uni, mais bordées par le bas de plusieurs rangs de galons rouges, verts, jaunes, bleus, orange, et leur coiffure en forme de

diadème, on eût pu se croire dans une province sué-
doise.

La bibliothèque était fort riche en ouvrages classi-
ques : français, allemands, anglais, espagnols, etc. En
parcourant cette pièce si admirablement meublée, si
richement ornée de toutes choses nécessaires à la vie
intellectuelle, on comprenait que le propriétaire ap-
partenait non seulement à l'une des classes les plus
riches du pays, mais aussi à celle peu nombreuse des
savants délicats. Derrière le château coulait une petite
rivière, la Tosna, très poissonneuse, riche en écrevisses et hantée par des loutres et quelques castors.

— Vous êtes ici chez vous, mon cher Frédé, me
dit le beau-père d'Ivan, et, si votre mission vous le permet, il est entendu que vous restez avec nous non
seulement toute la semaine, mais encore celle d'après :
nous en serons très heureux, ma famille et moi. Nous
vous connaissons depuis bien longtemps. Ivan Petrovitch nous a souvent parlé de vous comme du plus aimable de ses condisciples. Nos gens sont à votre disposition, les écuries à votre service, si vous voulez
parcourir les alentours. Nous déjeunons à onze heures
et dînons à six. Le matin, chacun prend le thé chez
soi, à son heure; le soir, nous le prenons en famille, à
neuf heures, dans le salon des jeux, où chacun s'amuse
comme il l'entend. Il nous arrive des amis, des voisins,
et vous aurez des jeunes filles à faire valser... En attendant, je vais envoyer Yegor à la recherche des ours;

dès qu'il les aura trouvés, ce qui ne sera ni long ni difficile, nous aviserons au moyen de les prendre.

Quelques jours après, dans la soirée, Yegor revenait de son excursion et avait sûre connaissance que les ours donnaient chaque soir aux gerbes d'avoine et de seigle restées sur une pièce de terre enclavée dans la forêt.

Ivan Petrovitch proposa de les prendre avec du miel et du brandwinn.

— Autrement, il faudrait aller à l'affût, dit-il; bien qu'il fasse jour à peu près toute la nuit, nous pourrions être écoutés et attendre inutilement. L'ours est un animal très fin et difficile à dépister. Les chiens n'aiment pas à le poursuivre. Puis, Frédé n'est pas d'humeur peut-être à faire le pied de grue plusieurs heures durant, exposé à la fraîcheur pénétrante des nuits.

— Prendre un ours avec du miel est, pour moi, une nouveauté que je suis curieux de voir! répondis-je.

J'ignorais qu'on pût le séduire au moyen de cet appât.

— Il en est très friand, reprit Ivan. Dans nos forêts, où le tilleul domine et arrive, avec les années, à des proportions gigantesques, on rencontre presque à chaque pas des nids d'abeilles sauvages dans les creux des arbres et pèsant jusqu'à 50 et 60 kilos, miel et cire, selon la dimension du tronc. L'ours sent de très loin ces ruches naturelles, et, malgré les abeilles qui s'a-

charnent inutilement à son épaisse et rude fourrure,
il enlève tout ce que sa patte peut atteindre. Ici, l'a-
beille ruche partout où elle trouve un abri. Après le
miel, l'ours se jette de préférence sur les fourmilières,
qu'il détruit de fond en comble pour se régaler des
larves.

Ivan Petrovitch fit, sur l'heure, dégarnir deux ou
trois ruches du jardin et le miel qu'elles donnèrent fut
délayé avec deux litres de brandevinn. Le soir, vers
neuf heures, bien qu'il fît grand jour, nous partîmes
en taratayka, petite voiture à quatre roues très basses
et à quatre places, faite pour passer partout, empor-
tant avec nous une corbeille de gâteaux de miel qui
devaient nous servir d'appâts. Après vingt-cinq minutes d'une course au grand trot à travers champs, nous
arrivâmes sur la lisière d'une vaste pièce de terre, ré-
cemment moissonnée, où il restait encore quelques
centaines de gerbes.

Chemin faisant, nous fîmes lever quelques coqs de
bruyère juchés dans les buissons. Yegor prit le vent
au moyen d'une touffe de duvet de canard, boussole
très sensible à l'action des courants d'air. Le vent portait du nord-est au sud ouest, ce qui nous obligea à
obliquer fortement à droite pour prendre le dessous.
Selon ses prévisions, l'ourse et ses petits devaient sortir de la forêt par le nord. Vers minuit et demi, à l'heure
où, près du cercle polaire, le soleil disparaît de l'hori-

zon pour quelques minutes seulement, nous étions
tous accroupis derrière une meule de javelles adossée
à des broussailles. Pendant trois mois de l'année, le
soleil éclaire les régions boréales sans discontinuer.
Les deux paysans qui nous accompagnaient avaient
placé les vases du miel devant un groupe de gerbes,
en ayant soin de jeter, aussi loin que possible de leur
passage, une traîne de gâteaux pour attirer les bêtes
de ce côté.

Yegor, très habile chasseur, doué d'une vue d'aigle,
surveillait avec précaution tout le champ. Jusqu'à deux
heures du matin, rien ne se montra. Il régnait un silence de tombe. Parfois, à de longs intervalles, le cri
des chouettes, chassant les mulots autour des meules
de foin laissées dans les clairières, parvenaient jusqu'à
nous. Ce silence du désert, alors que le soleil se montrait tout radieux à l'horizon, m'impressionnait vivement. Les djungles de l'Inde, si attristantes pour les
voyageurs qui la traversent, ne semblent pas plus
muettes. Au milieu de ces forêts, les sons se réper-
cutent à l'infini avec une incroyable rapidité. Il nous
fallait observer le silence le plus complet, nous abs-
tenir de fumer, de crainte que l'ennemi ne perçût la
moindre odeur suspecte, le moindre bruissement de
nos lèvres, et ne fût mis en défiance.

— L'ours, nous avait dit Yegor, sait parfaitement
distinguer le bruit d'un fauve ou d'un oiseau de celui
que fait l'homme. Il ne s'y trompe jamais. Qu'un chien

fouille le fourré, l'ours se dérobera; mais qu'une bande de loups vienne à passer près de lui, il ne se dérangera pas.

Dans cette situation, je remarquai qu'aucun de nous n'avait d'armes, excepté Yegor, dont le vieux fusil de munition à silex était placé près de lui, et j'en fis la réflexion à mon compagnon.

— A quoi, me dit Yvan, nous servirait d'avoir cha-cun un fusil, puisque nous devons prendre les ours au miel? D'ailleurs, mes deux moujicks (paysans) ont leur tapor (hache), cela est suffisant. Entre leurs mains, cet instrument, que vous voyez passé dans leur cein-ture de laine bariolée, est une arme des plus redouta-bles. Ils la manient avec une habileté surprenante, c'est l'arme traditionnelle du paysan russe. Avec sa hache il bâtit une maison, portes et fenêtres compri-ses, sans le secours d'un autre outil. Il est vrai que ce n'est pas un travail d'art.

Après cinq quarts d'heure d'attente, Yegor nous montra dans le bout du champ, d'une étendue de plus de 50 hectares, trois masses noirâtres longeant la forêt. Peu à peu ces masses se dessinèrent davantage. C'é-taient l'ourse et ses petits.

— Voyez, me dit à l'oreille Yegor, ils ont le museau en l'air. Ils flairent de tous côtés avant de s'aventurer hors du bois. Tout à l'heure ils sentiront le miel et le festin commencera.

En effet, quelques minutes après, ils rencontrèrent
la traînée de miel, la suivirent en avalant au fur et à
mesure qu'ils avançaient les gâteaux qu'ils trouvaient
sur leur passage; enfin il arrivèrent aux vases. Tous
trois y plongèrent leur museau avec une volupté glou-
tonne.

— Bien! dit Yegor, ils sont à table et n'en sortiront
que complètement ivres.

En effet, au bout de dix minutes, les petits se lais--
saient tomber; on voyait, aux mouvements irréguliers
de la mère que l'ivresse la gagnait. Avant qu'elle eût
fini de lécher le vase, on remarquait déjà chez elle une
excitation générale, les pupilles semblaient se dilater
d'une façon étrange. Sa gueule se contractait et, par
moments, avait l'air de sourire. Sa respiration s'acti-
vait; peu après l'appareil moteur était atteint, c'est ce
que nous attendions.

Dès les premières atteintes de l'ivresse, ses petits ne
la préoccupaient plus. L'instinct maternel n'existait
plus, elle ne songeait qu'à se remettre sur ses pattes. Chez
l'homme comme chez la brute, ce phénomène se montre le même. En regardant autour d'elle d'un air
ahuri, elle déployait ses griffes, ouvrait sa gueule
pleine de bave.

Elle essaya de se relever et décrivit des paraboles
gigantesques, impossibles à rendre; l'action musculaire
échappait à sa volonté. Sa démarche était ébrieuse et
titubante. Elle cherchait à rassembler ses idées qui

s'obscurcissaient de plus en plus. Le train de derrière, quoi qu'elle fît, s'agitait à la façon des épileptiques.

Cette scène dura près d'un quart d'heure. Enfin, après mille efforts, l'ourse tomba comme une masse, et ses petits yeux entr'ouverts semblaient dire : Comme tout tourne, comme tout danse autour de moi ! Bientôt ses pattes se raidirent, ses yeux se convulsèrent... elle était ivre-morte !

— Maintenant, dit Ivan Petrovitch, nous pouvons quitter nos postes, allumer un cigare et aller tranquillement lui lier les pattes.

Aussitôt Yegor lui ligota fortement les membres, comme on fait d'un mouton ou d'un veau. Quant aux petits, n'ayant rien à redouter d'eux, on leur laissa les membres libres. On se contenta de les porter avec leur mère, sur la taratayka qui nous avait amenés et nous rentrâmes au château vers cinq heures du matin. Bien qu'il fît un beau soleil, nous étions, mon ami et moi, tout engourdis par l'humidité de la nuit. Notre gibier fut enfermé dans une cour où donnaient la porte et les fenêtres de la cuisine.

L'ourse, qu'on avait déliée, resta inerte une quinzaine d'heures. Ce ne fut que le lendemain, dans l'après-midi, qu'elle put se remettre, non sans peine, sur ses pattes. Quand elle fut enfin debout, elle flaira à droite et à gauche, en crachottant la bave dont sa gueule était pleine, tourna vingt fois autour des murailles semblant se demander par quel concours de circonstances extraordinaires elle se trouvait à son réveil internée de cette façon. Puis elle chercha une issue; n'en trouvant pas, elle se mit à grogner. Nous étions aux fenêtres d'un appartement du premier étage donnant sur cette cour.

— Qu'allez-vous faire de ce monstre qui me paraît être de belle taille? demandais-je à Ivan Petrovitch.

— Yegor le tuera avec sa hache.

— Diable! fis-je, mais ce jeu-là, avec une bête de cette force, me paraît être assez dangereux, et dans l'état de rage où elle est, il me semble plus prudent de lui envoyer une balle...

— Avec tout autre que Yegor, je suivrais votre avis. Mais vous allez voir comment il va se tirer d'affaire.

— S'il manque la bête?

— Il ne la manquera pas.

Avec l'ours il n'y a qu'à se méfier des ongles. L'ours ne mord pas volontiers. Quand il tient de la chair dans ses pattes, il la déchire et la suce, s'il a faim et n'a rien de mieux à se mettre sous les dents. Mais bien que sa mâchoire soit conformée comme celle du chien et du loup, il a plutôt des habitudes frugivores que carnivores. Dans nos forêts, il ne vit que de racines, de graines et de fruits sauvages et, comme je vous l'ai dit, de fourmilières et de miel. Lorsqu'il s'attaque à l'homme, — ce qu'il ne fait qu'à la dernière extrémité et quand il est provoqué, — il joue des griffes, et il faut prendre garde à sa chevelure : c'est par là qu'il attaque et vous tue. Examinez bien la tête de Yegor quand il descendra dans l'arène.

J'éprouvais en ce moment la même émotion, les mêmes battements de cœur que je ressentis quand j'assistai pour la première fois à une course de taureaux à Madrid. Et quand je vis Yegor entrer dans la cour suivi d'un petit chien hargneux, race de ratier, je ne pus m'empêcher de quitter la fenêtre.

— Restez donc, monsieur Frédé, me dit Mme de X..., il n'y a aucun danger, soyez-en sûr ; Yegor se tirera bien d'affaire. Ce n'est pas la première fois qu'il se livre à ce genre de pugilat.

La jeune femme d'Ivan joignit ses instances à celles de sa mère et je repris la place que j'occupais un instant auparavant à côté d'elle.

A ce moment, Yegor la tête coiffée d'un énorme bonnet à large bavolet en peau de loup, poil dehors, très légèrement attaché sous le menton, et son tapor à la main, sortit de la cuisine, s'avança prudemment vers l'animal. Celui-ci, pressentant l'attaque, alla s'acculer dans un des angles de la cour et s'y tint presque debout pour mieux se défendre.

Le jeu de l'homme consistait à faire que l'ourse, par une fausse manœuvre, s'abattît sur les quatre pattes

20

et à saisir ce moment pour lui envoyer dans la tête
le tranchant de sa hache.

De son côté, l'animal se tenait sur ses gardes et répondait des pattes, avec une incroyable rapidité, à toutes les feintes de Yegor. Le roquet se mit de la partie ;
il aboyait avec rage ; tout en se tenant à distance des
ongles de son redoutable adversaire, se jetait à droite,
à gauche, et préoccupait assez la bête, visiblement
contrariée de ces escarmouches, qui la distrayaient de
son ennemi principal. Le roquet, excité par son maître, s'approcha un peu trop de l'ourse qui, d'un violent coup de patte, lancé avec la rapidité de l'éclair,
l'envoya contre la muraille où il fut aplati comme
une galette !

La lutte durait depuis quelques minutes, minutes
pleines d'angoisses, et rien dans l'attitude des deux
combattants ne me laissait prévoir lequel de l'homme
ou de la bête en sortirait vainqueur.

Yegor, solide sur ses jambes, sa hache levée, prête
à fendre le crâne de la bête, étudiait du regard les
moindres mouvements de son adversaire. Celui-ci,
serré de près dans une encoignure, pattes et griffes
déployées, gueule ouverte et frangée de bave mous-
seuse, était effrayant.

Les gens de la maison, groupés aux fenêtres, silencieux, semblaient prendre un vif intérêt à ce combat
singulier.

Tout à coup l'ourse, s'élance comme la foudre, et

d'un bond terrible, fond sur Yegor, le renverse, le terrasse, se couche sur lui, après avoir d'un coup de griffe envoyé sa hache à dix pas.

Un cri d'effroi sortit de toutes les poitrines. Le chasseur se trouvait sans défense, renversé sous son ennemi qui, de ses puissantes et redoutables griffes, lui labourait la tête, le cou, les épaules, heureusement un peu garantis par le bavolet et le bonnet.

Mme de X..., la mère, ne paraissait pas éprouver une bien grande commisération pour le malheureux qui pouvait d'un coup de griffes être mis en lambeaux, sinon étouffé par le poids de l'animal. Elle regardait cette scène en s'écriant : Ah! le maladroit! comme s'il se fût agi d'un homme tombé d'un âne. J'avoue qu'en ce moment j'éprouvai une profonde horreur pour cette femme. La jeune femme de mon ami avait mis son mouchoir sur ses yeux.

Yegor hurlait comme un possédé. D'une voix haletante, étouffée, il appelait à son secours : A moi, Petroucha! à moi!

Petroucha était le cuisinier du château : un petit homme trapu, carré des épaules et ayant les membres taillés en hercule.

A cet appel désespéré, Petroucha ouvre précipitamment la porte de la cuisine, s'élance dans la cour, saute à cheval sur la bête ahurie et lui plonge au dé-

faut de l'épaule son long couteau à désosser les viandes. Le sang jaillit comme un jet de pompe. L'ourse
fait un saut prodigieux, envoye Petroucha rouler à
dix pas, tourne cinq ou six fois sur elle-même et
tombe sur le malheureux Yegor à qui, dans le pa-
roxysme de la douleur, elle enlève d'un dernier coup
de griffes la moitié d'une fesse. .

A la vue de ce morceau de chair humaine accroché
aux ongles crispés de l'animal, je poussai un cri d'horreur. Une sueur froide m'envahit le corps, le sang
afflua au cœur avec une énergie telle que je n'eus que
le temps de me jeter sur une carafe qui se trouvait à
ma portée et d'en avaler le contenu pour ne pas tomber en syncope. .

Jamais je ne reverrai une scène pareille.

Le pauvre Yegor couvert de sang avait perdu connaissance. Ses camarades l'enlevèrent et le portèrent dans
la cuisine, où on lui administra un verre de brandwinn
qui lui fit reprendre un peu ses sens.

Mᵐᵉ de X..., elle, ne parut pas donner à cet accident, qui privait ce pauvre Yegor d'une portion de son
individu, plus d'importance que s'il se fût agi d'un
simple fond de culotte. Elle ne cessait de répéter :
« Le maladroit, l'imbécile ! oh ! l'imbécile. »

Le pauvre braconnier fut transporté chez lui où le
pope lui donna les premiers secours et se rendit maître de l'hémorrhagie avec une espèce d'onguent, qu'il
disait être souverain et n'était autre chose que d'énor-

mes pelotes de ouate de coton (1). Dès le lendemain,
il fut porté à l'hôpital de Nowogorod la Sainte pour
y achever sa guérison. J'appris plus tard qu'après
bien des mois de souffrances et d'hôpital, il put reprendre son travail et ses courses à travers les forêts.
Il continuait son métier, un métier bien singulier : celui de chercheur de gîtes d'ours, qu'il vendait aux
amateurs de ce genre de chasse, de 80 à 100 francs, selon la rareté ou l'abondance de ce gibier. La bête étant
dans sa tanière, le prix convenu lui était dû. C'est aux
chasseurs à la tuer. Contrairement à la fable du
bon la Fontaine, en Russie on vend la peau de l'ours
avant de l'avoir mis par terre.

Le lendemain de ce duel, je fus réveillé par des cris
inhumains partant de la cour où, la veille, il avait eu
lieu. Que se passait-il donc? Était-ce un autre combat
d'ours?... C'était le cuisinier Petroucha, qui, étendu
et lié sur un chevalet, recevait, de la part de Mme de
X..., cinquante coups de rotin sur la chute des reins,
pour lui apprendre à ne pas se mêler des affaires des
autres et à ne pas ébrécher ses couteaux de cuisine
sur les os d'une ourse.

(1) La ouate de coton contre les hémorragies, est employée en
Russie depuis des siècles. C'est le plus sûr des antihémorrhagiques,
à la condition cependant qu'une fois posée, il faut se donner de garde
d'y toucher. La ouate joue le rôle du perchlorure de fer avec moins
de danger et plus d'énergie.

20.

La nuit j'en eus la fièvre et un horrible cauchemar.

Je voyais l'ours courir à travers les champs et les bois avec la cuisse de Yegor suspendue à sa griffe, et le pauvre Yegor, clopin-clopant poursuivant la bête pour ressaisir sa propriété. Puis je voyais des moujicks armés de bûches, frappant sur la partie similaire du pauvre Pétroucha, comme des forgerons sur une enclume ; puis encore la belle-mère et la femme de Pétrovitch rire à gorge déployée et criant : Bravo, l'ourse.

J'avoue que j'éprouvai un sentiment de dégoût qui empoisonna le plaisir que je m'étais promis de cette excursion à Melnitza avec mon ancien condisciple. Et le soir, en nous promenant dans le parc, je ne pus cacher tout à fait mes impressions à Ivan.

— Il ne faut pas être trop sévère pour ces dames, me dit-il, c'est l'habitude chez nous ; et c'est chose si puissante que l'habitude ! Vous prenez la chose trop sérieusement, mon cher ami. Pour les vieilles gens de notre pays ; un paysan n'est pas un homme comme nous, c'est un esclave, un serf. Ils ont quelque chose des sentiments des anciens colons de vos Antilles pour leurs nègres. Ce sont des idées qui s'en vont. Vous avez vu que ma femme n'a pu soutenir le spectacle que sa mère contemplait avec plaisir. Nous avons le cœur plus faible ou plus tendre, nous autres gens de la génération de l'abolition du servage.

Et puis, que celui qui se croit sans reproches en Europe nous jette la première pierre. Est-ce l'Anglais qui va voir deux boxeurs s'assommer à coups de tête et de poing? Est-ce la belle Espagnole qui, aux arènes, crie bravo au taureau qui éventre un picador ou un toréador? est-ce l'Américaine qui va voir l'acrobate Blondin traverser les cataractes du Niagara sur une corde tendue? sont-ce vos aimables Françaises qui vont voir guillotiner un criminel?

Peu de temps après nous quittâmes le vaste château de Melnitza et lorsque nous fûmes de retour à Saint-Pétersbourg, Ivan Petrovitck me fit présent des peaux de l'ourse et des deux oursons. C'est un souvenir que ces dames vous offrent, dit-il, et qui vous rappellera votre chasse au miel.

— Ainsi que la cuisse de Yegor et la bastonnade de Petroucha! pensai-je.

Ces trois peaux superbes que j'avais fait soigneusement monter à mon retour en France sont aujourd'hui entre les mains des Prussiens, en vertu de l'axiome des voleurs et des détrousseurs de grands chemins, que la force prime le droit. Ils s'en sont emparés en même temps que d'une délicieuse pendule Louis XV et d'une glace de Venise, de grand prix, un chef-d'œuvre, que j'avais achetée à Ferrare.

Matthieu, qui jusqu'ici avait écouté de toutes ses oreilles, s'écria tout horripilé et en brisant entre ses dents le tuyau de son écume de mer:

— Mille ventres de biches ! En voilà une femme !
Si jamais elle vient se promener par ici, je lui réserve
un chien de ma chienne. Est-ce bien possible, bon
Dieu ! ce que vous dites-là ? Pardon de douter de votre
récit, mais dites-moi que vous avez voulu vous moquer de moi comme l'autre jour avec vos canards par-
leurs. Et dire que j'ai gobé cela !

— Ce que je viens de raconter est de la plus exacte
vérité.

— Alors, si le bon Dieu est juste, les femmes de ce
pays-là doivent être affreusement laides.

— Il y en a de très jolies. Mais je dois avouer
qu'elles n'ont pas toutes été moulées dans le creux de
la Vénus Callipyge.

— Cette horreur m'a rendu poussif. J'en rêverai
toute la nuit...

FIN.

TABLE.

—

Typographie Firmin-Didot. — Mesnil (Eure).

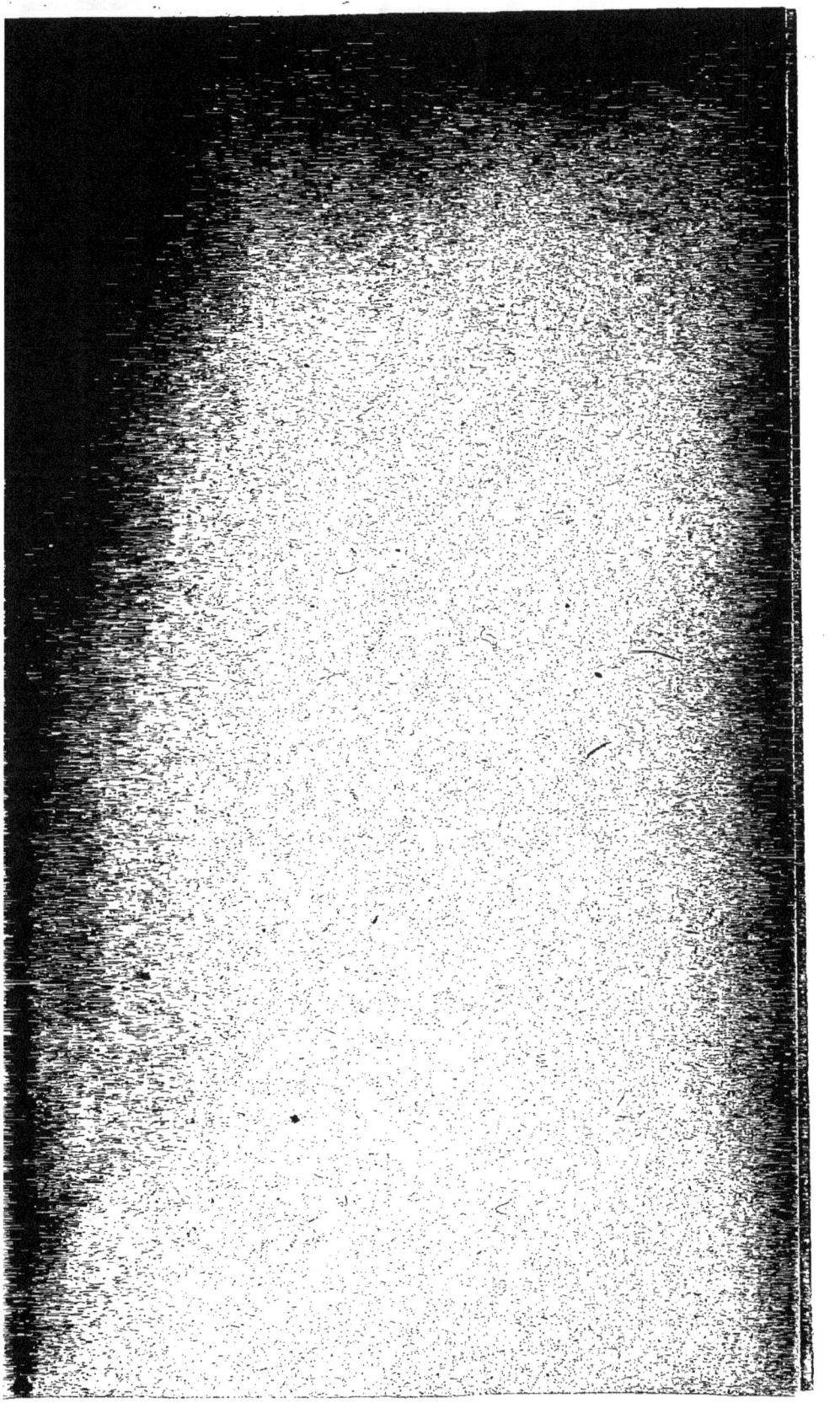

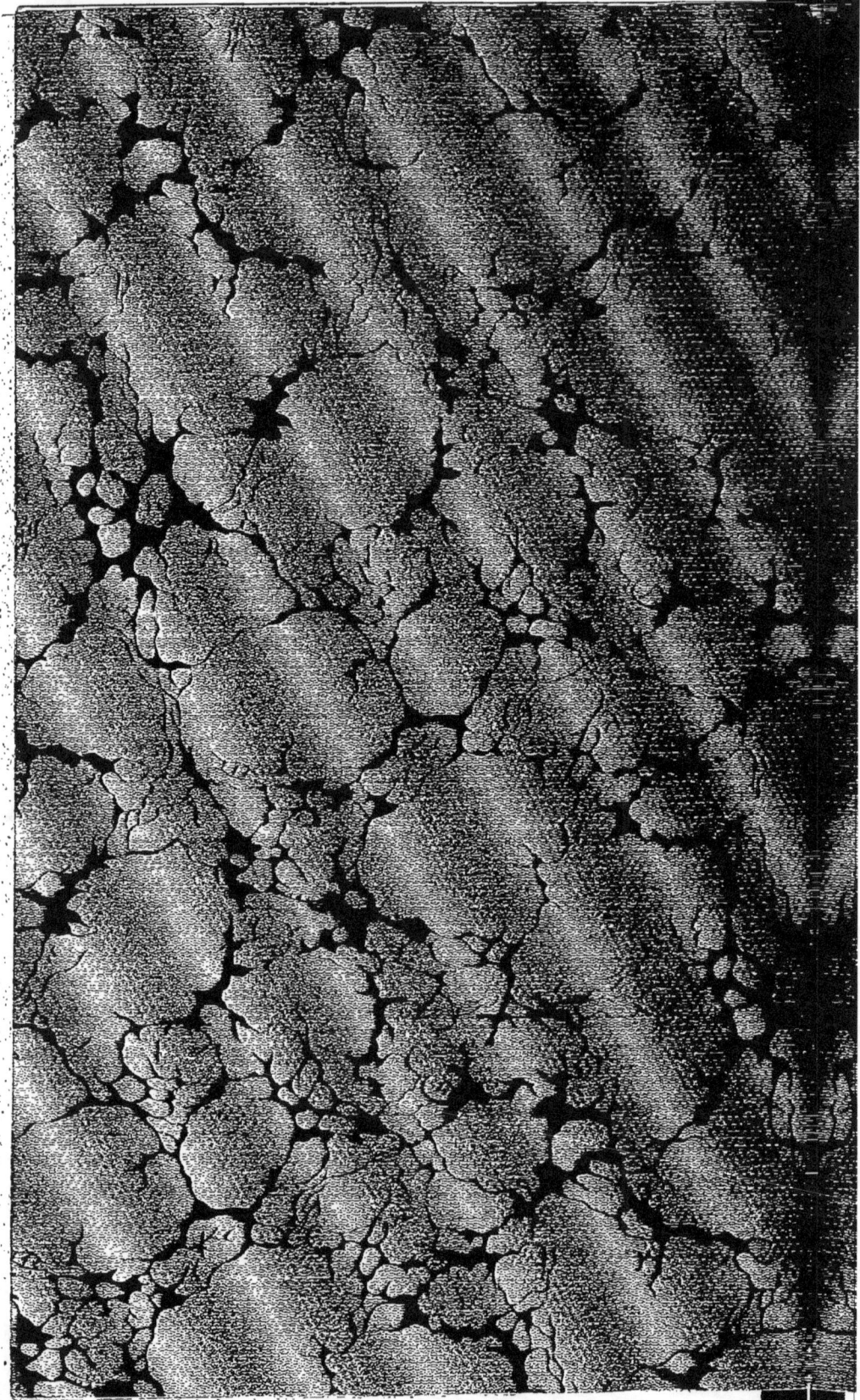

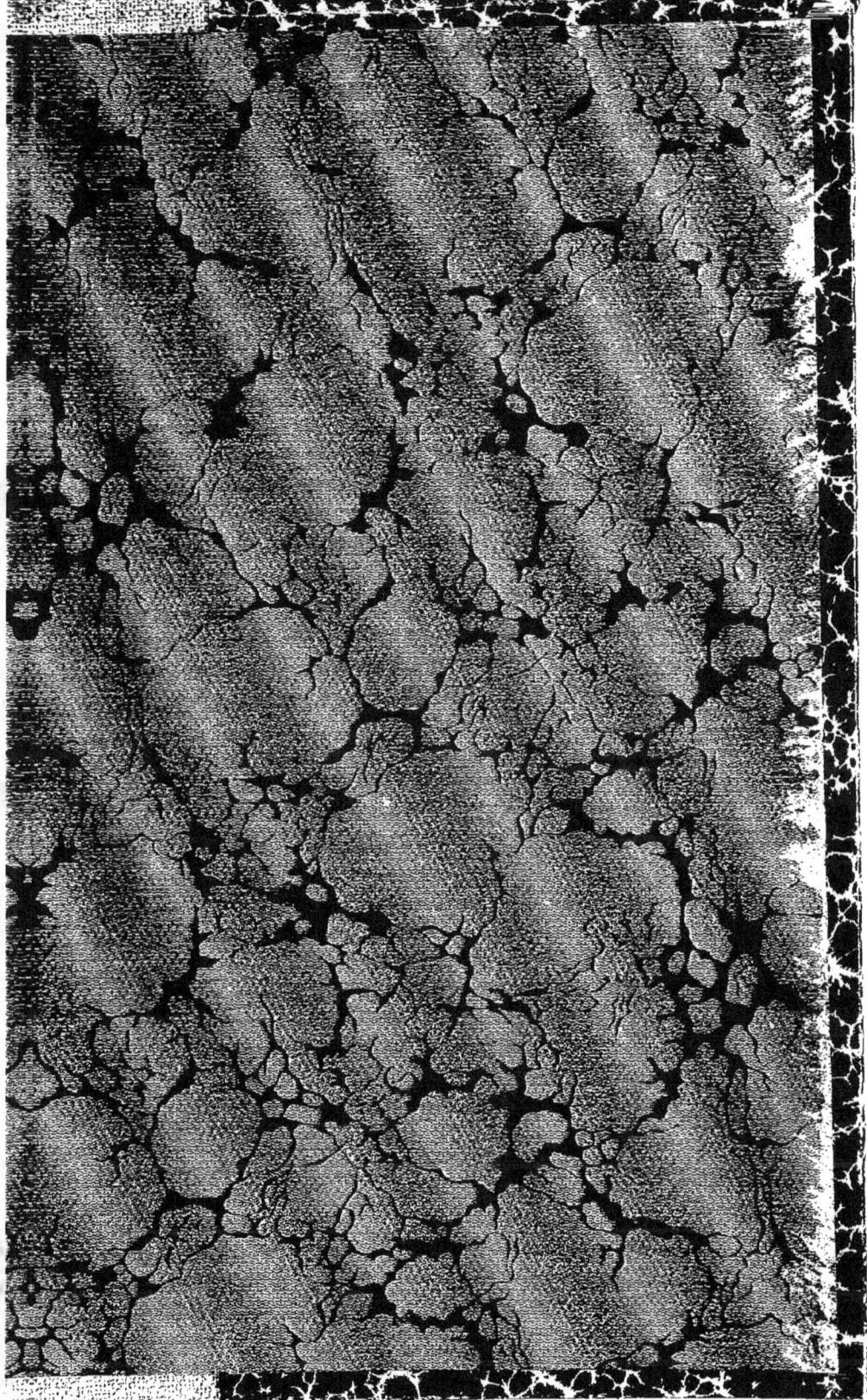